NARRATORI MODERNI

Di Andrea Vitali in edizione Garzanti:
Una finestra vistalago
La signorina Tecla Manzi
Un amore di zitella
La figlia del podestà
Il procuratore
Olive comprese
Il segreto di Ortelia
La modista
Dopo lunga e penosa malattia
Almeno il cappello
Pianoforte vendesi
La mamma del sole
Il meccanico Landru
La leggenda del morto contento
Zia Antonia sapeva di menta
Galeotto fu il collier
Regalo di nozze
Un bel sogno d'amore
Di Ilde ce n'è una sola
Quattro sberle benedette
Biglietto, signorina
La ruga del cretino (con Massimo Picozzi)
Le belle Cece
La verità della suora storta
Le mele di Kafka
Viva più che mai
A cantare fu il cane
Bello, elegante e con la fede al dito
Nome d'arte Doris Brilli
Gli ultimi passi del Sindacone
Certe fortune
Sotto un cielo sempre azzurro
Un uomo in mutande
Nessuno scrive al Federale
La Zia Ciabatta
Furto di luna (solo ebook)
Parola di cadavere (solo ebook)
Il rumore del Natale (solo ebook)
Seguendo la stella (solo ebook)
Addio bocce (solo ebook)
Il sapore del Natale (solo ebook)

ANDREA VITALI

UN BELLO SCHERZO

I casi del maresciallo Ernesto Maccadò

Garzanti

Prima edizione: giugno 2021

Per essere informato sulle novità del Gruppo editoriale Mauri Spagnol visita:
www.illibraio.it

ISBN 978-88-11-81568-6

Printed in Italy

www.garzanti.it

UN BELLO SCHERZO

I personaggi e le situazioni raccontati in questo romanzo sono frutto di fantasia. I luoghi, invece, sono reali.

1.

Serata sciocca quella di martedì 5 marzo 1935, degna conclusione di una giornata altrettanto sciocca.

Gnazio Termoli, proprietario del caffè dell'Imbarcadero, definiva così i giorni di scarso traffico nel suo locale. Inutile chiedergli perché usasse quel termine, non avrebbe saputo dirlo, solo che gli sembrava il più idoneo a descrivere quelle ore trascorse ad attendere clienti. Passava il tempo a oziare, a ripassare bicchieri puliti, sistemare bottiglie già in ordine oppure, appoggiato coi gomiti al banco, a lottare per tenere aperte le palpebre che sembravano invece voler ubbidire al richiamo di una calamita.

Giornata sciocca quindi e già dal primo mattino, quando il maestro Fiorentino Crispini non s'era bevuto il marsalino. L'aveva visto andare verso l'edicola di piazza Grossi, prendere il giornale, aprirlo lì dov'era e poi, con un gesto rapido, come se avesse letto chissà che, ripartire deciso in direzione di casa.

Nemmeno il maresciallo Maccadò era sceso come suo solito per bere il secondo caffè. Il Gnazio l'aveva sgamato da tempo, aveva capito che il maresciallo aspettava che altri si sorbissero i primi caffè del mattino, obiettivamente scadenti, prima di ordinare il suo. Ma se allo scoccare dell'ora canonica del Maccadò, al caffè erano entrati solo il battellotto Strozzi, grappa, e il pescatore Varvarini, mandorlata, due bicchieri, ciao maresciallo!

Giornata sciocca, c'era niente da fare, ogni tanto capitava ed era un peccato. Non solo per l'incasso, ma anche per come sarebbe finita. Perché alla lunga quell'aspettare che si facesse sera con la noia che montava di minuto in minuto lo rendeva nervoso. Quando poi tornava a casa bastava un niente per farlo scattare e con la moglie Damina veniva fuori la guerra. Era sufficiente che la minestra o quel che c'era nel piatto fosse sciapo o troppo saporito, ogni scusa era buona per scaricare il nervoso. La Damina, poi, mica faceva il materasso, più volte glielo aveva detto: se non gli andava bene come cucinava c'era sempre il Cavallo Bianco. E lui a rispondere che dopo una giornata di lavoro almeno una cena decente era il minimo che riteneva di meritare. E lei a ribattere che se gli serviva un fazzoletto per asciugare il sudore l'avrebbe trovato in uno dei cassetti del comò. E avanti così per un po', dopodiché musi e silenzi per un paio di giorni o anche tre.

In tarda mattinata il Gnazio aveva sperato che qualcosa si stesse muovendo quando aveva visto il podestà Mongatti giungere in piazza insieme col segretario comunale e un altro paio di soggetti che non conosceva. Si erano fermati al centro, proprio nei pressi del monumento a Tommaso Grossi. Erano rimasti lì un po', girandogli intorno, guardandolo, indicandolo, parlando tra loro.

Per quello che aveva da fare il Gnazio, curioso, avrebbe potuto uscire e avvicinarsi per capire cosa stavano progettando. Avrebbe appreso che in occasione della ripubblicazione dell'opus maius del concittadino poeta e romanziere, il *Marco Visconti*, l'amministrazione comunale aveva stabilito un impegno di spesa affinché il monumento venisse ripulito per bene onde tornare al biancore originario e soprattutto mondato dalle cacche dei piccioni che sul vertice del capo sembravano aver trovato il loro ideale luogo comodo.

Invece era rimasto lì, dietro la vetrata dell'ingresso, le mani dietro la schiena, fino a che quelli, terminato il conciliabolo, avevano ripreso la strada per il palazzo municipale.

Dal primo pomeriggio in avanti la situazione era vieppiù peggiorata, complice il tempo. Alla mattina serena si era pian piano sostituito un cielo pigro, sempre più grigiastro, come se anche lui fosse afflitto dalla noia. Una stracca via di mezzo che faceva voglia di gridare, a chi poi?, di decidersi a piovere se era quello che doveva essere oppure togliersi dalle balle e lasciare di nuovo spazio all'azzurro del mattino. Quel mèz e mèz era pari al dormiveglia che incombeva sul Gnazio e, con tutta probabilità, anche sulla clientela latitante.

Qualcuno era entrato nel corso del pomeriggio, d'accordo. Ma cosa cazzo ci faceva, quando ormai scoccavano le sei, con un totale di quattro caffè, un karkadè, dieci bicchieri di vino bianco, sei di rosso e un Campari, che tra l'altro s'era bevuto lui? Roba da chiudere in anticipo e andare a casa a litigare con la Damina. Cosa che il Gnazio aveva pensato di poter anche fare subito dopo la partenza del battello che in quel momento, in discesa da Colico, stava puntando verso lo scalo di Bellano. Marinai e comandante, vista la comodità del suo locale, in genere non perdevano l'occasione per bagnare il becco.

Attese quindi, senza immaginare che di lì a poco avrebbe assistito a un evento tanto inimmaginabile che tra le altre cose avrebbe disinnescato ogni ipotesi di litigio con la moglie.

2.

Il Termoli non aveva una gran vista. Ci si mettano anche le ombre della sera. Ragione per la quale dal bancone si fece sulla soglia del caffè per assicurarsi di non aver preso un abbaglio.

E sì, il battello si era proprio fermato a circa una cinquantina di metri dall'attracco.

Credette di capire perché.

Capitava, ed era ciliegina su quella giornata sciocca. Capitava quando nessuno doveva salire, e lì al pontile tranne il battellotto non c'era un'anima, e pure nessuno doveva scendere. Bastava un gesto col braccio dell'addetto all'attracco al comandante perché i due si intendessero, così il battello riprendeva la via senza doversi fermare. Addio quindi anche alla speranza di servire gli ultimi avventori.

Le chiavi già in mano per chiudere porta e portone, il Gnazio fece per rientrare quando un rombo di motoscafo, più potente però, sorta di abbaio meccanico, lo trattenne.

Vide il battellotto Strozzi scattare, lo sentì anche gridare una frase che però si interruppe a metà. Proprio a metà esatto di un «caz...» che sulla bocca dello Strozzi avrebbe dovuto chiudere la domanda: «Ma che cazzo fate?».

Il braccio dello Strozzi, levato in alto quale punto interrogativo riassunto nelle dita unite a carciofo, si abbassò repentinamente per poi, ricomposto, alzarsi di nuovo nel saluto romano.

Le successive manovre del battellotto, afferrare al volo una cima, tirare sul pontile una passcrella, furono abbastanza eloquenti. Qualcuno aveva attraccato, non certo il battello che quieto quieto beccheggiava là dov'era.

Finito di ormeggiare, lo Strozzi si impalò di nuovo nel saluto romano quando tre individui, neri dalla cima della testa alla punta dei piedi, gli sfilarono davanti senza dar mostra di notarlo e, a passo di marcia, uno davanti, due dietro, sbucarono dalla pensilina, passarono sotto lo sguardo stupito del Gnazio, attraversarono la strada e scomparvero nel buio che gravava sotto l'arco di via privata dell'Achille, da tempo immemore senza illuminazione.

«Ma che caz...» mormorò il Termoli, pure lui troncandosi a metà e uscendo con la precisa intenzione di raggiungere lo Strozzi e chiedere.

A sua volta il battellotto si stava dirigendo al caffè per farsi servire un cognac, antidoto universale per ogni tipo di spavento. Perché se l'era preso secco quando quella barca, senza che lui ne sapesse niente, era arrivata e uno dei tre gli aveva tappato la bocca dicendogli di non rompere i coglioni e obbedire se non voleva passare un guaio anche lui.

«Anche?» chiese il Termoli.

Erano a metà strada tra la pensilina e l'ingresso del caffè.

«Ma chi sono?» insisté.

Per essere, rispose il battellotto, sembravano della Milizia confinaria visto che la motonave era di quelli.

«Ma se vuoi sapere chi sono, chiediglielo tu», disse lo Strozzi. Dopodiché pretese il cognac, di guai non ne voleva passare e visto che quelli gli avevano detto di aspettarli non aveva alcuna intenzione di disobbedire.

«E anche tu, mi sa che conviene se ti fai i cazzi tuoi», suggerì a mo' di saluto.

Mica c'era bisogno che glielo dicesse. Tuttavia, rifletté

il Gnazio, nessuno gli poteva impedire di stare a vedere, al sicuro dietro la vetrata dell'ingresso, e attendere il ritorno dei tre. Forse avrebbe capito senza alcun bisogno di chiedere.

E poi c'era sempre il battello in attesa.

Fu questione di dieci minuti o poco più. Poi ciò che non avrebbe mai creduto possibile nemmeno se l'avesse visto con i suoi occhi invece gli toccò di vederlo.

3.

Fu il carabiniere scelto Beola ad aprirgli il portone. Annusò, odore di cognac.

Il Gnazio se n'era fatto uno anche lui, abbondante. Gli era servito per decidere il da fare. Fingere di niente oppure... Alla fine aveva deciso per una via di mezzo, passare la palla ad altri e lasciare che questi altri decidessero se fosse il caso di prendere qualche iniziativa.

Ci voleva un'autorità comunque.

Tra queste, la più sottomano erano i carabinieri, il maresciallo Maccadò. Che in quel momento, ignaro dell'accaduto, era nel suo ufficio e stava compilando una prima, informale relazione da far giungere alla tenenza di Lecco per spiegare la necessità di avere qualche carabiniere in più da destinare alla vigilanza in occasione delle previste manifestazioni per onorare il poeta e romanziere Tommaso Grossi. La questione era ancora in fase di discussione all'interno della giunta amministrativa, divisa soprattutto sulla data: c'era chi spingeva per il mese di maggio, chi invece avrebbe preferito lasciar passare l'estate e puntare su settembre.

Per il Maccadò un mese valeva l'altro, l'importante era garantirsi in anticipo un aumento della forza a disposizione una volta presa visione del programma di massima: una Mostra dei cimeli del lago, quali cimeli non era dato saperlo, discorsi, cortei, concerto bandistico, l'immancabile pranzo con la presenza di autorità tra le più varie.

Lo preoccupava soprattutto l'attrito che correva tra

Bellano e Treviglio, città dove l'illustre artista aveva passato molti anni, laddove il primo vantava di essere stato la culla del poeta, il secondo il luogo dove invece il suo animo poetico era sbocciato e maturato. C'era, a ragion veduta, il pericolo che tra il popolino gli animi si infiammassero e finisse a sganassoni. La paternità morale del letterato c'entrava poco, questioni di campanile piuttosto, pari a quelle che incendiavano a volte le partite di calcio tra squadre di paesi vicini.

Prepararsi con largo anticipo era sembrato utile al Maccadò, anche se immaginava che da Lecco gli avrebbero obiettato, certo usando un bel giro di parole, che si stava fasciando la testa prima di averla rotta.

Era circa alla fine della relazione, ancora stesa a mano, quando il Beola bussò alla porta del suo ufficio senza peraltro sapergli dire per quale motivo il Termoli volesse parlargli con estrema urgenza.

Il maresciallo, aveva detto l'oste, solo lui!

«Sicuro di non poter aspettare domani?» aveva indagato il Beola.

Mica per niente. Se non gli toccava stare in caserma anche di notte, a quell'ora il Maccadò filava a casa. Ma il Gnazio non aveva mollato. E adesso, avutone il permesso, entrò nell'ufficio del Maccadò per riferire l'incredibile fatto cui aveva assistito e che il signor maresciallo non doveva mettere in dubbio perché l'aveva visto non più di una decina di minuti prima.

«Con i miei stessi occhi!» affermò.

Il Maccadò lo scrutò un istante. Sconvolto lo era davvero. Il cognac, la nuvoletta aveva raggiunto anche il naso del maresciallo, forse ci aveva messo del suo. Tuttavia lo conosceva bene: badava solo al suo commercio, dava ragione a tutti e viveva in pace col mondo intero. Uno tranquillo insomma.

«Mi dica», esordì invitandolo ad accomodarsi.

Il Gnazio prese fiato.

«Il Crispini!» sbottò.
«Il maestro?» chiese il maresciallo.
«Con i miei occhi!» ripeté il Termoli.
Il maresciallo gli fece segno di calmarsi. Che con i suoi occhi avesse visto qualcosa di incredibile glielo aveva appena detto.
«E l'ho capito.»
Se adesso gli avesse spiegato cosa c'entravano i suoi occhi con il maestro Fiorentino Crispini, avrebbero fatto un deciso passo in avanti.
«Incredi...»
Il Maccadò spianò la fronte.
«Termoli», lo riprese.
«Scusate, ma...»
«Ho capito. Dall'inizio però, su, da bravo», lo blandì il maresciallo.
L'inizio?
Il battello che s'era fermato a una cinquantina di metri dall'attracco. Ma non perché nessuno dovesse scendere o salire.
«No», confermò il Gnazio.
Perché era arrivata quella barca.
«Della confinaria», specificò il Gnazio.
Una prima ruga comparve sulla fronte del maresciallo.
«Ne è sicuro?»
«Con...»
«Sì, sì, va bene, con i suoi occhi.»
Poi quei tre, neri come la notte.
Il Maccadò cominciò a picchiettare le dita sul piano della scrivania.
«Mmmh», fece.
Quei tre che avevano ordinato al battellotto di aspettarlo e si erano infilati in via privata dell'Achille.
«Proprio qui sotto», precisò il Gnazio.
«So dov'è», fece il maresciallo.
E poi, dieci minuti dopo, minuto più, minuto meno...

«Il Crispini!»

«Il Crispini, cosa?» s'innervosì il maresciallo.

Era uscito con loro dal buio della via. Ma non in compagnia, no! C'era sempre quello davanti, i due dietro e in mezzo a quelli il maestro Crispini. Ma bisognava averlo visto, sembrava un condannato a morte. I due lo tenevano per le ascelle, uno da una parte, uno dall'altra, il maestro in mezzo, la testa china. E lo tiravano, il Crispini non camminava, strisciava sulla strada con la punta delle scarpe.

Mentre il Gnazio descriveva la scena, il maresciallo s'era portato una mano alla bocca, sulla fronte un altro paio di rughe si erano disegnate.

«E poi?» chiese.

«E poi niente», fece il Gnazio.

L'avevano caricato sulla motonave e via!

Il Maccadò tacque.

«Incredibile, ve l'avevo detto», fece il Termoli mentre il Maccadò stava pensando la medesima cosa: il Crispini portato via dalla Milizia come se fosse un pericolo pubblico!

Rilassato ormai, svanito l'effetto eccitante del cognac, Gnazio Termoli si appoggiò allo schienale della sedia.

«Ma cosa può aver combinato?» osò chiedere.

«Come vuole che possa saperlo», rispose il Maccadò. Con la Milizia confinaria l'Arma c'entrava un fico secco. Si stavano anzi reciprocamente sui coglioni, per dirla tutta, ma non era il caso di approfondire.

Il Termoli scosse la testa.

«L'ho sempre detto io che fidarsi è bene non fidarsi è meglio. O no, maresciallo?»

«Si riferisce al Crispini in particolare?» ribatté il Maccadò che sulla sostanziale innocuità del maestro era disposto a scommettere la divisa.

«Si sa mai», esalò il Gnazio stringendosi nelle spalle. Anche a lui sembrava incredibile che il Crispini potesse aver combinato qualcosa di grave pur se... insomma...

ecco… sì… in quegli ultimi tempi gli era sembrato un po' strano.

«Strano… strano come?» chiese il Maccadò.

Niente di particolare, rispose il Gnazio, ma aveva saltato qualche appuntamento col marsalino e sembrava spesso che avesse la testa altrove…

«Mmmh», fece per la seconda volta il maresciallo pensieroso.

«Tutto lì», concluse Gnazio Termoli. «Adesso posso andare?»

Tutto sommato, con quella sconvolgente novità sulla punta della lingua, poteva tenere aperto ancora un paio d'ore. Infiorandola qua e là, non sarebbe stato difficile trattenere più del solito eventuali clienti serali, che non si sarebbero negati di bere qualcosa pur di ascoltarlo fino alla fine. E lui avrebbe ingrassato un po' l'incasso giornaliero.

«Certo», rispose il maresciallo.

Una volta solo il Maccadò ripensò a quello che il Termoli gli aveva raccontato e a ciò che lui gli aveva detto: cioè che con la Milizia l'Arma non c'entrava niente.

4.

«Adesso Né, mi dici cos'hai», sbottò Maristella Maccadò.

In cucina finalmente era calato il silenzio al punto che, benché smorzate, si potevano sentire le note della dirlindana.

I tre piccoli Maccadò dormivano nei rispettivi letti, un lettino per l'ultimo, raggruppati in un'unica stanza e dopo aver dato vita a un consolidato rituale che lo stesso maresciallo aveva stabilito: Rocco, il primo, doveva ubbidire come fosse un piccolo carabiniere e cominciare a prepararsi per la notte. A quel punto Maristella passava a occuparsi degli altri due, Carmine, di tre anni, e Salvatore che ne aveva da poco compiuto uno. Una volta che tutta la truppa era in branda il maresciallo passava in rivista distribuendo il bacio della buonanotte.

L'ora per coricarsi era variabile, dipendeva da quando il padrone di casa rientrava, perché era imprescindibile regola cenare tutti assieme e raccontarsi le cose della giornata. Certo v'erano delle eccezioni legate ai doveri di caserma, ma per fortuna capitavano di rado.

Quella sera il maresciallo aveva tardato una quarantina di minuti, era stato silenzioso e distratto. Era stato l'ultimo a finire di mangiare e soprattutto s'era dimenticato di deporre l'arma in dotazione in una cassettina di metallo che stava sopra l'armadio di camera, fuori dalla portata dei figli, com'era solito fare.

Maristella aveva registrato tutto, punto per punto, e aveva lasciato correre fino al momento della ritirata dei bambini. Non era partita subito all'attacco. Prima aveva sparecchiato poi lavato i piatti, lasciando che il marito li asciugasse. Infine, un po' sorniona, gli aveva chiesto se non gli sembrasse l'ora di mettere al sicuro la pistola.

Il Maccadò aveva risposto solo con un'espressione come se l'avessero beccato in flagranza di reato, era filato in camera e solo dopo, tornato in cucina, aveva detto: «Scusa».

A quel punto, con le note della dirlindana che svanivano nell'aria, Maristella aveva parlato.

«Adesso Né, mi dici cos'hai.»

Il maresciallo se l'aspettava.

«Niente», fece.

Niente. Non era risposta che Maristella fosse disposta ad accettare.

«Maccadò!» proruppe lei.

Mac-ca-dò!

Quando lei lo chiamava per cognome, le rare volte che succedeva, significava che non aveva intenzione di fare prigionieri. In altre parole, esigeva che le obbedisse proprio come se fosse uno dei figli, non il marito.

«Adesso ti siedi e mi dici quello che ti preoccupa», ordinò.

Ernesto Maccadò, virtualmente privo di gradi, ubbidì e sedette al tavolo di cucina, la moglie di fronte.

«È successa una cosa», principiò a dire. E in un paio di minuti la mise al corrente di ciò che era accaduto al Crispini.

«Tutto qua», concluse.

«Tutto qua non mi sembra proprio visto che sei così pensieroso», obiettò Maristella.

Il Maccadò sospirò.

«Cos'altro c'è?» insisté la moglie.

Di nuovo il maresciallo sospirò.

«Non mi capacito che quell'ometto abbia fatto qualcosa di tanto grave da… da essere prelevato da quelli. È un uomo innocuo, un buono, se mai è un po' enfatico, l'amor di patria, gli ideali, i destini… un trombone se vogliamo, ma in fondo sono solo parole, ecco. I criminali sono ben altra cosa.»

«E allora?» chiese Maristella.

«E allora, allora…» fece il maresciallo. «Forse vale la pena di dormirci sopra.»

«D'accordo», acconsentì Maristella. «Va' avanti tu, io finisco una cosa qui e arrivo.»

La cucina peraltro era in perfetto ordine, particolare che non sfuggì al maresciallo. Motivo per il quale, una volta a letto non tentò nemmeno di addormentarsi. Piuttosto attese che Maristella lo raggiungesse, sapendo ciò che sarebbe accaduto.

Infatti.

«Né», dopo un paio di minuti.

«Sì?» fece lui.

«Ho pensato una cosa», disse Maristella.

«Sarebbe?»

«Quando uno ha dei dubbi la cosa migliore è risolverli, non ti pare?»

«Vorresti dire?»

«Va là che mi hai capito», rispose Maristella.

«Se lo dici tu», commentò il maresciallo.

«Lo dico io», ribadì Maristella. E furono le ultime parole di quella giornata.

5.

Al secondo piano della casa che chiudeva via Cavour, una mezza piazza per quanto era larga, abitava una triade che la vita, pur lungo sentieri diversi l'uno dall'altro, aveva portato alla condizione di zitelle: erano le sorelle Italia, Maddalena e Fiamma Rovente.

L'Italia aveva perduto il grande amore il 24 ottobre 1917 durante l'attacco che le artiglierie austro-ungariche avevano scagliato sul monte Rombon con lancio di gas e granate decimando i soldati dell'87° reggimento di fanteria Friuli in cui il giovane, Fiorenzo, era inquadrato. Da quel momento in poi l'Italia non aveva mai più preso in considerazione alcun corteggiatore che pure s'era fatto avanti, vivendo nel costante ricordo del povero fante.

Diversa era stata la sorte di Maddalena che, avendo avuto sentore di una chiamata alla vita monastica, ne aveva seguito il richiamo ed era entrata per un periodo di prova presso il monastero della Visitazione di Como, ricevendo infine un ponderato invito a ritornare alla vita secolare. Non che la Maddalena si fosse comportata male o male si fosse trovata tra le Visitandine. Anzi, il mettersi al servizio dei poveri visitandone le case in quel di Como e Lora Santa Maria la riempiva di pura gioia. Ma nel contempo aveva sviluppato un'inspiegabile ossessione in causa della quale le pareva che gli stessi poveri che assisteva ma anche le consorelle la guardassero come se avesse commesso qualche errore nell'agire o nel parlare. Non avendone contezza non faceva che chiedersi dove avesse mancato, senza trovare risposte. E se ne chiedeva conto alle suorine, ricevuta la rassicurazione di avere agito bene, la interpretava come se la volessero compassionare. A un anno circa dal suo ingresso presso il monastero, Maddalena Rovente era diventata ombrosa, sospettosa. Era sulla via di una nevrosi vera e propria insomma, così che il consigliere spirituale aveva suggerito alla superiora di restituirla al mondo da cui era venuta, ritenendola inadatta a quella vita e ancor meno alla clausura.

Nel frattempo l'Italia, col pensiero diuturnamente rivolto al Fiorenzo, aveva avviato una proficua attività domestica: confezionava tovaglie, tovaglioli, canovacci, fazzoletti, lenzuola e federe che la terza sorella, Fiamma, si occupava poi di vendere porta a porta. L'Italia era anche eccellente ricamatrice e su ordinazione preparava i corredi delle spose, di notte e in solitudine però, poiché doveva spesso interrompersi per piangere al pensiero del suo sogno infranto dall'artiglieria austro-ungarica. Stante il buon andamento degli affari, una mano in più, quando la Maddalena era rientrata in casa, era stata ben accetta.

Nell'animo di Maddalena peraltro persisteva quella vocina che la spingeva a occuparsi dei poveri. E ubbidendole ma soprattutto notando che avvicinandosi a quelli di cui le giungeva notizia, sia in paese sia nelle frazioni, nessun pensiero di aver sbagliato in qualcosa la perseguitava aveva via via proseguito su quella strada, sacrificando alle opere di bene ogni giorno qualche ora. La disinteressata bontà della sorella aveva contagiato l'Italia, che a un certo punto s'era offerta di darle una mano ove le fosse necessitato. E per individuare i casi non c'era informatrice migliore di Fiamma, che girando di casa in casa constatava coi propri occhi dove povertà o malattia richiedevano un aiuto. Fu così che a un certo punto le tre sorelle, per bocca del maestro Fiorentino Crispini e senza alcuna intenzione di dileggio, vennero soprannominate le tre Parche. Definizione quanto mai azzeccata visto che l'Italia si prendeva cura di qualche malato giusto per imboccarlo o fargli assumere la medicina avendo in orrore ferite, ulcere o altri scempi della carne. Toccava a Maddalena assumersi il compito dell'infermiera mentre a Fiamma, che delle tre era la meno paziente, spettava il ruolo di assistere all'agonia quando le cose volgevano al peggio. Anzi, con poco rispetto alcuni affermavano che proprio l'intervento di Fiamma Rovente, a causa della sua bruttezza, che l'aveva privata dei piaceri di un corteggiamento qualunque, affrettava il passaggio nell'aldilà. A conti fatti il ménage familiare delle tre funzionava alla perfezione, nulla mancava, mai uno screzio. Da ciò, benché zitelle, l'allegria che insaporiva le loro giornate, le chiacchiere, i pettegolezzi che si passavano, lo spettacolo di ciò che accadeva in via Cavour cui potevano assistere dalla finestra della sala nei pressi della quale, se non era una era l'altra, c'era sempre una Rovente di vedetta.

Sotto le tre Parche abitava il segretario del Partito Fulvio Semola. Casa e bottega. Al piano terra aveva infatti il suo Laboratorio fotografico SEMOLA, come annunciava l'insegna. Sulla vetrina a destra erano invece indicati in lettere nere i servizi che l'esercizio offriva:

Album fotografici per matrimoni, funerali,
cerimonie varie

Ritratti e foto tessera

Ricco assortimento di apparecchiature
per la fotografia

Sviluppo e stampa in tempi rapidi

Souvenir

Prezzi modici

Al primo piano invece abitava con la moglie Selina, orgoglioso di vivere in quelle stesse stanze in cui il poeta e romanziere Tommaso Grossi, come indicava la lapide incassata nel muro che dava sulla via, era nato: «Tommaso Grossi / Poeta e romanziere / nacque / in questa casa / il giorno 23 gennaio 1790».

Ma la cosa che più amava di quella abitazione era il terrazzino che si affacciava su via Cavour. Vi usciva spesso per guardare dall'alto lo scorcio che giungeva fino alla piazza e al lago e mentre era lì si immaginava di arringare i bellanesi. Tant'è che una volta aveva proposto al podestà Mongatti di convocare il popolo lì sotto e non davanti al palazzo municipale, sentendosi rispondere che la sua era una «richiesta irricevibile».

Fu l'Italia, quando da poco erano passate le sette del mattino, a vedere il maresciallo Maccadò dirigersi verso casa loro. Non aveva avuto bisogno dei consigli della notte il maresciallo, erano bastate le parole di Maristella: doveva risolvere quel dubbio. Non era questione di Arma e Milizia, piuttosto di sé e dei giudizi che si faceva su certe persone: il Crispini in questo caso che, più ci pensava, più faticava a immaginare come nemico del regime. Certo, come aveva insinuato il Gnazio Termoli, non si poteva mai dire. E se davvero il maestro aveva combinato una minchiata tale da finire nelle grinfie della Milizia, va be', si sarebbe messo il cuore in pace. Per quanto...

In ogni caso, pensava il Maccadò camminando, coi se e coi ma non sarebbe andato da nessuna parte. Chiarezza voleva fare. E chiedere al Semola, per quanto gli fosse simpatico come un grappolo di emorroidi, gli era sembrata la prima, forse risolutiva mossa da fare.

Dei due campanelli che stavano a lato dell'ingresso del laboratorio fotografico il maresciallo schiacciò quello che indicava Fam. Semola. Una, due, tre volte, senza ottenere risposta finché la finestra di casa Rovente si aprì.

«Maresciallo», l'Italia chiamò.

Il Maccadò guardò in su, poi controllò la targhetta del campanello.

«Ho forse sbagliato?» chiese.

«No, no», rispose la donna.

Ma certo il Maccadò non poteva sapere che il Semola, quando si coricava la sera, staccava il campanello affinché nessuno disturbasse il sonno suo e della signora, per riattaccarlo non prima delle otto, anche otto e trenta, del mattino.

«Vuol dire che ripasserò», disse il maresciallo.

«Ma nemmeno per idea», si intromise Maddalena Rovente sbucando alle spalle della sorella.

«Scendo subito a bussare», completò Fiamma Rovente facendosi largo tra le due sorelle: tanto ormai era pronta per uscire, cominciare il suo giro di venditrice porta a porta.

Il Semola comparve di lì a qualche minuto, pigiama e vestaglia, spettinato anche, e una mano dietro impegnata a grattare.

«Maresciallo?» chiese benché la Rovente l'avesse avvisato che lì sotto c'era il Maccadò.

«Come vede», confermò il carabiniere.

«Cosa posso fare per voi?»

Il Maccadò si dovette trattenere. Volentieri avrebbe risposto che, no, non poteva né avrebbe mai potuto fare alcunché per lui.

«Qualcosa, forse», si limitò a rispondere.

«Dite», fece il Semola.

Quand'era troppo, però!

«Ma dobbiamo parlare così!» si irritò il maresciallo.

«Con l'arietta che tira a quest'ora...» interloquì Italia Rovente parlando anche a nome delle due sorelle che approvarono con un cenno del capo.

Il Semola lanciò alle tre uno sguardo che nelle sue intenzioni voleva essere minaccioso.

«Datemi un istante», disse poi al Maccadò, «scendo in laboratorio.»

6.

Minchia che fatica!

Lui maresciallo piatire un favore da un pistola come il Semola. Gli era sembrato che le parole recalcitrassero.

Il primo sforzo.

«Devo chiederle una cosa.»

«Cosa di preciso?» aveva chiesto il Semola, sempre in vestaglia e pigiama. S'era pettinato però.

Secondo sforzo.

«Un'informazione.»

Il segretario, pupazzetto, s'era impettito. Serio, una mano al mento.

«Se posso...»

Solo il pensiero del Crispini aveva trattenuto il Maccadò dal mandarlo a quel paese.

«Penso proprio di sì», s'era forzato per la terza volta il maresciallo.

«Dite, dunque!»

Quel dunque! L'aveva ingoiato di traverso.

«Posso conoscere il motivo per cui il maestro Fiorentino Crispini ieri sera è stato prelevato dalla Milizia confinaria?»

A quel punto, inaspettata, era arrivata la ricompensa per le fatiche fatte. Il Semola era rimasto un istante a guardarlo, il capo appena inclinato a destra, la bocca semiaperta. Una vera faccia da idiota.

«Ha capito quello che le ho chiesto?» aveva ripreso il maresciallo.

La mano del Semola aveva ricominciato a grattare il posteriore.

«Certo, ma...» s'era imballato.

«È un segreto?» aveva insistito il Maccadò.

«No, certo... cioè, sì... però...»

«Me lo può dire sì o no?» aveva cominciato a innervosirsi il carabiniere. Ma subito gli era scattata una scintilla: «Oppure...» aveva insinuato.

«Oppure?» aveva preso tempo il Semola.

«Oppure non ne sa niente», aveva affondato il Maccadò.

«La Milizia sa sempre quello che fa», aveva risposto il Semola.

«Ma io sto parlando con lei non con la Milizia», aveva chiosato il maresciallo.

Il Semola aveva smesso di grattare.

«Maresciallo, vedete, talvolta le cose evolvono tanto rapidamente che non c'è tempo da perdere, quindi...»

«Quindi», l'aveva interrotto il carabiniere, «le chiederei la cortesia di informarsi e farmi sapere qualcosa. Se la Milizia sa sempre quello che fa, chi meglio di lei.»

«Certo», aveva deglutito il Semola. Che un istante dopo: «Ma, il maestro Crispini? Ne siete certo?» aveva chiesto.

Il maresciallo aveva confermato con un cenno del capo.

«Come l'avessi visto con i miei stessi occhi.»

7.

Alle otto e un quarto il viso ammantato di incredulità dell'appuntato Misfatti si fece alla soglia dell'ufficio del Maccadò

«Maresciallo, ha sentito…»

«Lo so, appuntato», lo interruppe questi. E subito gli fece cenno di entrare e sedere. Si guardarono in silenzio per un po'. Fu il Maccadò a romperlo.

«Lei cosa ne pensa?» chiese.

Il Misfatti assunse un'espressione seria.

«Per il momento niente», rispose.

Risposta che sulle labbra dell'appuntato andava interpretata, il maresciallo lo sapeva. Il suo appuntato era una specie di cane sciolto e in certe situazioni era ottima cosa lasciarlo fare.

«Tempo questa sera e tutto il paese lo saprà», disse.

«C'è da scommetterci», concordò il Misfatti.

«E gireranno chiacchiere.»

«Come sempre.»

Il Maccadò scosse la testa.

«Non riesco a immaginare…» sospese.

«Io pure», si accodò il Misfatti.

Poi, di nuovo, silenzio. C'era ben poco d'altro da dire. Ma nessuno dei due si mosse. Né il maresciallo congedò il Misfatti, né questi chiese licenza di andare. Così giocava il gatto con il topo. Chi gatto e chi topo però?

«Certo che se c'è di mezzo la Milizia…» osservò l'appuntato.

«Abbiamo le mani legate», completò astutamente il maresciallo.

Il Misfatti non disse né sì né no.

«Non crede anche lei appuntato?»

«In un certo senso...» rispose il Misfatti.

«Mi chiedo cosa possa aver combinato», rilanciò il maresciallo.

«Se», buttò lì l'appuntato.

«Se?» indagò il Maccadò.

«No, dico, quella lì è gente abituata a non andare tanto per il sottile, quindi...»

«Lei dice che potrebbe esserci un equivoco?»

Il Misfatti allargò le braccia.

«Se c'è, dovrà essere in grado di dimostrarlo», rispose. Lui, sottolineò.

O qualcuno in sua vece.

«Giusto», approvò il Maccadò.

Ma chi?

Chi si sarebbe potuto prendere la briga di vederci chiaro?

«Qualcuno che non è abituato a credere alla prima che gli raccontano», rispose con un sorriso, quello sì felino, il Misfatti.

Era quasi ora di finire quel giochetto.

«Se non fosse che stiamo parlando così, tanto per dire, mi vengono in mente i carabinieri», fece il Maccadò.

«Adesso che me lo dice lo direi anch'io», si accodò l'appuntato. «Quindi...»

Ma il Maccadò lo fermò.

«Siamo d'accordo. Prima tuttavia dobbiamo sapere perché diavolo se lo sono portato via, di cosa sarebbe accusato.»

«E...»

«Conterei di saperlo in giornata, almeno lo spero», proseguì il Maccadò.

Il Misfatti non chiese come avrebbe fatto.

«Sono... sono appena stato dal Semola», lo informò il maresciallo.

«Ah!» fece il Misfatti come se gli avessero pestato un callo. «Mi dispiace», sapendo quanto doveva essergli costato.

8.

Fulvio Semola era risalito in casa inverso come una biscia.

Una furia.

Passi pesanti, porte sbattute, che cazzo di qua, che cazzo di là!

La Selina dormiva ancora, era saltata sul letto.

Ma suo marito era diventato scemo?

Non l'aveva solo pensato.

«Sei scemo o che cosa?» aveva gridato.

Le tre Rovente di sopra s'erano zittite, le orecchie all'erta.

Litigano, litigano!

«Sta' zitta e tirami fuori la divisa», aveva ordinato il Semola. E poi giù ancora a inveire, che cazzo di qua, che cazzo di là!

Che cazzo serviva essere caporale della Milizia nonché segretario del Fascio locale se nessuno si prendeva la briga di avvisarlo di un fatto del genere! E per quale motivo? Il Crispini poi? Ma che cazzo aveva combinato? Roba da non credere, era forse impazzito?

9.

Nessuna pazzia. O forse sì. Quella lieve però, che fa volare l'animo umano sulle ali della poesia.

Con l'inizio del nuovo anno Fiorentino Crispini aveva preso il volo, tanto rapito dal pensiero di un'impresa che per tre giorni, forse quattro, nemmeno lui stesso avrebbe saputo dirlo con precisione, aveva tralasciato una sorta di rito che solo di rado aveva mancato di celebrare e con il quale era uso salutare l'inizio di un nuovo giorno. Quale che fosse la stagione, la condizione del tempo, la temperatura, si piazzava davanti all'ingresso del caffè dell'Imbarcadero un quarto d'ora prima dell'apertura. Quel tempo gli serviva per sentirsi parte del panorama che lo circondava, quasi abbandonarsi a esso per assorbirne gli umori che, sperava, un giorno o l'altro l'avrebbero portato a scrivere certe poesie che ancora aleggiavano nel segreto del suo animo o, addirittura, un romanzo, ambizioso traguardo di cui una delle due stufe di casa aveva già bruciato più di un incipit. Finita poi la contemplazione, quando il proprietario del locale apriva, il Crispini entrava e si faceva servire, ormai senza nemmeno più chiederlo, un marsalino con il quale corroborare lo spirito e affrontare la giornata.

L'abitudine era così inveterata che pure il proprietario dell'Imbarcadero, Gnazio Termoli, invero poco propenso ai voli della fantasia o a credere a certe scaramanzie, era arrivato a considerarla anche per sé segnale che il giorno che si avviava sarebbe stato buono. Così che, avviatosi gennaio, non avendo visto da tre, forse quattro giorni, pure lui non avrebbe saputo dirlo, il suo primo cliente del mattino, aveva percepito un filo di preoccupazione. Che al maestro fosse successo qualcosa, magari si fosse ammalato? Non era certo cosa da escludere visto lo stratempo che si era abbattuto sull'intero lago a cominciare dalla sera di San Silvestro, con un vento che aveva fatto volare coppe, strappato persiane e provocato più di un incendio di camini. Dopo tre giorni di continuo soffiare aveva smesso ma si era lasciato dietro l'inevitabile coda di un freddo glaciale che non aveva certo giovato alla salute di buona parte dei bellanesi.

Ovunque si sentivano colpi di tosse, starnuti e scaracchi. Altrettanto si sentiva chiacchierare di febbri, febbrine e febbroni. E polmoniti anche, parola peraltro sussurrata come se fosse bastato pronunciarla per contrarla. Visto anche il ghiaccio che s'era formato un po' ovunque, sul lungolago in specie e lungo le mulattiere che scendevano dalle frazioni, il podestà Mongatti aveva diramato un avviso con il quale pregava i cittadini di muoversi con cautela e per lo stretto indispensabile, onde evitare un'epidemia di femori e crani rotti, già a quota quattro i primi e due i secondi alla data del 3 gennaio 1935. Per parte sua il dottor Lesti aveva fatto passare il consiglio di stare alla larga dai febbricitanti per quanto possibile, ci mancava solo che qualche virus approfittasse per fare la sua parte e aggiungere danno a danno.

Fiorentino Crispini tuttavia non era ammalato nonostante il sospetto del padrone del caffè. Sommamente distratto piuttosto da che gli si era posto un problema che definire etico non gli sembrava affatto esagerato. Essere o non essere in un certo senso, non faceva che ripetersi. In altre parole, lasciarsi vincere dalla tentazione di poter conquistare un poco di gloria approfittando della ghiotta occasione che aveva sottomano oppure obbedire a una rigida morale che gli suggeriva di lasciar perdere in quanto, essendo corrispondente del quotidiano «La Provincia-Il Gagliardetto», più di qualcuno avrebbe potuto insinuare che il suo stretto rapporto col giornale l'avesse favorito, se si fosse dato il caso di vincere o piazzarsi. Era quello il dilemma che l'assillava da quando, la mattina del 2 gennaio 1935, aveva aperto il quotidiano.

10.

Da qualche settimana il maestro Fiorentino Crispini aspettava di vedersi pubblicato, sulla pagina che il quotidiano intitolava «La Settimana del Dopolavoro», un articolo che la redazione gli aveva affidato sull'argomento del tamburello.

Ben poco ne sapeva il Crispini, giusto che si trattava di un gioco, peraltro mai praticato, semmai occhieggiato talvolta durante certe sfide tra avanguardisti organizzate il sabato nello slargo che chiudeva il lungolago. All'obiezione che aveva sollevato, non essere lui il più indicato per discettare di tamburello, il responsabile della pagina aveva ribattuto che invece sì, nessuno meglio di lui avrebbe potuto spiegare come quel gioco potesse essere definito, come avrebbe poi scritto, «il gioco classico degli italiani» e «certamente tra le varie forme di attività sportiva praticate dal popolo quella che meglio si adatta al nostro temperamento. Le doti necessarie per la pratica di questa educazione fisica quali l'improvvisazione, l'istinto, l'agilità dei movimenti e la forza muscolare sono altrettanti elementi che hanno speciale attrattiva per avviare la gioventù a questo esercizio eccellente».

E voleva sapere perché proprio lui?, aveva proseguito il redattore passando subito a chiarire il motivo della scelta. Perché lo conoscevano come uomo dedito allo studio e alla ricerca storica, interessi grazie ai quali sarebbe stato in grado di spiegare come il tamburello fosse nelle corde del carattere italico sin dall'antichità.

Che già gli antichi praticassero tale attività al Crispini era del tutto ignoto. Poiché, però, obtorto collo, aveva accettato l'incarico, s'era buttato in estenuanti ricerche grazie alle quali era riuscito a costruire un percorso, a volte invero fantasioso, che era partito dall'antica Grecia per passare ai romani, «sempre tesi al miglioramento e al perfezionamento di tutte quelle attività atletiche utili a fini cittadini e militari», attraversando il medioevo dove «nelle piccole corti fastose ed artistiche della nostra Italia il tamburello aveva i suoi appassionati praticanti», citando infine la pelota spagnola là introdotta per merito dei legionari romani. Insomma, una tirata e un'improba fatica per concludere che il gioco in oggetto non solo assurgeva a strumento per passare in sana e utile competizione le ore di riposo, ma anche si faceva vettore di un'educazione che affondava le sue origini nella notte dei tempi.

La richiesta gli era giunta circa a metà settembre dell'anno precedente, il responsabile della pagina l'aveva perseguitato fino a ottobre inoltrato affinché consegnasse il lavoro quanto prima. Agli inizi di novembre il Crispini aveva onorato l'impegno. Vista l'urgenza, il maestro s'era aspettato di vedere il suo lavoro pubblicato nei giorni successivi, invece niente. Niente tutto novembre, niente dicembre. La dignità gli aveva impedito di chiedere notizie, ma un trattamento siffatto gli bruciava. Fino a quando, perduta ormai ogni speranza, temendo anche che il suo scritto fosse perfino andato perduto, se l'era trovato sotto gli occhi la mattina del 2 gennaio 1935.

11.

Titolo: *Il tamburello.*

Che fantasia!, s'era detto.

A una prima, sommaria occhiata, Fiorentino Crispini aveva stimato che almeno una buona metà del suo articolo era stata tagliata. Per rendersi conto di quanto era saltato avrebbe dovuto leggere. E aveva cominciato.

Ma...

Ecco, ci si era appena messo, l'occhiale sulla punta del naso, quando lo sguardo aveva fatto un salto di lato, su una colonnina il cui titolo aveva subito attirato la sua attenzione. Vi era infatti annunciato il secondo concorso indetto dal Dopolavoro Provinciale.

Il primo, quello dell'anno 1934, non aveva solleticato la sua vena neanche un po': richiedeva infatti il testo per una canzonetta popolare, in dialetto, da musicare poi a opera del maestro Querulo Tabarelli, autore delle musiche che accompagnavano la stranota *I tèt de la Besana* e l'altrettanto diffusa *L'è come on om el lac de Com.*

Questa seconda edizione mirava invece molto più in alto. Né canzonette né dialetto. Componimento in lingua invece, preferibilmente in rima. E che celebrasse la bellezza del paesaggio, la nobiltà del lavoro, la grandezza della Patria. In sostanza, come indicato nel bando, era necessario che il testo avesse un «pretto carattere ispirato agli ideali del Fascismo». Un'apposita commissione giudicante avrebbe premiato i lavori migliori.

Occasione imperdibile, s'era detto sulle prime Fiorentino Crispini. Anche perché, quasi l'avesse prevista, durante le festività natalizie trascorse in una solitudine pressoché totale, una sera era stato fulminato da una prima strofetta che aveva appuntato, proponendosi di tornarci sopra più tardi.

L'alba si leva
Sul mondo ancor dormiente
S'alza il pastor e il gregge suo
Ubbidiente...

Subito era andato a recuperare quelle quattro righe, trovandole niente male, e mormorando tra sé un possibile seguito che s'era aggiunto subito dopo la levataccia del pastor che, una volta sveglio...

dei campi suoi all'opra
con gioia egli si appresta.

Certo era solo un inizio. Ma la scadenza per la presentazione dei lavori era agevole, metà marzo, c'era tutto il tempo del mondo per lavorare con comodo. Dopodiché, come da regolamento, avrebbe inviato il suo componimento in una busta alla sede di Como del Dopolavoro, in via Indipendenza 22. La premiazione si sarebbe tenuta presso il teatro Sociale del capoluogo, il giorno 21 aprile, Natale di Roma, cerimonia nel corso della quale i primi tre selezionati avrebbero ascoltato le note che accompagnavano la loro fatica.

Giunto però al punto sette del bando il maestro Crispini si era sentito quasi tradito, una coltellata alla schiena, un particolare al quale, preso dall'entusiasmo, non aveva pensato. Perché, era chiarito, i manoscritti dovevano essere accompagnati da un motto in calce da riportare in altra busta chiusa e contenente nome, cognome e indirizzo dell'autore. Era stato a quel punto che il Crispini era stato assalito da scrupoli con i quali aveva tentato di venire a patti per giorni. Mica aveva pensato prima all'evidente conflitto di interessi. Finché, pur con la morte nel cuore, ma onde evitare che la sua moralità si macchiasse, aveva deciso di rinunciare. Addio sogni di gloria! E dalla mattina seguente aveva ripreso l'abitudine di salutare il nuovo giorno sorbendo un marsalino.

12.

Era la mattina dell'Epifania, il paese pressoché deserto dopo le baldorie notturne della festa che si era protratta sin quasi al primo spuntare dell'alba. Pur avendo scritto come tutti gli anni il solito articoletto che annunciava l'evento, raccontando come fosse tradizione per il popolo bellanese festeggiare la vigilia della Befana con il corteo dei Re Magi a ricordo di un fatto storico risalente all'inizio del Seicento e conosciuto col nome di Pesa Vegia, non vi aveva mai preso parte. Aveva sempre prediletto piuttosto la mattina dell'Epifania, cogliendo in quelle ore in cui la maggior parte della popolazione ronfava ancora sotto le coperte i motivi che rendevano malinconico il dì di festa, ottimo spunto per una poesia che però, purtroppo, qualcun altro aveva già composto.

Mise il piede, destro, fuori da casa poco prima delle otto, accolto da un freddo tanto fermo da sembrare solido e da una voluminosa fatta di cavallo dentro la quale per poco non appoggiò il sinistro. Era un residuo del passaggio dei Re Magi che imboccavano via Manzoni a partire dal civico 1 dove lui abitava, percorrendola poi fino in fondo, fermandosi quasi a ogni finestra o balcone dove c'erano bambini in attesa dei doni.

Prima di entrare al caffè dell'Imbarcadero diede un'occhiata al falò che, sul molo, fumava ancora e non poté fare a meno di pensare che proprio così era svanita la sua illusione di poter prendere parte al concorso. E chissà quali e quanti altri pensieri intrisi di languore l'avrebbero trattenuto sulla soglia del locale se Gnazio Termoli non avesse provveduto a richiamarlo, e bruscamente, alla realtà del presente.

«Chi non muore si rivede», gridò cogliendolo alle spalle.

L'aveva osservato per un po' da dietro il bancone. Poi, vedendo che non si decideva a muoversi, s'era fatto sulla soglia del caffè e aveva lanciato quel grido al quale il maestro reagì scuotendosi e infine entrando nel locale.

Il viso del Gnazio denunciava che anche lui, al pari dei suoi colleghi esercenti, aveva fatto le ore piccole. Ligio al dovere però aveva aperto al solito orario. Il locale era vuoto, l'odore di vin brulé ancora pregnante.

«Siete stato ammalato?» chiese il Termoli.

Il Crispini si era appoggiato al bancone.

«No, è che...» Ma si bloccò. Come spiegare il motivo che l'aveva tenuto lontano tre, quattro giorni non solo dal caffè, dal mondo? Tempo perso, meglio lasciar stare, tanto più che il padrone non sembrava molto interessato a una spiegazione.

«Va be'», aveva appena detto infatti, la bottiglia del marsalino in una mano e nell'altra due bicchieri. Due, il secondo era per lui.

«Un richiamino», specificò versando. Perché nonostante si fosse trattenuto non aveva potuto dire no a tutti la sera prima. Coi clienti più fedeli aveva dovuto cedere a qualche brindisi, più di qualcuno in verità, e una volta a casa aveva avuto il suo bel daffare per slacciare le stringhe delle scarpe.

«Ma tutto è bene quel che finisce bene», dichiarò levando il bicchiere. «La cosa importante è che siamo tutti e due qui, sani come pesci!»

Fu quando posò il bicchiere, vuotato d'un sorso, che si sentì il primo, prolungato, severo tocco dell'agonia.

Donnn...

«Non così possiamo dire di questo», aggiunse.

Campane a morto infatti.

«Poveraccio», commentò ancora, scuotendo il capo.

Il Crispini aveva giusto bagnato le labbra.

«Sapete chi è?» chiese, l'animo del corrispondente all'erta. Si fosse trattato di persona in vista, cinque righe dal giornale le avrebbe ottenute.

«È lo Schifagni, Idilio Schifagni, di Lezzeno», rispose il Termoli. «Ottantadue», aggiunse, intendendo gli anni del defunto.

Il Crispini scosse il capo.

«Non conosco», disse.

«Ma sì», fece il padrone.

«Ma no», ribadì il Crispini.

«Vi dico di sì», insisté il padrone. «È il padre di quello che chiamano Fiaccoletta, che ha un'osteria nel piazzale dietro il santuario.»

Al che il viso del Crispini si ammantò di sorpresa.

«Visto che lo conoscevate?» disse il padrone.

Fiorentino Crispini non confermò. Piuttosto: «Come avete detto?» chiese.

«Fiaccoletta», ripeté il Termoli, «è il soprannome del figlio, non so per quale motivo ma so che è così che lo chiamano.»

«Il soprannome», ripeté Fiorentino Crispini quasi sillabando.

«Eh!» fece il Gnazio. «Quando te lo appiccicano non te lo levi più. Capace che quando muori te lo scrivono anche sugli annunci funebri.»

Ma il Crispini sembrava non essere più lì. Le labbra si mossero mormorando qualcosa che il Termoli non comprese.

«Come dite?» chiese.

Non ottenne risposta.

Sorridendo il maestro Crispini finì il suo marsalino, una mano in tasca a prendere il portafoglio.

«Lasciate maestro, offro io», fece il Termoli.

«E allora vi ringrazio due volte», sbottò il Crispini.

Ma perché due volte, visto che s'era bevuto un solo marsalino, Gnazio Termoli non riuscì a spiegarselo.

13.

Il maresciallo Ernesto Maccadò era alla finestra del suo ufficio. Protetto dal caldo che usciva dalla stufa riusciva anche lui a godere il panorama che aveva sotto gli occhi, immobile come un dipinto, preciso come non mai nei dettagli e nei colori. Due più degli altri, l'azzurro intenso del lago, quasi cobalto, e quello più diluito del cielo.

A disturbare quell'immagine così simile a una cartolina fu il Crispini quando uscì dal caffè dell'Imbarcadero, unica presenza viva. Una mano ad accarezzarsi il mento, il capo che oscillava avanti e indietro come se stesse approvando qualcosa. Il Maccadò fu tentato di aprire la finestra e salutarlo. Anche augurargli buon anno visto che da quando l'aveva incontrato, poco prima di Natale, non l'aveva più incrociato. Ma quando ormai s'era deciso a farlo, quello mosse due passi svelti e imboccò il lungolago, sparendo alla sua vista. Magari, rifletté il Maccadò, stava ordinando le idee per l'immancabile articoletto che di lì a un paio di giorni sarebbe comparso su «La Provincia» per dare conto dell'esito della festa. Articolo che peraltro, da quando il Maccadò era a Bellano, in sostanza era una fotocopia di quello dell'anno precedente. Lo stesso maresciallo avrebbe potuto redigerlo, e senza nemmeno assistere alla festa, così come aveva fatto la sera prima, lasciando il compito all'appuntato Misfatti e al carabiniere Beola. Lui era rimasto a casa invece a preparare, una volta che la sua truppa s'era infine addormentata, le tre calze che la Befana avrebbe riempito di dolciumi per Rocco, Carmine e Salvatore.

Fiorentino Crispini, nel frattempo, giunto a metà del lungolago, s'era ormai confermato che quella appena immaginata poteva essere la soluzione migliore: uno pseudonimo, anzi, meglio, un nom de plume! Forse che non vi aveva fatto ricorso anche quel Guido da Verona, uno degli scrittori che amava di più, benché si guardasse bene dal confessare a chiunque la sua passione? Il nom de plume l'avrebbe protetto dal sospetto di favoritismi, il regolamento non ne vietava l'uso, la giuria avrebbe giudicato la bontà del componimento in piena libertà e... E alla fine, se le cose fossero andate per il verso giusto, lui si sarebbe rivelato.

Il gelo, che fino ad allora non gli era sembrato di avvertire, lo riprese d'un botto, raffreddandone gli entusiasmi. Forse aveva corso troppo, si stava già immaginando vincitore, o quantomeno classificato tra i primi tre. E con che cosa, se era ancora fermo a una sola, invero miserella strofetta? Maestro, maestro!, borbottò tra sé, riscuotendosi dai sogni di gloria e ricordando nel contempo che un'altra quartina in rima, forse anche qualcosa di più, era sbocciata nella sua mente subito dopo aver letto del concorso. Come faceva? Forse l'aveva annotata da qualche parte? Sì? No? Non c'era tempo da perdere, bisognava che tornasse subito a casa per verificare se l'aveva infilata nel cassetto segreto della sua scrivania dove accumulava con ordine poesie, racconti incompiuti, epigrammi, aforismi e qualunque altra cosa gli saltasse in mente.

Dietro front quindi e passo di marcia adesso, quando ricomparve sotto gli occhi del maresciallo Maccadò in attesa di vedere entrare al caffè dell'Imbarcadero almeno altri tre o quattro clienti prima di scendere a sua volta per bere il secondo caffè della giornata. Ormai non si faceva più fregare, sapeva per esperienza che i primi che uscivano dalla macchina del Termoli facevano decisamente schifo.

14.

Quirica Chiavarini faceva mestieri a domicilio, pagamento sull'unghia a fine giornata, regola unica che aveva seguito da sempre fino a due anni prima, quando ne aveva voluto aggiungere una seconda: svolgere il suo lavoro solo in case abitate da vedovi o celibi, basta padrone di casa che la seguivano passo passo, controllandola, criticando, lesinando sul prezzo se si fermava dieci minuti per tirare il fiato. La goccia di troppo che aveva saturato il vaso era caduta in casa dell'orafo Avventati, proprietario di una prima bottega con annesso laboratorio a Bellano e di una seconda di sola vendita a Mandello del Lario, gestita da un cognato.

Per ragioni che nessun medico o specialista era riuscito a spiegare, la signora Avventati, Soporina di nome, emanava un odore talvolta acre, pungente, talaltra vagamente imparentato con il minestrone di verdura: in ogni caso quanto bastava perché la gente preferisse starle alla larga, massimamente nelle occasioni in cui sussisteva il rischio di doverla affiancare a lungo, come accadeva alla messa grande o durante le rappresentazioni della filodrammatica. Allora era tutto un correre a occupare posti ben lontani dal maleolente donnone. Perché era anche grassa.

Un simile stato di cose non l'aveva certo resa tollerante nei confronti dell'umanità in genere e la Quirica ne aveva fatto spesso le spese. Oltre che sopportarne l'odore, infatti, che a suo giudizio in certi giorni di umidità rasentava quello di fognina, le era toccato passare sopra certi rimproveri fatti per puro dispetto: il velo di polvere sulla cornice del portaritratti che ospitava la foto dei genitori, entrambi buon'anima, o la ragnatela d'angolo cercata con puntiglio da esploratrice.

Il patatrac era successo un mattino in cui la Soporina era velenosa più del solito. Forse, confessando il motivo del nervosismo, si sarebbe potuta scaricare, magari ottenendo anche la compassione della Quirica. Ma come si poteva confessare che la sera prima il marito le aveva detto di essere giunto al limite della sopportazione olfattiva e quindi, non la prendesse come offesa, ma da quella stessa notte sarebbe andato a dormire in un'altra stanza? Una piccola tragedia che si ripeteva ogni tanto e che poi rientrava dopo una o due scomodissime notti, ma pur sempre tragedia.

La Quirica era china per terra, il tafanario dondolante. Stava pulendo le fughe tra le piastrelle della cucina con tanto di spazzolino in mano sotto l'occhio vigile della Soporina che: «Più forte, ancora, meglio...». Insomma, non aveva fatto che insistere su quei toni fino a quando la Quirica, parlando senza girarsi, le aveva detto che se voleva di più e di meglio poteva farselo lei, per quel che la riguardava non avrebbe obiettato alcunché.

«Non vi permetto di parlarmi in questo modo», era sbottata la padrona di casa, usando il voi al posto dell'abituale tu, per marcare la massima distanza. In più, approfittando della postura della Quirica, le aveva mollato un calcio in culo.

Quest'ultima aveva atteso un solo istante. Poi s'era alzata e alla Soporina aveva sganciato uno sganassone che, nonostante la stazza, aveva spostato la padrona di casa di un buon metro.

«Vattene», era esplosa la Soporina riprendendo il tu.

«Senza bisogno che me lo diciate», aveva ribattuto la Quirica.

«Ti farò terra bruciata intorno», aveva minacciato l'Avventati, «le mie amiche non ti faranno più lavorare!»

«Le vostre amiche?» aveva ghignato la Quirica. «E quali? Quelle che vi girano al largo per non dover annusare certi profumi?»

La Soporina era diventata rosso porpora.

«Creperai di fame!» aveva urlato.

«E voi di un colpo secco!» aveva replicato la Quirica.

In verità nessuna delle due minacce s'era avverata.

Soporina Avventati, un paio di mesi più tardi, avrebbe trovato di che risolvere, benché non del tutto, il suo problema. Sul quotidiano locale infatti scorse un annuncio a fondo pagina che reclamizzava una miscela di olii essenziali, Oleum Helvetius, definito «toccasana per ogni tipo di pelle, rinfrescante, rigenerante, decongestionante». Ne garantiva l'efficacia il dottor Aiace Debouché, che per qualche tempo era stato farmacista in Bellano. Trapiantato in quel di Mendrisio, da là aveva lanciato sul mercato l'infallibile tisana Ipsofacto, che l'aveva reso famoso e anche piuttosto benestante. Soporina Avventati già si avvaleva del potere carminativo della tisana e, fiduciosa, si fece spedire una confezione di detti olii. Ne trasse peraltro un beneficio confinato al solo ambiente domestico. Era così intenso infatti il profumo che la miscela sprigionava da saturare l'aria. L'orafo, l'olfatto impregnato da quel solo odore, tornò ad apprezzare le altre doti della moglie. All'esterno invece ci fu ben poco da fare, tra la gente l'orbitale di Soporina Avventati teneva sempre alla larga.

A sua volta la Quirica non morì di fame ma si diede quella seconda, ferrea regola: mai più padrone di casa, e ciononostante il lavoro, contando su vedovi e marelli, non le mancò. All'alba dell'anno 1935 contava un eccellente parterre di clienti: l'anziano notaio Anfuso, lo scritturale di pretura Berté, l'impiegato postale Omario Consiglio, fresco di lutto, l'avvocato di belle speranze Cestinati, il capostazione Ussubìu, il disegnatore meccanico Febbrili e anche il maestro Fiorentino Crispini. Di ciascuno possedeva le chiavi di casa, per comodità di ambedue le parti, e a ciascuno aveva assegnato un giorno fisso della settimana. Quello di Fiorentino Crispini era il giovedì, giorno di mercato.

15.

Giovedì 10 gennaio il freddo non aveva mollato di uno spillo, mordeva, pungeva, beccava.

La Quirica aveva giusto annusato la temperatura cacciando il naso fuori dalla finestra della sua camera, uno sguardo al lago e un pensiero alla Madonna di Lezzeno, che la tenesse alla larga dai raffreddori e da tutte le porcherie che c'erano in giro in quei giorni. Poi s'era imbacuccata per bene ed era uscita.

Abitando nel rione Coltogno, per raggiungere l'abitazione del Crispini doveva attraversare il fiume Pioverna. Sul ponte neh! Anzi, su uno dei due ponti: quello della statale 36 o l'altro che scavalcava il fiume quasi in prossimità della foce. Un'esperienza termica come se lo si facesse a nuoto peraltro. In tutti e due i casi, stante l'aria che scendeva dalla montagna, si incanalava nell'Orrido e poi si sfogava a lago, erano sberle di freddo che lasciavano il segno, fischianti come i treni, pochi in verità, che passavano senza fermarsi in stazione. La consolava il pensiero che, giunta in casa del maestro, avrebbe trovato il tepore delle due stufe già accese, una in corridoio, l'altra in cucina, cui il Crispini badava con la cura di una vestale... Ue', poteva ben dirlo perché lo sapeva, glielo aveva spiegato il Crispini cosa fosse una vestale! E, ciliegina sulla torta, una bella tazza di caffè, caffè caffè!, che da quel gentiluomo che era il padrone di casa le faceva trovare bella pronta.

Entrò con l'urgenza di fare pipì, cosa che non le impedì di procedere a recitare una specie di consolidato rituale.

«Maestro, buongiorno.»

Ed ebbe la prima sorpresa. Il Crispini non comparve come suo solito uscendo dalla cucina in giacca da camera, pantaloni, camicia e cravatta però, per salutarla a sua volta.

«Buongiorno a voi Quirica.»

Nessuna risposta invece e… orca, freddo! Non certo come quello di fuori ma… Una mano sulla stufa del corridoio, fredda; il respiro, vapore. Terza sorpresa, il caffè, nemmeno una traccia nell'aria. Ancora ferma immobile un passo oltre la porta d'ingresso la Quirica valutò il caso. Due ipotesi. La prima: il maestro non c'era, il che spiegava tutto. Da che faceva mestieri da lui era successo vediamo, vediamo… un paio di volte, forse tre. Non l'aveva mai avvisata dell'assenza, d'altronde non doveva mica rendere conto a lei dei suoi movimenti. Ma c'era anche l'altra ipotesi. L'urgenza della pipì sembrava scomparsa. Si mosse. Entrò in cucina, niente; in camera, vuota, vuoto il letto, benché disfatto. Le restava il sancta sanctorum del Crispini, lo studio, greve di libri e cimeli di varie guerre e guerrette, che era escluso dalle sue mansioni. Mai entrata lì dentro, solo qualche sbirciatina di tanto in tanto. E il Crispini era lì, sulla poltrona, addormentato. Addormentato? Da lì dov'era la Quirica ne vide solo la sommità del capo che sporgeva dallo schienale della poltrona. E la chierica, mai notata prima. Sempre sulla soglia: «Maestro?».

Nessuna risposta. E adesso?

Di ipotesi la Quirica ne aveva solo due. E visto che il Crispini non era via c'era il caso che… sì, che avesse reso l'anima a Dio. E tutto allora, freddo, mancata risposta, niente caffè, era bello che spiegato.

Paura? Macché! Morti e feriti alla Quirica non facevano impressione. Be', certo era un modo di dire che su di lei calzava a metà, perché di feriti non ne aveva mai visti. Morti invece sì, con tutte le case che aveva girato da vent'anni a quella parte e facendosi certa che stare in una casa dove c'era un morto aveva i suoi vantaggi. Non si poteva immaginare la curiosità della gente che voleva sapere com'era morto quello o quella, quant'era durata l'agonia, che malattia, e come l'aveva presa il vedovo o la vedova, decisamente più numerose queste ultime. Chiunque a pendere dalle sue labbra. Grazie all'avventura che le stava capitando ne avrebbe avute di cose da raccontare, il freddo che l'aveva insospettita, come l'aveva trovato sulla poltrona, la chierica eccetera, roba da tenere banco per un bel po'. Naturalmente se il Crispini avesse confermato di essere davvero morto, cosa che per il momento non aveva ancora appurato. Quindi fece un passo, il primo da che frequentava quella casa, dentro lo studio. Strisciando i piedi.

16.

Il rumore le sembrò quello che usciva dalla sua cucinetta economica Sigismund quando le capitava di lasciare aperto il gas. Udì quel sibilo ma mancava la puzza di gas così simile a una scorreggia. Due passi ancora e la Quirica comprese che veniva dalla poltrona. Cioè, dal Crispini. Non era morto quindi, dormiva. E allora, calma. Calma, perché…

La Quirica ricordava bene quello che le aveva raccontato sua madre Levantina, la storia di una ragazza di quindici anni che abitava vicino a lei quando ancora non era sposata. Era una che dormiva come un ghiro e andava anche in sonnambula. Una bella mattina suo padre, che non sopportava di vederla dormire così tanto, l'aveva svegliata gridando come un ossesso. Be', la ragazza era sembrata svegliarsi invece era uscita dal letto in sonnambula e aveva infilato la finestra della camera finendo dritta di sotto, in strada. Tre piani di volo! Non era morta, però era rimasta struppia per tutta la vita. E chi non ci credeva bastava che andasse al santuario di Lezzeno dove c'era l'ex voto che ricordava quel fatto.

Piano quindi, si disse la Quirica, un passettino, strisciando, un altro, e…

«Ma, se diàol», mormorò.

Sparsa sul pavimento, ai piedi del maestro, c'era una quantità di fogli accartocciati. Tanti! E uno era appoggiato sulla copertina di lana che gli copriva le gambe. Chinandosi per sussurrare alle sue orecchie: «Maestro, buongiorno», la Quirica lo sbirciò ma ci capì poco. Delle quattro righe vergate sul foglio intese solo le parole lavoro e patria, pi maiuscola. Basta così, non era abituata a ficcare il naso negli affari degli altri. Cioè, un po' sì, ma quando era sola in casa.

«Maestro», riprese.

Ancora niente, ancora quel sibilo che sembrava proprio il gas quando scappava. Tentò allora con un colpetto, poco poco, giusto due dita sulla spalla.

Fu così che il Crispini, con un ringhio di naso e un colpo indietro del capo, aprì gli occhi. Ma, la vedeva o no? Fiorentino Crispini girò lo sguardo a destra e a sinistra, poi la fissò.

«Quirica!» disse, come fosse sorpreso di vederla lì.

«Maestro, buongiorno», ripeté per l'ennesima volta lei.

Il Crispini lasciò cadere il capo sullo schienale.

«Mi sono addormentato», disse.

«Lo vedo», fece lei.

«Qui nello studio.»

La Quirica non sapeva cosa dire. Le sembrava strano che il Crispini le dicesse quello che lei già sapeva. Piuttosto, che gli fosse successo qualcosa? Cosa ne sapeva lei, magari gli era andato un lembolo al cervello e non era più riuscito a muoversi.

«State bene?» domandò.

«Che giorno è?» rimbalzò lui.

«Sono qui», intonò la Quirica quasi pietosa, «quindi è giovedì.»

«Ah già», fece lui.

«Ma state bene?» insisté lei.

«Ho lavorato fino a tardi e poi mi ha preso il sonno», spiegò il Crispini.

«Vedo bene», concordò la Quirica.

E, visto che era lì, voleva che cominciasse a raccogliere le cartacce che erano sparse per terra? Il Crispini sgranò gli occhi, alla Quirica parve che ancora non si rendesse conto di dove fosse, che giorno, magari anche chi fosse lei e perché gli stesse davanti.

«No, no, no», sbottò poi, «vi ringrazio. Occupatevi della cucina e della camera da letto, come al solito. Allo studio penso io.»

«Se accendessi le stufe?» propose lei.

«Le stufe, già», approvò il Crispini.

Ma con un fare come se, giudicò la Quirica, non gliene fregasse niente.

17.

Cartacce le aveva chiamate! Povera donna! D'altronde non si poteva pretendere che, da quell'ignorante che era, senza nessuna colpa s'intenda, ma comunque ignorante, potesse capire che in quelle cartacce sparse ai suoi piedi c'erano il sudore e le lacrime spese durante la notte appena passata per giungere a completare la seconda strofa del suo carme...

Carme oppure ode? Il Crispini era ancora indeciso su quale dei due termini usare. Ma era questione che si poteva rimandare a quando l'opera fosse giunta a compimento.

Non doveva anticipare i tempi o, peggio, mettersi fretta. Il rischio era di tralasciare uno o più di quegli aspetti della vita che erano fondamento del regime e da esso volevano essere degnamente celebrati.

La partenza, con il risveglio del pastore, al maestro era sembrata non solo doverosa, ma necessaria. Dalla terra infatti l'uomo traeva di che sostentarsi per lanciarsi poi verso più alte imprese. A seguire, aveva ragionato la sera prima, bisognava delineare la figura dell'operaio, tracciarne un ritratto che mettesse in luce la soddisfazione di servire la Nazione lavorando con serenità nelle fabbriche.

S'era chiuso nello studio e da lì, mentre le due stufe languivano, non s'era più mosso.

Che faceva l'operaio? Non si alzava forse anche lui al pari del pastore? Le prime due strofe, con rima, gli erano uscite spontanee.

Pur l'operaio si reca al lavoro
Mani che servono ben più dell'oro...

Ma ci voleva dell'altro, non fosse che per pareggiare i conti con le righe dedicate al pastore e al suo gregge, che erano quattro. Rimare ancora con lavoro e oro? Aveva tentato. Lavoro, oro... decoro.

Nell'opra sua si trasfonde il decoro...

E poi?

Cosa poteva rimare con decoro?

Canoro, sonoro. C'entravano niente.

«Alloro!» era sbottato quando ormai la stufa in corridoio era spenta e a quella di cucina restava poco.

Alloro. Ma...

A un operaio l'alloro? Con tutto il bene che voleva alla categoria, gli era sembrato un po' eccessivo. L'alloro era il simbolo del poeta, doveva tenerlo in serbo per quando avrebbe dedicato una stanza alle patrie lettere.

Ponzando e ponzando aveva infine deciso di cambiare rima poiché con le altre due parole dalla desinenza in -oro che s'era appuntato, foro e toro, non sarebbe andato da nessuna parte.

Verso mezzanotte, quando qualche foglietto giaceva già sul pavimento lanciatovi con stizza, il Crispini aveva abbandonato la scrivania per la più comoda poltrona. Avvertendo anche un po' di freschetto, s'era preso la copertina di lana per coprirsi le gambe. L'idea di mettersi a letto e lasciare che la notte gli portasse consiglio l'aveva sfiorato ma le si era opposto: vi avrebbe ceduto solo dopo aver completato la seconda quartina e di tanta fermezza s'era sentito orgoglioso...

«Orgoglioso», aveva ripetuto ad alta voce. Ecco come poteva definire l'operaio, orgoglioso del proprio lavoro. Quindi:

All'opra sua si protende orgoglioso...

Bello. Ma...

In attesa che l'ultima rima scaturisse dal suo animo, aveva voluto rileggere tutto da capo, per assaporare la metrica. Giunto a quell'ultima riga in attesa della gemella, qualcosa non gli era suonato per il verso giusto. Ed eccola, una ripetizione! All'opra, espressione già usata a proposito del pastore. In un carme, o ode, stonava come una parolaccia o un verbo sbagliato. Peccato, ma c'era ben poco da fare. S'era tenuto stretto l'aggettivo però chiedendosi in che modo l'operaio poteva dirsi orgoglioso di essere tale. Citare la moglie, forse? Sarebbe stata una soluzione. Ma per le massaie aveva già previsto una terza stanza dedicata e non poteva bruciarne l'immagine. Infine la lampadina s'era accesa quando al campanile erano suonate le due. Ma certo, s'era detto il Crispini, certo che sì! La Patria, quale sostantivo femminile, poteva a ragion veduta sentirsi orgogliosa del lavoro dell'operaio. E in quattro e quattr'otto, almeno così gli era sembrato poiché in realtà ci aveva impiegato non meno di un'ora dopodiché era caduto nel sonno, aveva completato la stanza dell'operaio, che adesso, mentre la Quirica di tanto in tanto buttava un'occhiata nello studio perché non era del tutto convinta che il maestro fosse perfettamente in quadro, rilesse con un sorriso di piena soddisfazione.

Pur l'operaio si reca al lavoro
mani che servono ben più dell'oro
sa che la Patria lo guarda orgogliosa
per la fatica ch'è tanto preziosa.

18.

Che il Crispini gli stesse facendo le corna?, si stava chiedendo Gnazio Termoli. Nel senso che avesse scelto un altro bar per andarsi a bere il marsalino? Ormai non lo vedeva da quattro, cinque giorni forse. Non che ci potesse fare qualcosa; come si diceva: il cliente ha sempre ragione. Ma, se davvero il maestro aveva cambiato locale, almeno gli sarebbe piaciuto sapere perché.

Non poteva essere per la qualità del marsalino, sempre quello, il migliore, Florio. Né avevano avuto discussioni di qualche genere e men che meno l'aveva trattato male. Anzi, l'ultima volta che s'erano visti il bicchierino glielo aveva offerto lui e il Crispini gli aveva dato quella risposta, «vi ringrazio doppiamente», che di tanto in tanto gli tornava ancora alla memoria, misteriosa come allora.

Insomma, per farla breve al Gnazio rugava che il Crispini potesse aver deciso di cambiare bar. Per quello, tutte le mattine dopo aver aperto se ne stava dietro la porta a vetri dell'entrata e scrutava l'infilata di caffè che, grazie alla posizione del suo, poteva osservare: il Centrale, il Testori, il Vitali e, in fondo, il Cavallo Bianco.

Non l'aveva mai visto entrare in uno di quelli. Però c'era tutta la collezione di osterie dentro, nelle contrade. Ma al Gnazio risultava difficile credere che il maestro potesse abbassarsi a frequentare uno di quei posti, dove tra l'altro quello che servivano somigliava al marsala come l'aceto al vino. A meno che fosse malato davvero questa volta. Forse sua moglie Damina, che andava per negozi, ne sapeva qualcosa. Oppure lui stesso avrebbe potuto chiedere a qualcuno dei suoi clienti. Lo chiese invece la mattina di venerdì 11 gennaio al maestro Fiorentino Crispini in persona. Ma fu una domanda pro forma. Il viso con il quale il Crispini si presentò al banco era luminoso come quello di chi è innamorato o qualcosa del genere.

«Malato?» rispose infatti il maestro. «No. Impegnato, piuttosto.»

E, se solo il Gnazio gli avesse chiesto cosa l'aveva tenuto lontano dal marsalino in quei giorni, visto che erano soli soletti, avrebbe ceduto all'impulso e avrebbe recitato le prime due stanze del carme, o ode, che aveva fieramente completato, per vedere l'espressione del primo essere umano una volta uditele.

Si leva l'alba sul mondo ancor dormiente
s'alza il pastor col gregge suo obbediente
nella tranquilla casa sua modesta
dei campi all'opra gioioso ei s'appresta.
Pur l'operaio si reca al suo lavoro
mani che servono ben più dell'oro
sa che la Patria lo guarda orgogliosa
per la fatica ch'è tanto preziosa.

Ma il Termoli non osò tanto. Più pratico: «Meglio così», disse. «Marsalino?»

«Certo», confermò il Crispini.

Il Gnazio versò, il Crispini bevve e pagò.

«Buona giornata», disse poi, uscendo e dirigendosi verso l'edicola che stava al centro di piazza Grossi onde acquistare il giornale. Sul quale, ancora nella pagina «La Settimana del Dopolavoro», l'attendeva una sorpresa.

19.

L'articolo si intitolava *Il Dopolavoro e l'elevazione artistica e culturale del popolo. Le imponenti manifestazioni del Decennale.*

Da leggere prima di ogni altra cosa, rifletté il Crispini. Il marsalino l'aveva un po' riscaldato, ma non era certo il caso di farlo lì, in piazza. L'urgenza di sapere in fretta lo spinse a rinunciare all'idea di scarpettare verso casa per tornare piuttosto al caffè dell'Imbarcadero dentro il quale entrò sotto lo sguardo stupito del Gnazio che mai, ma mai mai, l'aveva visto due volte nel suo locale nella stessa giornata.

Gradiva dell'altro forse?

«Vi ringrazio, no», rispose il Crispini. «Ma, se posso...» aggiunse indicando una sedia e sventolando il giornale.

«Fate pure», consentì il Gnazio.

Il Crispini non se lo fece ripetere, sedette e riprese a leggere da quelle prime righe che aveva appena occhieggiato all'aperto annuncianti le grandi manifestazioni in arrivo per celebrare il Decennale del Dopolavoro. E fu entrando nello specifico che una sorta di tremore interno lo afferrò. L'Opera Nazionale Dopolavoro «avrebbe preso parte onde festeggiare il Decennale dalla fondazione alla Festa internazionale della danza, delle arti e del canto popolare», che si sarebbe tenuta niente meno che a Londra. Tale festa, definita convegno «tra i più fastosi del mondo», avrebbe ospitato non solo danzatori, danzatrici, musicisti e artisti ma anche interpreti della canzone italiana. A tal proposito l'articolo segnalava che la compagine italiana, prima di volare oltremanica, avrebbe proposto l'intero programma «nella cornice di ineguagliabile bellezza e grandiosità della basilica di Massenzio». Come una stoccata infine era arrivata la sorpresa. Infatti, grazie all'intenso lavoro delle segreterie provinciali e nazionali dell'Opera Nazionale Dopolavoro e al beneplacito di Sua Eccellenza il capo del governo Benito Mussolini, la canzone vincitrice, solo quella!, del concorso lanciato all'inizio del mese sarebbe stata proposta al pubblico nazionale e internazionale, interpretata dal tenore di chiara fama Callisto Diaframma. «Una vittoria», concludeva l'articolo «per il nostro Dopolavoro che da sempre realizza i compiti che il Duce nel crearlo gli affidò.»

Roma, Londra, sillabò il Crispini, piegando il giornale e guardando nel vuoto. Dentro il quale aveva preso forma un ben preciso pensiero che lo assorbì tutto intero, straniandolo. Tant'è che, alzatosi per avviarsi verso casa, non sentì il saluto del Gnazio né si avvide del maresciallo Maccadò che stava al banco a bere il secondo caffè della giornata visto che già cinque clienti l'avevano anticipato.

Allo sguardo muto del maresciallo rispose il Gnazio.

«Mah. Avrà cose per la testa!» disse scuotendo il capo. «È dall'inizio del mese che sembra un po'... un po' così... strano.»

20.

La Quirica non s'era mica dimenticata la singolare, per non dire di più, impressione che il Crispini le aveva fatto la settimana prima. Mentre faceva i suoi mestieri, si era interrotta di tanto in tanto per controllare, senza dare nell'occhio, lo stato del padrone di casa, che aveva passato l'intera mattina nello studio. Una volta terminati s'era fatta sulla soglia senza osare entrare.

«Io avrei finito», aveva detto.

Il Crispini dalla poltrona era passato alla scrivania.

In terra, la Quirica l'aveva notato, non c'erano più cartacce. Stavano invece, spianate e ordinate sul piano della scrivania, scrutate una dopo l'altra dal maestro che sembrava ci scavasse dentro alla ricerca di chissà cosa.

«Bene», aveva risposto lui. «Ci vediamo la prossima settimana.»

Ma la Quirica non s'era mossa.

«Avete bisogno di qualcosa?»

«No», aveva risposto lui.

«Sicuro?» aveva insistito lei.

In quel momento il maestro era impegnato nella stesura della terza stanza del suo carme, o ode, quella dedicata alle massaie italiane, aveva sulla punta della lingua la parola da far rimare con «restare».

«Certo», aveva risposto con un piccolo scatto. Un insolito accenno di nervi che la Quirica mai aveva notato in lui. E che l'aveva fatta recedere dall'insistere ancora, s'era inghiottita un «Sicuro sicuro?» che aveva già pronto sulla lingua e si era vieppiù preoccupata.

Cosa fare?, s'era chiesta una volta uscita. E sì, perché ai suoi datori di lavoro lei voleva bene, ci si affezionava e non era solo una questione di soldi. Se non proprio la mamma, si sentiva un po' come se fosse la sorella maggiore di ciascuno. E soprattutto di quelli marelli e in età, proprio come il maestro Fiorentino Crispini.

Aveva considerato l'idea, visto che aveva le chiavi di casa, di passare il giorno seguente o l'altro ancora per sincerarsi che tutto fosse a posto. La scusa? Aveva dimenticato qualcosa. Sarebbe stata la prima volta che violava la casa del maestro in un giorno diverso dal giovedì. Ma se così facendo il Crispini avesse sospettato che di quelle chiavi lei facesse un uso illecito? Al solo pensiero di poter generare simili dubbi aveva cassato l'idea. Forse sarebbe stato più saggio alleggerirsi l'animo e condividere la sua preoccupazione con qualcuno. Ma con chi? Di certe cose non è che si possa parlare con il primo che si incontra! Mica facile! Ma la settimana successiva era pronta per lei l'ennesima sorpresa.

21.

Con un po' d'ansia giovedì 24 gennaio la Quirica entrò in casa del Crispini. Dapprima, la temperatura. C'era calduccio, le due stufe andavano. Poi annusò, profumo di caffè. Solo allora decise per la terza prova.

«Maestro, buongiorno.»

E il Crispini, giacca da camera ma sempre cravatta camicia e pantaloni, uscì dalla cucina: «Mia cara Quirica buongiorno, accomodatevi!» facendolesi incontro quasi saltellante.

Lei era ancora ferma, un passo dopo la porta, e sbalordita, scuotendo appena il capo.

No, no.

Qualcosa non andava ancora. Cos'era quell'euforia?

«Ma prego, prego», continuò il maestro.

No, proprio no, pensò la Quirica. Mai visto così il maestro, così agitato, le gote rosse come se avesse bevuto. Ma se era astemio, o quasi.

«Vi aspetta un bel caffè», caricò il Crispini, muovendo verso di lei come se la volesse prendere sottobraccio.

Signùr, signùr!, mormorò tra sé la donna.

La settimana prima svanito, cupo, anche nervoso. Adesso invece...

«Maestro», osò, «voi state sempre bene?»

«Bene?» sbottò lui.

Benissimo!

Non poteva stare meglio di così visto che col carme, o ode, era ormai giunto alla fine, un paio di rime ed era fatta. In più gli era venuta un'idea geniale per renderlo anche esteticamente ammirevole. Spiegarlo alla Quirica? Non aveva senso, non avrebbe capito come l'animo umano riusciva a librarsi sopra le miserie della vita grazie alla poesia. Se avesse potuto farle intendere che, grazie ai poeti, anche il suo umile lavoro si elevava a gradi di nobiltà! Ma sarebbe stato tempo perso, forse addirittura l'avrebbe indotta a pensare che non ci stesse più con la testa. Solo pochi eletti potevano cogliere l'alito che soffiava laddove la vita trovava il suo senso più vero, solo pochi occhi erano in grado di andare oltre quelle che ai più sembravano solo semplici parole.

22.

Non era infrequente che Fiorentino Crispini salisse lo scalone del municipio per chiedere di essere ricevuto dal segretario comunale Cirico Menabrino. Capitava perlopiù quando la giunta amministrativa aveva in ballo decisioni importanti e gli servivano chiarimenti onde comporre un puntuale articoletto che non lo mettesse nei guai. In anni recenti era accaduto con il progetto a lungo rinviato della cosiddetta «redenzione igienica del paese» e quello che doveva finalmente sbloccare i lavori della strada che avrebbe collegato Bellano a Vendrogno e alla val Muggiasca, progetto che pareva davvero in dirittura d'arrivo. In quei casi il segretario si era sempre reso disponibile a fornire le informazioni richieste. Anche, talvolta, a segnalare cosa sarebbe stato meglio non scrivere.

Quando, la mattina di venerdì 25 gennaio, il segretario si vide entrare in ufficio il Crispini, non prima di aver sentito il lieve toc toc sulla porta e subito dopo il sibilante «Posso?» si chiese cosa ci facesse lì, visto che in ballo di interessante per un giornale non c'era niente.

I provvedimenti più recenti riguardavano una delibera relativa al taglio di un bosco in località Portone e il ricovero in un istituto di cura di un'alienata. A meno che, rifletté, non volesse avere aggiornamenti su come si stesse organizzando la scuola locale riguardo alle lezioni di cultura militare, il cui inizio era previsto per il 1° febbraio, in obbedienza alle leggi per la preparazione del cittadino-soldato nella «Nazione guerriera», secondo l'espressa volontà del Duce. In quel caso se ne sarebbe liberato in un battibaleno così come in un battibaleno s'era liberato di quell'ennesima rottura di coglioni: testo della legge in mano, al responsabile dell'istituto bellanese che aveva chiesto appoggio e collaborazione da parte dell'amministrazione comunale aveva risposto che a lui e a lui solo competeva la nomina degli istruttori e l'organizzazione delle lezioni, venti ore da distribuire nel corso dell'anno scolastico.

«L'amministrazione comunale non c'entra niente», aveva chiarito, «e men che meno io.»

Insomma non erano cazzi suoi, che la guerra l'aveva già fatta, aveva salvato la ghirba e desiderava solo morire di vecchiaia nel proprio letto. Che si divertissero altri a giocare ai soldati!

Stiamo a vedere, pensò quindi il Menabrino tornando al Crispini, e: «Qual buon vento», salutò.

«Bolle qualcosa in pentola?» a sua volta il maestro.

Il segretario allargò il torace in un ampio respiro.

«Se siete alla caccia di novità vi devo deludere, caro maestro. Se mai», aggiunse sorridendo, «voi potreste raccontarmi qualche bella novità!»

Il Crispini spazzò l'aria con una mano.

«Cosa volete che vi dica, calma piatta.»

Al pari del lago che quella mattina era lucido come uno specchio.

E allora, si chiese il Menabrino, cosa ci faceva lì?

«Vi starete chiedendo come mai sono qui», tradusse il Crispini manco gli avesse letto nel pensiero.

Il segretario non voleva offendere. Però, sì, tutto sommato se lo stava chiedendo e, anche, gli sarebbe piaciuto saperlo. Perché se il maestro Crispini si poteva dare al bel tempo, lui invece di cosucce da fare ne aveva, fin troppe.

«Posso?» chiese il Crispini. Sedersi, visto che era ancora in piedi.

Ahi!, pensò il segretario. Ma: «Prego», acconsentì. D'altronde, cosa poteva fare?

Il Crispini però non sedette subito. Prima si allontanò per chiudere la porta dell'ufficio. Solo dopo si accomodò, attese un istante, intrecciò le dita delle mani, incastrandole tra le ginocchia.

«In confidenza», disse infine.

Il Menabrino corrugò la fronte. Era strano il Crispini, non l'aveva mai visto così. Ossequioso sì, fin troppo. Ma impacciato, misterioso...

«Ditemi», lo invitò il segretario.

«Che resti tra noi», mormorò il maestro.

«Ma certo!» sbottò il segretario. Tutto quello che voleva purché arrivasse al dunque.

«Ecco», si decise infine il Crispini. «Mi piacerebbe sapere, naturalmente se posso... se è lecito... se non... insomma amerei... gradirei sapere quali sono le mani che compilano i verbali delle delibere della nostra giunta.»

«Prego?» fece il segretario.

Aveva capito bene?

«Sì», confermò il Crispini. E si spiegò.

«Perché una grafia così accurata, elegante è cosa rara, caro segretario.»

«Non ne dubito», rispose quello.

«E quindi, se fosse possibile, mi farebbe piacere conoscere a quale delle due impiegate è affidato tale compito», sparò di getto il maestro.

Il segretario soppesò la richiesta. Bo', si disse.

«Potrei sapere perché vi interessa?» chiese poi.

Fiorentino Crispini allargò un sorriso felino. S'era preparato all'obiezione, la risposta era pronta.

«Quale maestro che ha insegnato anche la calligrafia, mi sento in dovere di farle i miei complimenti», disse.

Lasciarsi convincere da quella risposta o indagare oltre su quella richiesta, quantomeno stravagante? In sostanza, perdere tempo o liberarsi in fretta del Crispini? Via, si disse il segretario, e rispose.

«Si tratta della scritturale, la signorina Beatrice Cannibale. Quella mora, riccioluta», specificò.

Il maestro acquisì l'informazione con un gesto del capo. «Vi sono grato», fece poi alzandosi.

«Per... per così poco?» rispose il segretario.

Ma non era convinto. Tant'è che si alzò a sua volta e accompagnò il Crispini fin sulla porta. Voleva verificare che adesso andasse al tavolo dell'impiegata e le facesse i complimenti. Ma una volta uscito dal suo ufficio Fiorentino Crispini imboccò il corridoio che portava alla sala del consiglio e allo studio del podestà, evidentemente intenzionato a uscire. Cosa che infatti fece, lasciando il Menabrino a guardarlo col sospetto che in quella visita c'era qualcosa di strano, molto strano. Ma capire cosa fosse era un altro paio di maniche.

23.

Vero era che l'aveva insegnata la calligrafia, e per tanti anni. Ma uno ci nasceva con il talento di scrivere come se stesse dipingendo. Lui, no. Tant'è che tra le materie era sempre stata quella che l'aveva messo più in difficoltà. E se non avesse avuto sempre sottomano il manuale di calligrafia *Il bello scrivere* del professor Ippolito Minuziosi non avrebbe saputo cavarsela. Ben di rado s'era avventurato alla lavagna con il gesso in mano. Con il manuale invece e a fianco uno o l'altro dei suoi allievi che avevano dimostrato di possedere l'arte a farsi sostituire nel tracciare l'una o l'altra lettera dell'alfabeto. In quel senso madre natura l'aveva penalizzato senza fargli sconti, al punto che talvolta ciò che scriveva risultava incomprensibile a lui stesso. Come si diceva, «asino di natura non sa legger la sua scrittura». Gran verità!

Per dare il meglio di sé, Fiorentino Crispini aveva riscritto ben quattro volte il suo carme, o ode. Ciononostante faceva ancora una discreta pena. Per essere leggibile lo era. Ma l'estetica, l'estetica, era farraginosa! Le effe sproporzionate, le gi gonfie come zecche, le esse appiattite, le emme allungate. E poi quell'inclinarsi un po' di qua e un po' di là delle parole, come se sulla riga soffiasse a tratti il vento e a tratti la breva. Roba da far scappare la voglia di leggere a una giuria che certo avrebbe valutato anche la bellezza del tratto.

Una soluzione gli era sembrata quella di battere a macchina il testo con la sua Olivetti modello M20. Così fatto, perlomeno aveva reso intelligibile lo scritto, cautelandosi verso eventuali equivoci nell'interpretare questo o quel termine. Però, dopo aver letto la notizia circa il destino riservato al carme, o ode, che avrebbe vinto il concorso, rileggendo il componimento ancorché incompiuto per trarne rassicurazione di avere buone chance, era rimasto impressionato da come, battuto a macchina, ne uscisse impersonale. Pareva quasi una lettera commerciale. Un siffatto lavoro doveva essere nobilitato anche da una grafia consona, ci voleva un adeguato amanuense, una scrittura comme il faut. Era lì che gli erano venute in mente le spettacolari trascrizioni delle delibere della giunta comunale e di conseguenza la mano che le vergava dando loro un fascino che le innalzava ad altezze celestiali rispetto all'anonimo rasoterra burocratico.

24.

«Appuntato, allora io vado», disse il maresciallo Maccadò.

Mancavano una decina di minuti alle sei della sera, una giornata che, come da due settimane a quella parte, era scivolata via liscia liscia, a eccezione dell'arrivo a sorpresa della signora Misfatti che aveva portato una teglia di sformato di maccheroni per la cena di suo marito e del carabiniere Beola, cui toccava il servizio notturno. Ancora caldo, lo sformato.

Il Maccadò aveva annusato e dichiarato che quasi gli dispiaceva di non poter godere di una simile leccornia.

«Quando mia moglie ci si mette...» aveva commentato l'appuntato Misfatti.

Il problema stava proprio lì, ci si metteva solo quando le girava di farlo. Inutile invece chiedere.

«E va be'!» si consolò il Maccadò. Che, comunque, di lì a poco, si sarebbe trovato sotto gli occhi la stessa delizia, perché una seconda teglia la Misfatti l'aveva portata anche a Maristella, della quale ormai era diventata una specie di sorella maggiore, e zia acquisita per la truppa dei figli.

Non appena fuori dalla caserma il profumo dello sformato che gli aveva saturato le narici svanì d'un botto, scacciato prima dal freddo che durava ancora e poi da un intenso profumo che ormai il maresciallo aveva imparato a riconoscere, quello del lago. Ineffabile, da godere quando capitava poiché non c'era un giorno, una stagione, un momento preciso in cui si liberava nell'aria. Così, fermo ancora davanti al portone della caserma a inspirare, ebbe la fortuna di vedere, sull'altro lato della strada, quello lungo il molo e che percorreva di solito tornando a casa, la figura di Chiarino Cadenazzi.

Era, costui, un rompicoglioni coi fiocchi, litigioso come se il litigare fosse la missione che gli era stata affidata dal destino. Ogni volta che lo incrociava, sottoponeva al Maccadò questioni che lo vedevano perlopiù in guerra con i vicini di casa. Gli snocciolava relazioni tanto puntuali quanto noiose sul dissidio del momento. Quella che stendeva i panni che sgocciolavano sul suo terrazzino; quell'altra che litigava con il marito a notte fonda; quell'altra ancora che saltava i turni di pulizia delle scale comuni; la dama dei gatti che insozzava dappertutto... Se le prime volte il maresciallo Maccadò era caduto nella trappola ed era rimasto a sentire pur non sapendo cosa rispondere, a un certo punto aveva attuato la tattica di evitare con cura la scocciatura cambiando tragitto. E così fece anche in quella occasione. Non attraversò la strada e si avviò invece lungo il lato opposto passando davanti al caffè Centrale, il caffè Testori, il palazzo municipale. Fu così, quando giunse nei pressi del portone di quest'ultimo, che vide.

Cioè, sulle prime gli parve di vedere...

25.

Il maestro Fiorentino Crispini era uscito da casa intorno alle cinque e mezza. Strano, stranissimo per chi ne conosceva le abitudini. Il maestro cenava infatti non oltre le sei con una minestra e un frutto per poi passare un paio d'ore nel suo studio e infine coricarsi.

Un'eccezione quindi, che il Crispini aveva giudicato necessaria trascorsi alcuni giorni dal colloquio col segretario comunale al fine di passare all'azione. Era l'ora giusta per individuare il posto migliore dove tenere d'occhio l'ingresso del municipio e beccare l'impiegata Beatrice Cannibale che sarebbe uscita insieme con i colleghi alle sei spaccate.

Scartata la posizione, quasi da palo, ai lati dell'ingresso, aveva provato a mettersi nei pressi dell'ufficio delle Regie Poste, angolo via Carlo Porta. Ma dopo un paio di minuti aveva avuto l'impressione di sembrare un figuro equivoco, tipo molestatore. Quindi aveva attraversato la strada, raggiunto il molo e lì, nascosto dietro l'ampio fusto di un ippocastano, aveva giudicato di essere nella condizione migliore: l'enorme tronco della pianta lo occultava a sufficienza mentre sporgendo appena la testa poteva tenere d'occhio portone e impiegati. E in quella posizione inclinata per sporgere oltre il profilo dell'albero il Maccadò lo vide.

Alla prima impressione il maresciallo credette di vedere proprio il maestro Fiorentino Crispini. Poi lo escluse. Un atteggiamento di quel tipo, furtivo, non era da lui.

Tuttavia, visto che qualcosa non gli quadrava, si fermò. Era o non era un maresciallo dei carabinieri?

Si spostò per osservare meglio, raggiungendo l'angolo di via Balbiani, appoggiandosi al muro, poco prima dell'ingresso della macelleria Bisacchi. Pochi minuti di osservazione gli permisero di confermare la prima impressione. Quello che sembrava nascondersi dietro l'ippocastano era proprio il maestro Crispini, non c'erano dubbi. Per quale ragione, però, non gli riusciva di immaginare. Tanto valeva aspettare qualche minuto ancora nonostante il freddo e stare a vedere.

26.

L'appostamento non sortì effetto alcuno.

Beatrice Cannibale era uscita qualche minuto dopo le sei. Ma sottobraccio alla sua collega Candida Piccionati, addetta all'anagrafe.

Già mentre scendevano lo scalone le due erano immerse in un parlare fitto fitto né avevano smesso una volta uscite. S'erano fermate qualche minuto continuando a chiacchierare.

Il Crispini aveva atteso il momento in cui si sarebbero salutate per poi dividersi. Invece no. Sempre sottobraccio avevano ripreso la strada ed erano entrate nella drogheria lì a fianco.

Sperava che fosse per un acquisto rapido, un etto di mentine o asabesi. Macché! Grazie all'ampia vetrata della drogheria che dava su piazza Boldoni le aveva intraviste nel settore dedicato a profumi, creme, rossetti, e poco più tardi passarsi questa o quell'altra boccetta, annusando, confrontando pareri e ascoltando i consigli della proprietaria. Così aveva capito di aver perso l'occasione di incontrare da solo a sola la Cannibale dalle mani d'oro. Aveva rinunciato quindi ed era uscito dal suo nascondiglio prendendo la via di casa pensieroso, le mani dietro la schiena. Sotto gli occhi perplessi del Maccadò che, pure lui, aveva ripreso la strada verso casa, incapace di non pensare che tutto ciò cui aveva assistito era abbastanza stravagante. Al punto che, ne avesse avuto motivo legittimo, avrebbe chiesto allo stesso Crispini la ragione di quel suo stare lì, nascosto, né più né meno come fosse un malintenzionato. Ma per l'appunto non ne aveva motivo e archiviò l'episodio come una stranezza e nulla più di quell'ometto. Tant'è che entrò in casa con il sorriso sulle labbra, pensando che quella scenetta avrebbe potuto figurare in una comica di Ridolini.

27.

Tempo quella notte e il maresciallo Maccadò s'era bell'e dimenticato l'accaduto. Né se ne sarebbe ricordato se, venerdì 1° febbraio, non avesse assistito a una scena parimenti comica dalla finestra dell'ufficio del Misfatti.

Mancava una decina di minuti alle sei, l'alba era ancora lontana, quando avvertì uno scalpiccio provenire dalla piazza che lo spinse ad andare alla finestra e guardare. Fosse stato nel suo ufficio non l'avrebbe avvertito. Quando però era di servizio la notte preferiva occupare quello dell'appuntato da cui si aveva una migliore visione e anche verificare, aprendo la finestra e guardando di sotto, chi andava a suonare al portone.

Fu così che li vide, li contò, cinque, e li nominò, uno per uno, a partire da colui che guidava il gruppetto, il segretario del Partito Fulvio Semola. Gli altri erano Bertinati Michele, Sussi Armenio, Carambola Gino e Rovenio Cirillo, fedelissimi e assonnati miliziani in partenza alla volta di Como per presenziare alla cerimonia celebrativa del dodicesimo anno di fondazione della Milizia Volontaria Sicurezza Nazionale. Così aveva preferito il Semola dopo aver studiato le mosse da fare in occasione dell'importante ricorrenza durante una riunione ristretta tenutasi un paio di settimane prima. Non aveva infatti la certezza che celebrare l'anniversario in paese avrebbe riscosso il successo che meritava. Anzi, temeva, e l'aveva detto con estrema franchezza, che se avessero deciso di celebrare l'evento a Bellano si sarebbero ritrovati tra di loro più qualche sfaccendato, offrendo così una alquanto triste immagine della sezione. Ben altrimenti sarebbe andata se l'evento fosse caduto in un giorno di festa, ma visto che non era così... Visto che così non era, aveva proposto di formare una delegazione bellanese che avrebbe partecipato alla giornata celebrativa che si sarebbe tenuta in Como presso la sede della XVI Legione Alpina a partire dalle ore nove del mattino. Nemmeno così, tuttavia, era riuscito al Semola di dare maggior smalto all'immagine della sezione poiché al momento di raccogliere i nominativi che avrebbero composto la delegazione bellanese parecchi, chi con la scusa del lavoro, chi con quella di impegni mal definiti o inventati al momento, s'erano tirati indietro. E così aveva dovuto fare i conti con uno sparuto gruppo di miliziani.

Due, il Carambola e il Sussi, sembrava che fossero stati tirati giù dal letto solo pochi minuti prima tant'erano spettinati, e non c'era vento che potesse giustificare quel disordine tricologico. Riuniti che li ebbe sotto la pensilina dell'imbarcadero il Semola stava tenendo loro una specie di discorsetto.

Il Maccadò non ne poteva sentire le parole, benché le potesse immaginare senza sforzo, ma lo vedeva gesticolare. Udì però a un certo punto, meravigliandosi della potenza con la quale percorse la distanza vincendo anche la resistenza del vetro della finestra, uno sbadiglio di stampo quasi animale che provocò un coro di gemelli nella truppa miliziana. Al che il Semola reagì battendo i piedi per terra e uscendo da sotto la pensilina con piccoli passi nervosi fermandosi poi all'imbocco del lungolago, ritto, le mani dietro la schiena, sacramentando rivolto al cielo e infine accorgendosi del maresciallo che stava guardando la scena. S'impettì allora nel saluto romano a tutto beneficio del Maccadò.

Il maresciallo restò indeciso solo un paio di secondi. Poi aprì la finestra.

«Buonanotte», augurò e richiuse rapido mentre il brigadiere Mannu, che aveva condiviso con lui il servizio notturno, entrava nell'ufficio del Misfatti.

«C'è qualcosa maresciallo?» chiese.

«Le comiche», rispose il Maccadò.

«Come dice, maresciallo?» s'incuriosì il brigadiere.

«Vieni un po' a vedere», lo invitò il Maccadò mentre il Semola era rientrato sotto la pensilina e aveva ripreso ad arringare i miliziani.

Non sembrava anche a lui di assistere a una di quelle vecchie scenette alla Ridolini?, chiese il Maccadò.

28.

La sera di venerdì 1° febbraio Fiorentino Crispini uscì da casa ancora alle cinque e trenta, deciso non solo a ritentare il colpo ma, questa volta, a metterlo a segno.

Sulla pagina di quel giorno della «Settimana del Dopolavoro», che ormai leggeva e rileggeva sino a imprimersela nella memoria quasi parola per parola, aveva letto una notizia che gli aveva messo addosso la fregola. Nella rubrica «Notiziario Dopolavoristico» aveva prima di tutto trovato aggiornamenti circa il concorso: già infatti si riscontrava l'invio di alcuni lavori, segno «della prolifica creatività del popolo italico». L'augurio, non del tutto condiviso dal Crispini, era che sempre più autori e poeti in erba uscissero allo scoperto. A seguire venivano comunicati i nomi della giuria che risultava così composta:

Fabricio Quinqui, presidente e delegato della Federazione provinciale dei Fasci di combattimento;
Avanotti Sensorio, responsabile delle pagine Cultura e Spettacolo del quotidiano;
Scialino Maurilio, grecista;
Del Negro Esterina, delegata della Federazione provinciale dei Fasci femminili;
Tabarelli Querulo, compositore;
Zoppicò Serafino, delegato della Federazione nazionale Arditi.

Dei sei Fiorentino Crispini conosceva, e solo superficialmente, l'Avanotti che più di una volta gli aveva chiuso le porte in faccia, rifiutando di pubblicare certi racconti ni che aveva sottoposto alla sua attenzione. Gli altri nomi gli dicevano ben poco, ma il mistero che li circondava glieli fece immaginare severi e soprattutto di integerrima osservanza, cosa che, ripensando alle sue rime, gli diede fiducia. Persone, insomma, attente non solo alla sostanza delle cose ma anche all'estetica, che fosse quella di un gesto, di una divisa o, appunto, di una grafia.

Rimestava quei pensieri mentre, come sere prima, stava nascosto dietro il solito ippocastano in attesa di passare all'azione.

Finalmente le due impiegate comparvero nell'atrio del palazzo municipale.

Ancora sottobraccio, osservò con malumore il Crispini. E che caspita! Ma non finì di maledire quell'abitudine. Appena fuori le due si salutarono e, una di qui, l'altra di là, si avviarono in opposte direzioni.

Era il momento. Al Crispini sembrò fatta.

Tuttavia l'impiegata Cannibale, forse per via del freddo ancora tenace, puntò verso casa con un passo che nemmeno i bersaglieri. Il tempo di attraversare la strada e quella aveva già imboccato via Boldoni.

Solo correndo Fiorentino Crispini avrebbe potuto raggiungerla. Ma non voleva attirare l'attenzione di alcuno e men che meno spaventare la giovane, tutt'altro. Preparando l'incontro, aveva pianificato di arrivarle con tranquillità a tiro di voce, modulare un saluto nella maniera più educata e chiederle due minuti della sua attenzione. Stava comunque per farcela quella sera: la Cannibale, una volta in via Boldoni, aveva rallentato la marcia. E ce l'avrebbe fatta non fosse stato per una stringa che si slacciò e, calpestata, rischiò di farlo capitombolare. Si fermò per la necessità di riallacciarla e quando tornò in posizione fece appena in tempo a vedere la sua preda che spariva dietro la porta di casa sua, al numero 12, sulla linea di confine dove via Boldoni diventava via Plinio. La delusione era forte. Sospirò levando gli occhi al cielo e, dopo il cielo, li fissò su una donna che stava alla finestra fumando. Chi fosse non avrebbe saputo dirlo, distolse subito lo sguardo. Mentre si girava per tornare a casa, meditando che per raggiungere il suo scopo forse avrebbe dovuto cambiare strategia, quella fece un ultimo tiro e poi lanciò la cicca in contrada.

29.

Il colpo gli riuscì a distanza di qualche giorno, il 5 febbraio, lo stesso in cui la caserma comandata dal Maccadò aveva ospitato la visita periodica di un collega inviato dalla compagnia di Como.

L'avviso era giunto tramite cablogramma la settimana precedente.

L'aveva ricevuto l'appuntato Misfatti che, informandone il Maccadò, aveva commentato: «Spero che venga il suo collega, maresciallo Carmine D'Alessandro».

Il Misfatti e il D'Alessandro si conoscevano bene, avevano servito insieme in quel di Martinengo per cinque lunghi anni prima di essere trasferiti uno a Como e l'altro a Bellano.

«Lui o chiunque altro», aveva osservato il Maccadò parlando a tutti, «deve trovare una caserma perfetta sotto tutti i profili.»

«Non mi sembra che non lo sia anche adesso», aveva commentato il brigadiere Mannu.

Il Maccadò ne aveva convenuto. Ma: «Solo una cosa, brigadiere», aveva aggiunto.

Ecco, se non gli era di particolare disturbo, oltre che alla sera com'era abituato, gli poteva fare la cortesia di darsi una ripassata alla barba anche alla mattina fino a che fosse giunto il giorno della visita? Caspita, cresceva a una velocità quasi inverosimile.

«Non si sa mai», aveva spiegato, «se ci mandano qualcuno un po' sfizioso basta una barba un po' troppo lunga per farci qualche osservazione.»

«Per il D'Alessandro garantisco che sarà come se ci venisse a trovare un amico di famiglia», aveva commentato il Misfatti.

«Va bene», aveva concluso il Maccadò, «staremo a vedere.»

Invece s'era presentato tale Capuano, comandante interinale di tenenza, giovane e affabile però, che aveva stretto la mano a tutti, pranzato con loro e a conclusione della visita aveva commentato di aver trovato una caserma abitata da «un ordine non comune».

Mattatore della giornata era stato l'appuntato Misfatti che aveva raccontato episodi tra i più vari vissuti in quel di Martinengo in compagnia dell'amico D'Alessandro.

Lui s'era infine preso l'incarico di accompagnare il Capuano al battello, raccomandandosi di salutargli caramente l'amico.

Più o meno all'ora in cui l'appuntato, quasi commosso, si sbracciava dando l'addio al battello che riportava a Como il comandante Capuano e i suoi saluti, il maestro Fiorentino Crispini riusciva finalmente a esporre la propria richiesta all'impiegata comunale Beatrice Cannibale.

Il Crispini aveva cambiato piano d'attacco. Anziché attendere l'impiegata mani d'oro all'uscita dall'ufficio aveva optato per una manovra di aggiramento. In pratica s'era appostato sulla linea di confine tra via Plinio e via Boldoni, nei pressi di casa Cannibale. Quando aveva visto la giovane appropinquarsi all'ingresso del 12, era uscito dal buio che l'aveva riparato, troppo preso dall'azione per accorgersi che, alla finestra, terzo piano, dell'edificio che al piano terra ospitava l'osteria del Cantinone, c'era una donna che fumava. Un colpo di tosse per schiarirsi la voce e vincere l'imbarazzo. Si fermò quando Beatrice aveva già la mano sulla maniglia della porta.

«Signorina, permettete una parola?»

La Cannibale non l'aveva visto, anche perché aveva camminato a testa bassa, l'aria gelida le screpolava la pelle. Si girò al suono di quella voce fonda e gentile. E si stupì vedendolo, riconoscendolo.

«Maestro Crispini?»

Il Crispini piegò la testa di lato.

«Mi scuso in anticipo per dovervi importunare così. Se permettete una parola», principiò a dire mentre l'ennesima cicca di sigaretta volava dal terzo piano per atterrare in contrada.

30.

L'anonima fumatrice del terzo piano si chiamava Serena Visitazione, detta Carovana in virtù di trascorsi giovanili di non specchiata virtù.

Sconosciuta al Crispini, secondo ciò che affermavano uomini ormai sposati con tanto di prole che su tale carovana erano saliti più di una volta in gioventù, la Visitazione aveva appetiti pressoché inestinguibili che tentava di sedare scegliendo maschi a piacer suo. E godendoseli ovunque le capitasse, senza fare differenze tra i giardini di Puncia, una cantina o antro di portone sottomano.

Attorno ai venticinque anni pareva avesse trovato il pompiere giusto per tenere a bada tutto quel fuoco. S'era trattato di Quinto Gigiò, da poco al timone dell'osteria del Cantinone. Leggendario anche lui in quanto ad appetiti, a misure accertate con apposita gara e a una terza caratteristica che aveva acceso la fantasia della Carovana.

Attorno ai ventott'anni il Gigiò aveva cominciato a notare che il suo affare, senza alcun bisogno o stimolo che fosse, si rizzava per starsene sull'attenti un paio d'ore e anche più. Né il maneggiarlo lo riduceva a condizione di riposo. Aveva lasciato passare un po' di tempo. Poi, verificato che l'impennamento tendeva a ripetersi con sempre maggior frequenza, s'era rivolto al dottor Lesti per avere lumi. A quest'ultimo era bastato ascoltarlo per orientarsi verso una diagnosi di priapismo, tralasciando di spiegare il riferimento mitologico sotteso. Tuttavia, ben sapendo che quello stato poteva essere sintomo di svariate patologie aveva voluto approfondire. Gli accertamenti eseguiti peraltro avevano dato risultati negativi, pur lasciando il Lesti in uno stato di all'erta. Tant'è che aveva avvisato il Gigiò di informarlo tempestivamente alla comparsa di dolori, febbre, spasmi, qualunque cosa. Il Gigiò aveva promesso. Ma, s'era chiesto a un certo punto, sottoponendo la questione anche al Lesti, che bisogno c'era di preoccuparsi se continuava a stare bene anche se l'affare si arrampicava infaticabile lungo la patta come a chiedere più attenzione di quella che già gli concedeva?

Il dottor Lesti, critico ma obiettivo, aveva allargato le braccia e s'era arreso all'idea di trovarsi di fronte a un fenomeno. Un fenomeno che madre natura di tanto in tanto creava per il gusto di complicare la vita agli esseri umani, medici compresi.

Quinto Gigiò s'era impossessato subito di tanta definizione.

«Fenomeno!»

Fenomeno di madre natura!

E la sua fama, già onusta di gloria per appetiti e misure, s'era arricchita di quell'ulteriore medaglia, una voce che non aveva tardato a giungere alle orecchie della Visitazione. Per la donna adesso si trattava di verificarne la fondatezza poiché sapeva quanto i giovanotti tra di loro fossero portati a ingigantire i propri meriti così come le doti.

La verifica era avvenuta una sera di settembre. L'occasione le era stata fornita da una compagnia teatrale di Lurate Caccivio che su invito della sezione femminile del Fascio bellanese aveva rappresentato presso la locale Casa del Fascio una commedia intitolata *Si salvi chi può* da poco premiata dalla Reale Accademia d'Italia col Premio Mussolini.

La compagnia del Gigiò non si perdeva mai uno spettacolo, fosse dramma, tragedia o pochade. Poco importava loro delle trame, purché ci fosse qualche attrice, locale o no, da sbirciare.

A sbirciare quella sera era stata però Serena Visitazione, che aveva pedinato con perizia la compagnia, tenendo d'occhio soprattutto il Gigiò e infine sedendosi accanto a lui tra le ultime file, posizione che il gruppo da sempre prediligeva, sorta di loggione da cui lanciare fischi, apprezzamenti o battutacce che a volte trascinavano anche parte del pubblico.

La Visitazione aveva atteso qualche minuto, giusto il tempo di adattare la vista al buio, non s'era lasciata distrarre dalla commedia e infine, con leggerezza di piuma, aveva calato la mano sinistra sulla patta del Gigiò, che era bella piena.

«O, ma che roba!» aveva sussurrato dopo un primo istante di incredulità.

Il Quinto al tocco non aveva fatto una piega, lasciando alla Carovana il tempo di concludere l'ispezione. Ma all'uscita della donna aveva detto: «E questo è niente».

Perché tutta quell'abbondanza era garanzia di pari resa.

«Se tanto mi dà tanto...» aveva di nuovo sussurrato la Serena.

«Ti dà, ti dà...» aveva risposto il Gigiò.

«Sarà...» aveva lasciato cadere con intento provocatorio lei.

«Provare per credere», aveva ribattuto lui.

«Quando?» non aveva perso tempo Serena Visitazione.

«Anche subito», s'era offerto Quinto Gigiò.

Tanto la commedia era una rottura di coglioni.

Alla Visitazione sarebbe bastato infrattarsi nel vicino parco della Rimembranza per mettere alla prova il giovanotto. Ma il Quinto, conscio della sua potenza, l'aveva convinta a desistere da quell'idea. Lo seguisse piuttosto nell'appartamento che occupava sopra l'osteria del Cantinone.

Dopo un paio d'ore di ininterrotto praticare, la Carovana aveva ammesso di aver fatto bene a seguire il consiglio dell'uomo. E, passato un quarto d'ora giusto per riprendere fiato e confessare a sé stessa di aver finalmente trovato l'uomo della sua vita, s'erano di nuovo messi all'opera tirando quasi mattina.

Una volta sposati i due avevano dato vita a confronti giornalieri che spesso assumevano i contorni di una gara di resistenza. D'estate, soprattutto, i gemiti della Visitazione avevano suscitato scandalo, rinverdito ricordi, riacceso voglie sopite nei fortunati ascoltatori.

Passato qualche anno di focoso ménage era successo qualcosa che marito e moglie avevano deciso di risolvere a tavolino. Da tempo infatti si donavano l'uno all'altra mascherando quel po' di noia dovuta all'abitudine, saturi entrambi di dover consumare sempre la solita minestra. C'era rimpianto per le liberali abitudini della gioventù e, ragionando che la vita è una sola, ogni lasciato è perso, del doman non v'è certezza eccetera eccetera, avevano stabilito di restare fedeli l'uno all'altra con però le dovute eccezioni. In sostanza significava che Serena Visitazione poteva ritornare a caricare sulla carovana e il Gigiò ricominciare a frequentare senza ricorrere a sotterfugi la casa di tolleranza in cerca di carne fresca.

Più comoda s'era dimostrata la condizione della donna, che aveva trasfigurato l'osteria in una sorta di casa di tolleranza a suo uso esclusivo: il salottino era il locale dove gli uomini entravano per bere o mangiare, le scale quelle che portavano al suo appartamento al terzo piano. Lei maitresse e signorina al tempo stesso, abile a adescare e soprattutto, stante l'esperienza, con occhio fino. Come nei bei tempi andati sceglieva lei gli uomini e raramente otteneva rifiuti. Nel caso, anziché desistere, si incaponiva di più non sopportando che la sua maestà fosse lesa. Cosa che da un po' stava accadendo con Amedeo Cannibale, padre della scritturale Beatrice.

«Offro io, tesoro», l'occhiolino, qualche frasetta a doppio senso nemmeno tanto criptico...

Da tempo tutte le volte che l'uomo entrava all'osteria

dopo il lavoro, se ne aveva, per farsi un bicchiere, la Carovana non perdeva occasione di lanciare l'amo senza che quello facesse mostra di voler abboccare. Ma chi la dura la vince. Serena Visitazione non era disposta a perdere certe battaglie, per vincerle era pronta a tutto. Anche ricorrere ai ricatti oppure, come fece due sere più tardi, al baratto poiché aveva sulla lingua una cosa da offrire al Cannibale a patto che lui accettasse di salire con lei le scale che portavano all'appartamento del terzo piano.

31.

Amedeo Cannibale, vedovo, muratore a chiamata come si definiva lui stesso, era sulla lista nera del segretario Semola in compagnia di altri cinque o sei elementi che col regime e le sue pompe non avevano mai voluto mischiarsi. Gesti di clamorosa dissidenza non ne aveva mai compiuti ma il solo fatto che non partecipasse, anche solo confuso nell'anonimo popolino, alle manifestazioni ufficiali come la celebrazione della marcia su Roma, l'anniversario della Vittoria o quello della fondazione della Milizia, bastavano a renderlo un osservato speciale.

Per il Semola lui e i suoi compari della lista erano una spina nel cuore e più volte aveva dichiarato che li aspettava al varco: gliene dessero l'occasione e avrebbe fatto un conto unico.

Al Cannibale quelle parole erano giunte all'orecchio e, ben sapendo che qualcuno si sarebbe preso la cura di riferire al Semola, aveva dichiarato apertamente di non vedere l'ora poiché, essendo stitico, un po' di olio di ricino non gli avrebbe fatto che bene.

Compariva anche su una seconda lista il Cannibale. Di nessun colore però. Ed era quella che il maresciallo Maccadò teneva aggiornata per evitare che, nelle occasioni in cui Semola e compagnia celebravano i fasti del regime, nascessero guai. Approssimandosi certe date il maresciallo, in compagnia dell'appuntato Misfatti o del brigadiere Mannu, visitava uno per uno costoro al fine di ottenere la garanzia che, fosse il 28 ottobre, il 21 aprile o altro, se ne sarebbero stati chiusi in casa così da non cadere in provocazioni o farsi tentare da gesti le cui conseguenze erano facili da immaginare. In alternativa, se il soggetto confessava di non poter assicurare un controllo di sé pieno ed efficace, il Maccadò offriva un intero giorno di permanenza presso la caserma, sotto l'ala protettiva dell'Arma e con tanto di vitto offerto dalla stessa.

Il sistema, ormai collaudato, funzionava e aveva instillato da tempo nel Semola il sospetto che il Maccadò covasse una certa ostilità nei confronti del governo e del suo capo. Volendo vederci chiaro, al termine di una cerimonia per la ricorrenza della marcia su Roma, al Maccadò che aveva presenziato per sole ragioni di servizio il segretario s'era spinto a chiedere cosa ne pensasse.

«Di cosa?» aveva chiesto a sua volta il maresciallo.

«Di oggi, di tutto», aveva pensato di chiarire il Semola accompagnandosi con un gesto semicircolare della mano con il quale aveva voluto significare ben altro.

Il Maccadò aveva sospirato.

«Dovreste chiedermelo in un'altra occasione», aveva poi risposto. In un momento, aveva aggiunto, in cui fosse stato fuori servizio, senza la divisa addosso. E senza testimoni intorno, aveva concluso sussurrando.

«Capito», s'era incupito il Semola.

«Bene», aveva concluso il maresciallo. «Stando così le cose non ci sarà alcun bisogno di rincontrarsi.»

32.

Il Crispini e la figlia del Cannibale invece sì, avevano dovuto, la sera dopo, mercoledì.

Il maestro, come d'accordo, l'aveva attesa ancora nei pressi di casa sua.

Era stato necessario darsi quel secondo appuntamento poiché la sera avanti Fiorentino Crispini non aveva con sé il foglio battuto a macchina, voleva prima la garanzia che l'impiegata accettasse di ricopiare il suo carme.

Ebbene sì, carme, aveva deciso che così si sarebbe chiamato, *Carme Italico*, semplice ma efficace.

Dopo aver spiegato alla giovane il perché di quell'appostamento, elogiato la sua impareggiabile grafia e promesso che l'avrebbe ricompensata con una bella mancia, Beatrice Cannibale aveva accettato il compito.

«Bene», aveva detto quasi commosso il Crispini. «Allora domani stesso vi porterò il testo in municipio.»

«No, maestro», aveva obiettato la giovane. In municipio, no. Se il segretario l'avesse pizzicata a trattare affari privati durante l'orario di lavoro le avrebbe fatto passare un guaio. Era storia di non più di un paio di mesi prima quella del messo scrivano che era stato scoperto mentre studiava una combinazione di numeri da giocare al lotto, che gli aveva fatto vincere un richiamo scritto ammalorando la valutazione con cui si sarebbe presentato al concorso per diventare impiegato di concetto.

Lei, quale scritturale aggiunta, a inizio carriera, non poteva permettersi errori di sorta, perdere il posto, e lo stipendio che per quanto esiguo era essenziale per tenere a galla la barca domestica, visto che suo padre lavorava sì e lavorava no. In sostanza preferiva rivederlo lì, la sera seguente. E così era stato.

Orario e posto soliti quindi. E, anche, la solita brace di sigaretta che fumava alla finestra del terzo piano della casa dirimpetto. Che era finita come sempre in contrada, mentre Fiorentino Crispini si stava dilungando a spiegare, senza in realtà riuscirci, il perché di quello strano nome in calce al carme. Non che alla Cannibale interessasse più di tanto, ma la domanda le era uscita di bocca spontanea.

«Non avevate detto che questa poesia...»

«Carme», l'aveva interrotta lui.

«Va bene», aveva ripreso lei, «ma non avevate detto di averla scritta voi?»

«Certo», aveva confermato lui.

E allora perché quello strano, stranissimo nome in calce?

«Apollinare D'Astici», aveva ripetuto quasi sillabando l'impiegata. «Dico bene?»

«Bene, sì», aveva confermato il Crispini.

Tra i tanti pseudonimi che era andato immaginando nel corso degli ultimi giorni quello gli era sembrato il più consono a dare l'idea che le sue rime fossero uscite da una penna già usa a elevati pensieri. Alla giuria non sarebbero certo sfuggiti due particolari che aveva risparmiato alla Cannibale nella certezza che non l'avrebbero illuminata più di tanto: il nome dapprima, quell'Apollinare, vescovo certo, ma soprattutto patrono della città ove riposavano i resti del più insigne tra i poeti d'Italia. L'"Astici" era un nome qualsiasi che serviva d'appoggio a quella di, maiuscola, inserita tra nome e cognome, che rimandava dritto a un'altra di, altrettanto maiuscola, che evocava la gloria lirica e militare di d'annunziana memoria. Un po' incespicando nelle parole, Fiorentino Crispini aveva detto che era un vezzo poetico quello di nascondere la propria identità dietro un nome...

«Falso?» l'aveva interrotto la giovane.

«No», aveva assicurato lui.

«Di altri allora?» aveva insistito lei sfiorata dal sospetto di stare per cadere in qualche gabola.

«Nemmeno», aveva garantito il Crispini. Né falso né rubato ad altri. Un nome d'arte piuttosto col quale, ma non l'aveva detto, si garantiva anche da eventuali figuracce.

«Se lo dite voi...» s'era arresa la Cannibale.

Tuttavia, proprio nel momento in cui, il foglio con il carme già in tasca, stava per entrare in casa, un ultimo dubbio l'aveva assalita. Non erano affari suoi ma...

«Maestro, scusatemi», aveva detto.

...nel caso in cui la giuria del concorso avesse avuto necessità di risalire all'autore, come avrebbe fatto visto che a quel nome non corrispondeva una persona reale?

Il Crispini aveva sorriso. Arguta, la ragazza. Ma anche lui non era da meno. Ci aveva già pensato. E ne avrebbe parlato, a spedizione avvenuta, con il procaccia Erminio Fracacci, suo buon amico e confidente, dandogli precise istruzioni.

33.

Febbraio non era certo il mese ideale per un muratore a chiamata. Oddio, neanche gennaio e, se si voleva, nemmeno dicembre. Amedeo Cannibale in quei mesi aveva lavorato un giorno sì e quattro no. Lavoretti da niente tra l'altro, che avevano reso spiccioli o poco più. Meno male che c'era lo stipendiuccio che la figlia gli consegnava trattenendo per sé giusto quel poco che le serviva per le sue piccole spese. Il resto finiva quasi del tutto in ciò che riempiva i loro piatti a pranzo e cena. Be', qualcosa anche nel bicchiere. D'altronde non c'era miglior ufficio di collocamento di un'osteria per trovare, nei momenti di magra, qualcuno che avesse bisogno di un muratore a chiamata per un lavoretto che una normale impresa non avrebbe nemmeno preso in considerazione. L'osteria del Ponte, quella della Lena, la Malanotte, una qualunque tra le diciassette che erano vanto del paese: da battere a mezzogiorno e a sera, quando si riempivano. Lì allora bisognava stare per cogliere l'occasione, e lì, passando dall'una all'altra, bevendo solo e sempre un bicchiere di vino tagliato con la spuma per non perdere il controllo, batteva Amedeo Cannibale trovando a volte quello che cercava. Anche, naturalmente, l'osteria del Cantinone, l'ultima di quel giro quotidiano prima di rientrare a casa.

La sera di mercoledì 6 febbraio Serena Visitazione non aspettava che di vederlo entrare e per quello se ne stava al bancone a un orario in cui di solito era invece in casa.

Quando il Cannibale entrò con il volto incagnato poiché non aveva tirato su un bel niente, la donna gli fece un inequivocabile gesto di richiamo.

«Giusto te», gli disse quando l'uomo si avvicinò.

Non aveva voglia di perder tempo il Cannibale, e si vedeva.

«Hai bisogno?» chiese.

Nemmeno la donna voleva ballare il minuetto.

«Sì», rispose.

«Qualche lavoretto?»

«Se vogliamo chiamarlo così...» fu la risposta.

«Lasciamo perdere allora», fece l'Amedeo comprendendo l'antifona.

Serena Visitazione se l'aspettava.

«Non ti conviene», sussurrò.

L'Amedeo si appoggiò al bancone sbuffando.

«Ascolta...»

«No, ascolta tu», lo interruppe la donna. «Ho una cosa per te.»

«Lo so», fece lui, «e non è una novità.»

«No invece, non lo sai», ribatté la Visitazione. «E tu ne hai una per me.»

«Siamo alle solite», osservò il muratore staccandosi dal bancone.

«È una cosa che ti devo dire», lo fermò lei.

E allora?

«E allora dimmela», sbottò il Cannibale provocando un gran sorriso nella donna.

«Troppo facile ciccio!» disse la Carovana.

Dare per avere.

Prima dare, poi avere.

Amedeo Cannibale deglutì.

«Cosa mai sarà?» borbottò.

«A te scegliere», rispose Serena Visitazione.

«Ne varrà la pena?» chiese ancora lui, come parlasse a sé stesso.

«Nessuno si è mai lamentato», divagò lei.

Ma bisognava che si decidesse prima che quella tal cosa le scappasse dalla memoria, dopodiché chissà quando sarebbe ritornata.

«Giuro che se non è importante...» l'avvisò il Cannibale.

«È un sì?» chiese lei. Ma non attese risposta.

«Gigiò!» chiamò.

Il marito era nella striminzita cucina dell'osteria. Cacciò fuori giusto la testa.

«Io salgo», l'avvisò.

«Bene», fece lui, tranquillo.

E Serena Visitazione s'avviò.

Amedeo Cannibale dietro.

34.

Dare, aveva dato.

Dieci minuti.

Tutto lì?

«Sono un po' fuori allenamento», s'era giustificato Amedeo Cannibale. Come si usava dire, quel certo tipo di cose non voleva pensieri, e lui invece ne aveva fin troppi. Adesso però toccava a lei, alla Carovana.

«Sentiamo.»

«Non so se te lo meriti», aveva risposto lei.

«Non facciamo imbrogli», s'era allarmato lui guardando le ore, dieci minuti alle sette.

Erano nella cucina. Avevano fatto lì, lei le mani aggrappate al bordo del tavolo e lui adattandosi alla situazione. In ogni caso, da che era entrato salendo dall'osteria, non l'aveva più vista in viso. Nemmeno quando, dopo fatto, s'erano messi a parlare.

«Va là, stavo scherzando», l'aveva tranquillizzato lei appoggiandosi col busto sul tavolo.

«Quindi parla.»

«Caro mio», era partita la Carovana, «sapessi le cose che si vedono dalla mia finestra...»

Il Cannibale s'era irrigidito.

«Se pensi che mi interessino i cazzi degli altri...» era partito.

«A me interessano, e lo sai bene», era scoppiata a ridere la donna.

Ma, aveva proseguito tornando seria, pensava, anzi era

convinta che a lui interessasse sapere qualcosina di sua figlia.

«Mia figlia?» era sbottato il Cannibale.

«Anche lei passa da qui sotto per tornare a casa», aveva detto, «ma non...»

A quel punto Amedeo Cannibale le aveva chiesto di girarsi, guardarlo in faccia. Sua figlia era argomento elettrico per lui, meglio non tirarla in ballo. Già in un paio di occasioni alimentate da qualche bicchiere di troppo aveva rischiato di finire a sberle quando qualcuno s'era permesso di dire che s'era fatta prooooprio una bella pollastrella, pronta per il re. E all'osteria del Ponte avevano dovuto tenerlo in due la sera in cui, a un paio di settimane dall'assunzione in municipio, un certo Stabilini s'era permesso di insinuare che con le mani giuste si poteva vincere un concorso di scritturale anche se si era analfabeti.

La Visitazione aveva obbedito e s'era messa a sedere sul tavolo. Il Cannibale aveva fatto due passi indietro, incrociato le braccia.

«Sputa il rospo.»

«L'hai detta giusta», aveva osservato lei.

Perché, come stava dicendo poco prima che lui la interrompesse, visto che era normale che lei passasse da lì sotto per tornare a casa, meno normale era che da qualche sera a quella parte ci passasse, per incontrarla, qualcun altro. Un rospo appunto. Anzi, un rospaccio! Di quella razza che a lui non piaceva mica tanto. E vecchio! Mooolto più vecchio della sua bella Beatrice!

«Ma, dico io», aveva proseguito la donna.

Una bella ragazza come sua figlia, buttarsi via in quella maniera! Fosse stata sua...

«Non è tua, è mia», l'aveva interrotta lui.

Chi era e cosa ci faceva. Quello adesso voleva sapere e quello adesso senza far tante chiacchiere gli doveva dire.

«Chi è te lo posso dire», aveva risposto Serena Visitazione. «È il maestro Crispini.»

Sul perché si incontrassero come due clandestini e cosa facessero invece…

«Invece?»

«Non lo so», aveva risposto la donna. «Credo che la cosa migliore sia chiedere a lei.»

Già.

Mica facile, pensò l'Amedeo.

35.

Per niente.

Beatrice Cannibale non solo aveva un bel culetto e due occhi azzurri che ti inchiodavano oppure ti obbligavano a cambiare strada, entrambe le cose eredità materna. Aveva anche un caratterino da prendere con le pinze, e quello invece era il risultato di un connubio, felice o infelice l'avrebbe constatato chi se la fosse presa in moglie, tra la lingua materna, affilata ben più di un rasoio, e il tratto del genitore che riassumendo si compendiava nell'espressione bastian contrario.

Amedeo Cannibale ne aveva avuta la prova, una, e gli era bastata. Era accaduto l'anno precedente quando la figlia aveva vinto il concorso ed era stata assunta in municipio. Da tempo aveva notato che s'era fatta proprio donna, con tutte le cose giuste al posto giusto. Una sera aveva voluto intavolare un certo discorso per avvisarla dei pericoli che una giovane non ancora pienamente conscia di come girasse il mondo poteva correre. La figlia l'aveva lasciato parlare per un po' ma a un certo punto l'aveva interrotto.

«Credi forse che abbia vissuto sulle nuvole fino adesso?» gli aveva chiesto.

«No, ma...» era stata la sua obiezione.

Niente da fare, Beatrice non aveva mollato.

Se pensava che la vita che aveva fatto da che, quattro anni prima, era rimasta orfana di madre le avesse permesso di credere ancora nelle fatine e nel babau si sbagliava di grosso. Di più, voleva dire che ancora non la conosceva bene. Non aveva forse mandato avanti la casa come una massaia fatta e finita? E adesso non stava contribuendo a mantenere in asse il bilancio familiare? Credeva che in quelle condizioni una si potesse permettere di avere grilli per la testa?

«E in quanto ai pericoli del mondo», aveva aggiunto.

Per quanto avessero vissuto troppo poco assieme, con le lacrime agli occhi aveva chiarito che sua madre era comunque riuscita a impartirle qualche lezione che aveva ben chiara. Avessero dovuto presentarsi, li conosceva e sapeva bene come affrontarli.

«E con questo considero chiusa la questione.»

Dopo il do ut des con la Visitazione, Amedeo Cannibale entrò in casa convinto di dover affrontare l'argomento e che non sarebbe stata cosa pacifica. Quale genitore doveva sapere cosa stava succedendo tra sua figlia e quel trombone del Crispini.

Doveva.

Ma coi dovuti modi.

36.

Non solo aveva gli occhi belli Beatrice Cannibale.

Anche un nasino che faceva invidia.

Gli occhi le erano serviti per vedere la brace di sigaretta alla finestra e seguire il moccio che cadeva in contrada alle spalle del Crispini. Il naso invece le era stato utile per percepire l'odore del dozzinale profumo che suo padre al rientro s'era portato in casa. Ci si volevano mettere anche le orecchie? Bene, grazie a quelle aveva più volte ascoltato le storie che circolavano sulla Serena Visitazione, le sue abitudini, il suo particolare ménage matrimoniale. Totale: «Prima che circolino voci strane», disse Beatrice Cannibale prendendo in contropiede suo padre che, avesse o meno compreso, preferì fingere di cadere dalle nuvole.

«Come dici?» chiese infatti sedendo alla tavola già apparecchiata.

La giovane lo guardò un istante prima di rispondere.

«Sui miei incontri serali col maestro Crispini», disse poi.

Il Cannibale mise su un'espressione stupita sperando che gli fosse venuta bene, convincente.

Mica tanto.

«Papà», reagì infatti Beatrice, «te l'ho già detto una volta che non vivo sulle nuvole da un bel po' di tempo.»

«E con questo?» fece il genitore.

Con questo, spiegò la figlia, voleva dire che qualunque cosa gli avessero riferito su quegli incontri o fosse comunque nata grazie alle linguacce di certe persone che erano abituate a ficcare il naso negli affari altrui magari stando alla finestra era priva di fondamento: l'unica ragione era quella che gli avrebbe detto fra un istante così che almeno tra loro due non si creassero equivoci.

«Chiaro?»

«Chiaro», ripeté il Cannibale.

Ma cosa aveva in ballo col Crispini da qualche sera a quella parte?, sfuggì all'uomo.

«Vedi che già lo sapevi?»

Amedeo Cannibale sentì un po' di rossore salirgli in viso.

La figlia sorrise.

«Te l'avrei detto, sai. E ti saresti risparmiato di entrare nell'elenco di quella. Spero che almeno ne sia valsa la pena.»

Il rossore dell'uomo si fece intenso.

Il mistero era tutto lì, tagliò corto la figlia, allungando al genitore il foglio sul quale il Crispini aveva battuto a macchina il suo carme.

«Leggi», disse.

Amedeo Cannibale compitò per bene una riga dopo l'altra fino ad arrivare all'improbabile pseudonimo dietro il quale si era nascosto l'autore.

«E cosa significa questo?» chiese alla fine.

«È una poesia papà, il maestro mi ha chiesto...»

«No, no», la interruppe lui.

Che fosse una poesia l'aveva capito, fin lì ci arrivava anche lui.

«Quel nome», specificò picchiandoci sopra l'indice.

«Ah!» fece Beatrice.

Un nome d'arte, il maestro gliene aveva spiegato il motivo, una specie di vezzo da letterato.

Amedeo Cannibale spinse in avanti le labbra.

«Ma che senso ha scrivere una cosa e poi nascondersi dietro un nome inventato?»

«Non lo so e non mi interessa», rispose la figlia. «A me

ha chiesto di ricopiarla in bella grafia come si dice perché vuole partecipare a un concorso del Dopolavoro e non ci vedo niente di male.»

«Ma nemmeno io», fece il Cannibale, forse un po' troppo in fretta, particolare che sfuggì alla figlia.

«Papà, tutto quello che ti ho detto resta tra noi, eh?» sussurrò Beatrice.

«Ma certo, sono cose da dire?» rispose lui tacendo subito, distratto da un pensiero: ci si vedeva proprio a dire in giro che sua figlia, la figlia di Amedeo Cannibale, s'era messa a servizio di quel trombone del Crispini, il megafono di quella mezza calzetta del Semola e del podestà, a rischio di perdere quei pochi amici fidati che aveva, fare la figura della banderuola.

Quei pochi amici però, appunto.

Un'idea sorrise al Cannibale, ma solo nel pensiero. Il viso restò serio come la conversazione richiedeva.

«Siamo d'accordo?» insisté la figlia.

«Tranquilla», rispose il genitore, «sarò una tomba.»

E adesso sarebbe stato meglio pensare alla cena.

37.

Bon, pensò il Crispini.

Adesso, prima di provvedere alla spedizione, doveva solo dire due paroline in privato al procaccia Erminio Fracacci.

La mattina di martedì 12 febbraio, dopo aver passato parte della sera precedente a mirare e rimirare il prezioso lavoro fatto dalle manine d'oro della Cannibale e parte della notte in un sonno agitato in vista dell'inizio dell'avventura, Fiorentino Crispini si recò presso l'ufficio delle Regie Poste chiedendo di lui.

Non c'era, era già in giro. Così gli rispose l'impiegato anziano Omario Consiglio che, temendo che il maestro fosse lì per lamentarsi di qualcosa visto che conosceva le cattive abitudini del procaccia, senza chiedere si alzò dalla sua postazione e andò dritto nell'ufficio del direttore: i reclami erano di sua competenza.

Succedeva, costui, a una lunga serie di colleghi che avevano occupato l'ufficio direzionale delle poste bellanesi, ed era un bottacciuto e roseo signore di cinquant'anni di nome Chiniglio Lastrico.

«Posso essere utile?» chiese questi.

Il Crispini si scusò innanzitutto. Non aveva intenzione di disturbare il signor direttore in persona, solo dire due paroline al procaccia.

«Potete lasciare detto», propose il Lastrico, «riferirò.»

Ma il maestro nicchiò.

«Ve ne sono grato. Ma si tratta di una faccenda, come dire?, personale.»

«Capisco», fece il direttore che però non capiva.

«Piuttosto», propose il Crispini, «se voi o uno dei vostri impiegati potesse riferirgli che l'attendo a casa...»

«Come desiderate», acconsentì il Lastrico girando uno sguardo sul Consiglio e le altre due impiegate, Fiamma Simile e Angioletta Trinca.

«A qualunque ora gli farà comodo», specificò il maestro.

«Bene», disse il direttore.

«Non uscirò da casa per l'intera giornata», insisté il Crispini.

«E abbiamo capito», volle chiuderla il direttore. Aveva capito, così come i tre impiegati, che aveva una fretta indiavolata di vedere il procaccia. Ma per esaudire il suo desiderio non poteva certo mettersi lui alla ricerca del Fracacci né sguinzagliare uno dei suoi impiegati. Quando fosse tornato dai suoi giri avrebbero riferito. Di più non poteva fare.

«Ma certo, certo», concordò il Crispini subito dopo salutando, uscendo e raggiungendo casa sua con l'illusione di veder comparire il procaccia da un momento all'altro. Su e giù per il corridoio a consumare la suola delle scarpe, girando in tondo al tavolo di cucina, con brevi incursioni in camera da letto e nello studio, l'orecchio all'erta per cogliere il più piccolo segnale di presenza del Fracacci oltre l'uscio di casa: un'attesa più che logorante che si concluse non prima delle cinque pomeridiane quando ormai, sfiancato, Fiorentino Crispini era prossimo a convincersi che della sua richiesta il direttore Lastrico e compagnia si fossero completamente dimenticati.

Il Fracacci invece era stato avvisato come promesso poco dopo le tre del pomeriggio, quando era rientrato dalle consegne nelle frazioni di Ombriaco e Lezzeno. Di solito da quei giri in frazione tornava bello imbottito: la pancia piena e l'umore allegro perché capitava spesso che una michetta e una luganega così come un bicchiere di vino qui e uno là gli venissero offerti. C'erano però giorni no, va' a sapere perché, com'era stato quello. Rari, ma capitavano. Ragione per la quale, una volta informato che il Crispini aveva necessità di vederlo, e tanto urgentemente quanto segretamente gli aveva spifferato il Consiglio, il Fracacci aveva ben pensato di effettuare prima una sosta di ristoro all'osteria del Ponte. Se per mangiare avrebbe dovuto attendere l'ora, non altrettanto per bersi un bicchiere di vino. O due.

Quattro, alla fine.

E sotto gli occhi di Amedeo Cannibale e dei suoi soci, in pratica la lista nera del Semola e quella incolore del Maccadò. Soci tra cui c'era certo Oreste Mallevati che aveva il vezzo di tirar su il morale della compagnia parodiando le canzoni del regime. *Giovinezza, giovinezza* era diventata *Cornutezza, cornutezza, da te sgorga ogni schifezza.* In rime ben più volgari aveva manipolato *Fischia il sasso* che sulla sua bocca suonava *Tira il cazzo, non si molla, finché mano non lo artiglia.* Un talento che il Cannibale, dopo aver coccolato una certa idea, stava per mettere alla prova approfittando anche della caciara che animava l'osteria.

Intanto il Fracacci, rinfrancato dalla bevuta, si avviò a casa del maestro che sorvolò sulla nuvola vinosa che lo colpì in pieno volto quando, dopo aver aperto, il procaccia gli chiese: «Mi cercavate?».

«Mio caro amico», salutò.

Per quanto alle soglie dell'ebbrezza, il Fracacci non poté che giudicare strana un'accoglienza così vivace. Dal Crispini di solito veniva trattato con distacco, talvolta con insofferenza. Capitava quando gli riferiva notizie che pensava potessero interessarlo e invece si sentiva rispondere che erano solo chiacchiere da lavandaia, sciocchezze.

«Ma non restate sulla porta, entrate», lo invitò il maestro.

Pure il voi!

E una volta in cucina: «Gradite qualcosina da bere?».

Rifiutare, a rischio di offendere?

«Un bel cognacchino, è quello che ci vuole con questo freddo», decise il Crispini.

La misura servita portò Erminio Fracacci oltre la soglia di cui sopra. Fu forse per quello che quando uscì da casa Crispini si sentiva confuso, le parole del maestro ancora a fare un'eco ridondante e intricata in testa.

«Non vi preoccupate... è cosa mia... fate come vi dico... ne sarete ricompensato...» e via dicendo.

Meno male che, con il solo corrugare la fronte a una certa uscita, il Crispini aveva compreso che avrebbe fatto bene a dargli un bigliettino che adesso stava al sicuro nella tasca della sua giacca.

38.

Non restava che procedere alla spedizione. Lo fece la mattina di mercoledì 13 febbraio e dopo un'altra notte quasi insonne.

Liquidato il Fracacci, dopo cena Fiorentino Crispini aveva passato poco più di un'ora in adorazione del suo carme, nobilitato dalla bella grafia dell'impiegata. Poi, con rammarico, s'era riscosso. Era venuta l'ora di chiuderlo in una busta, seguendo le istruzioni dettate dal regolamento. Un po' s'era intristito al pensiero che non avrebbe più potuto godere di quella vista. Ma consolato anche, a quello che di lì a un paio di giorni ben altri occhi ne avrebbero goduto. E per non correre rischi di sorta s'era portato la busta in camera da letto anziché lasciarla nello studio. Sul comodino dapprima. Inquieto, però, non era riuscito a prendere sonno. Una maligna fantasia gli aveva proposto l'immagine di un ladro notturno incaricato di sottrargliela approfittando del suo sonno, allo scopo di privarlo dell'alloro, la gloria. Allora l'aveva presa e se l'era messa sull'addome, le mani giunte sopra, a proteggerla da ogni pericolo. Se qualcuno l'avesse visto l'avrebbe preso per un cadavere. Anche perché, così quietato, il Crispini s'era addormentato con un respiro appena percepibile.

Sveglio ben prima dell'alba, si vestì di tutto punto per procedere alla spedizione affinché la busta potesse avviarsi incontro al proprio destino con la raccolta del mattino.

Delle due cassette postali di cui il paese era dotato, scelse quella in stazione, la più lontana da casa sua, giusto per restare ancora un po' in compagnia del carme. Prima di imbucare diede un affettuoso bacio alla busta. Una volta lasciatala sospirò, poi si girò a guardare il profilo delle Prealpi baciato... anzi, no, carezzato... no, meglio ancora, svelato dalla prima luce dell'alba. Quindi si avviò al solito appuntamento con il marsalino. Sollevando il bicchiere sotto gli occhi del Gnazio Termoli prima di bere disse: «Auguri!».

Il Gnazio fece una faccia sorpresa.

«È forse il vostro compleanno, maestro?»

Ma il Crispini scosse il capo.

«No», si limitò a dire.

Solo lui poteva capire. L'attesa era cominciata.

39.

Un naso fino, la mattina di martedì 5 marzo, avrebbe percepito nell'aria il primo, timido bussare della primavera. Vero è che la neve imbiancava ancora il monte Muggio lambendo le baite dell'abitato di Camaggiore. Ma sulla riva del lago l'aria era cambiata, frizzava, non più ingabbiata dal gelo che l'aveva osteggiata fino a qualche giorno prima. Era un segnale che gli animi più sensibili coglievano nell'intimo, alcuni avvertendo un languore che si esprimeva in profondi sospiri, altri con una sensazione di allarme come se la stagione in arrivo lo risvegliasse da un comodo sonno di letargo, altri ancora con disturbetti più prosaici che al dottor Lesti facevano levare gli occhi al cielo perché, affermava, se avesse avuto una sola lira per ogni dissenteria che gli toccava curare, a quell'ora sarebbe stato milionario.

Fiorentino Crispini sommava in sé un po' l'una e un po' l'altra di queste tendenze: la primavera incipiente ne alimentava l'afflato poetico nel sentire la vita, il mondo, da cui l'ansia per cercare di esprimere al meglio simile sentimento sfuggente; e le colichette che lo affliggevano nonostante prestasse attenzione a quello che mangiava. A tutto ciò, quell'anno s'era aggiunto il pensiero per l'esito del carme ormai tra le mani dei giurati. Notizie fino a quella mattina non ne aveva ancora avute benché, da quando aveva spedito, non aveesse mancato di consultare, prima fra tutte, la pagina che il quotidiano dedicava a «La Settimana del Dopolavoro». Sulla più recente in ordine di tempo, quella del martedì precedente, 26 febbraio, tra le varie notizie compariva anche una citazione di Bellano, ma solo per informare della conclusione del corso di cultura generale e fascista, serata cui per dovere il maestro aveva preso parte onde dare conto dei presenti: segretario provinciale dell'Opera Nazionale Dopolavoro, podestà, segretario del Fascio locale. E a seguire per descrivere la fastosa chiusura con la banda dopolavoristica che aveva eseguiti gli *Inni della rivoluzione* cantati dalla costituenda corale del Dopolavoro comunale. La mattina del 5 invece, nella colonnina dedicata alle «Notizie Dopolavoristiche», trovò di che aggiungere nuova ansia a quelle note e stagionali. Tramite comunicato la giuria rendeva noto che stante il successo che il concorso aveva ottenuto, «grazie all'entusiasmo patrio, alla creatività italica e alla salda fede negli ideali del Fascismo», il numero degli elaborati presentati aveva già superato ogni previsione.

«Poetastri!» commentò il Crispini prendendo fiato prima di proseguire nella lettura. Chiunque pensava che scrivere un carme, un'ode, un'elegia fosse facile come bersi un bicchier d'acqua!

«Ma andiamo avanti.»

Perché, al fine di rendere più agevole il lavoro, la giuria all'unanimità aveva stabilito di effettuare una preselezione, non programmata né prevista dal regolamento, allo scopo di presentare al giudizio finale un numero di venti candidati che si sarebbero giocati l'alloro e le due piazze d'onore.

Letta e riletta la notizia il Crispini cercò di capire se fosse cosa buona o meno. Ma con quali elementi decidere? L'unico fatto che gli era chiaro stava nella considerazione che allo stato il carme che aveva composto oltre che essere arrivato a destinazione doveva anche essere passato sotto gli occhi dei giurati. Ne conseguiva che c'era la possibilità che il suo destino fosse già stato deciso.

Scartato?

Tenuto in conto?

Magari!

Tuttavia, anche nel caso fosse sopravvissuto, c'era sempre la possibilità che qualche altro elaborato nei giorni a venire gli fregasse la piazza. Un filo, di lì alla fine del mese, teneva in vita i suoi sogni di gloria. Non gli restava che darsi pace, facile a dirsi!, e attendere la fatidica data quando quel nome, quel nom de plume dietro il quale si era nascosto, sarebbe comparso nella trinità degli eletti.

Oppure no.

Ancora poche ore e una ben diversa trinità, inattesa e con tanto di divisa, avrebbe bussato alla porta di casa sua lasciandolo con le gambe molli e soprattutto senza parole.

40.

Parolacce, quante più ne sapeva, fino a esaurimento vocabolario. Fulvio Semola s'era sfiatato ma la Selina non s'era mossa dal letto. Se il marito voleva la divisa se la tirasse fuori lui dall'armadio. E poi, a cosa gli serviva la divisa a quell'ora del mattino, cos'è, era scoppiata la guerra?

«Ma va' a quel paese te e la guerra!» aveva risposto lui. «Prendimi la divisa che devo telefonare e sta' zitta!»

La Selina, sempre a letto: «E per telefonare ti serve la divisa? Sicuro di stare bene?» s'era messa a ridere.

«Cretina!»

La divisa gli serviva perché dopo la telefonata grazie alla quale, ma lo tenne per sé, avrebbe capito per quale ragione il Crispini era stato prelevato la sera prima dalla Milizia, sarebbe andato di volata dal maresciallo per comunicazioni importanti. Divisa contro divisa, fondamentale quando c'erano di mezzo cose di Partito che le donne non potevano capire.

«Allora», aveva risposto la moglie, «siccome io non sono le donne ma tua moglie o mi dici cosa sta succedendo oppure la divisa te la prendi da solo.»

Le tre Rovente di sopra erano quasi sdraiate sul pavimento per non perdersi nemmeno una parola del battibecco. Delusione però, su quella risposta della donna il litigio era finito.

Il Semola non aveva voluto cedere al ricatto della moglie, se l'era presa da sé la divisa e poi era sceso nel laboratorio fotografico dove aveva il telefono.

Alle nove e un quarto, deposta la cornetta, si chiese cosa dovesse fare. Mica poteva dire al maresciallo che dalla caserma De Salustis, sede della Casa del Fascio e della Milizia Volontaria Sicurezza Nazionale, dopo un'attesa di parecchi minuti gli aveva risposto il camerata Canovaccio che, parlando a nome del comando, gli aveva detto papale papale che ciò che era accaduto non lo riguardava.

«E perché mai?» aveva chiesto il Semola.

Semplice.

Se l'opera di sorveglianza su dissidenti e nemici occulti non gli consentiva nemmeno di accorgersi di quelli che aveva sotto il naso, conveniva forse che pensasse a cambiare mestiere. Tuttavia, se voleva in qualche modo tentare di riabilitarsi, si desse da fare per scovare altri dissidenti che dissimulavano la loro animaccia sotto una pelle di pecora. Se c'erano complici dovevano saltar fuori, e in fretta. L'arrestato, per intanto, era affar loro.

Alle nove e trenta, dopo aver stabilito il da fare e liquidato con un gesto di fastidio Gnazio Termoli che era uscito dal caffè per chiedergli notizie del Crispini, si presentò in caserma.

«Il maresciallo mi attende», disse al carabiniere Beola che non ne sapeva niente. Ma era vero. Glielo confermò lo stesso Maccadò, dall'alto delle scale.

«Fallo salire.»

E avvisò anche il Misfatti di presenziare e ascoltare quello che Fulvio Semola aveva da dire.

Purtroppo, dieci minuti più tardi, Maccadò e Misfatti ne sapevano quanto prima. Perché: «Purtroppo», aveva esordito il Semola, «ciascuno di noi ha delle regole ben precise da seguire e alle quali non si può derogare».

Il Maccadò l'aveva interrotto per chiedere chi volesse comprendere in quel noi.

«Noi e voi carabinieri», aveva specificato il segretario.

Usi entrambi a obbedir tacendo.

Il Misfatti aveva cercato di interloquire per esprimere un preciso parere sull'improbabile paragone, ma il maresciallo l'aveva fermato con un gesto, inutile perdere tempo con certe discussioni e soprattutto certe persone. Prima o poi, aveva pensato, sarebbe arrivata l'occasione per sottolineare la distanza, adesso gli premeva sentire quello che il Semola aveva da dire. Che, però, s'era rivelato niente in ragione di quel «purtroppo» perché dopo essersi consultato con il comando della Milizia aveva avuto l'ordine espresso di mantenere il segreto più assoluto sui motivi dell'accaduto.

«E lei è ben deciso a mantenerlo», aveva osservato il Maccadò.

«Non posso fare altrimenti», aveva affermato il Semola. Anche perché non ne sapeva un cazzo. Cosa, anche quest'ultima, da conservare altrettanto segreta.

«Quindi, maresciallo», aveva concluso, «se non avete più bisogno di me...»

Il Maccadò si strinse nelle spalle. Per quello che era servito...

«Che facciamo quindi?» chiese il Misfatti una volta partito il Semola.

«Riflettiamo», rispose il Maccadò, «e vediamo di muoverci coi piedi di piombo. Non mi sembra il caso di creare inutili incidenti diplomatici, visto che la diplomazia non è certo l'arte preferita da quelli.»

«Interessare il podestà?» propose l'appuntato. «Avrà bene qualche conoscenza in alto loco che possa saperne qualcosa.»

«Può essere un'idea. Ma la via ufficiale è lunga, lei lo sa bene. E io vorrei arrivare a una soluzione in tempi brevi, che sia in un senso o nell'altro», ribatté il Maccadò.

«E allora partiamo dall'inizio», fece ancora il Misfatti.

«Cioè?»

«L'hanno portato via da casa, no? Potremmo dare un'occhiata, magari trovare qualcosa che ci illumini.»

«Come no», rispose il maresciallo illudendo per un istante il Misfatti. «Andiamo là, bussiamo e poi, visto che nessuno ci apre perché la casa è vuota, buttiamo giù la porta senza alcuna valida ragione, e facciamo una bella violazione di domicilio!»

Il Misfatti allargò le braccia, si arrendeva.

«Riflettiamoci con un po' di calma, magari l'idea buona arriva quando meno ce l'aspettiamo», concluse il Maccadò.

Due ore più tardi, non di più.

41.

I

Mercoledì toccava a casa Consiglio e lì appunto stava Quirica Chiavarini, ancora ignorando che il suo cliente del giorno dopo era assente per cause di forza maggiore.

Non si aspettava che qualcuno suonasse al campanello di casa. Certo non poteva essere il Fracacci, visto che, lavorando alle poste, la poca corrispondenza che riceveva il padrone la riceveva direttamente in ufficio.

Non avrebbe comunque aperto se lo sconosciuto non avesse insistito e insistito ancora fino al punto di irritarla, così da prepararla nervosa al punto giusto a trovarsi sotto gli occhi la faccia incagnata del Semola. Che, per quanto la riguardava, era come se di fronte a lei ci fosse la moglie. Pittima e impettita come le altre, di tanto in tanto la Semolina se ne usciva mettendo in campo «mio marito, il segretario» che pretendeva ordine e pulizia impeccabili e non transigeva sulle pecche di chi era pagato per mantenerli.

«Avete sbagliato casa», disse.

«Non credo proprio», ribatté il Semola.

«Questa è casa Consiglio», sottolineò la Quirica.

«Appunto», concordò il segretario.

II

Uscito dalla caserma il Semola non aveva avuto altro pensiero se non quello di mettersi subito al lavoro come gli avevano suggerito per cercare e trovare indizi e prove di eventuali complici del misterioso reato commesso dal Crispini. Che reato fosse, gli sarebbe piaciuto saperlo. Ma la Milizia mica si muoveva a vanvera, no? Quindi un reato c'era, quale che fosse. E ai complici avrebbe pensato lui. Sì, ma come? Andare in piazza e chiedere ad alta voce che si facessero avanti? Quella razza di infami agiva nell'ombra. Al buio piuttosto, nelle cantine, in luoghi sicuri e... e, cazzo cazzo!, a quel punto era stato fulminato dall'idea. Quale luogo più sicuro della casa di un insospettabile, fino al giorno prima, come il maestro Crispini? Ecco, senza perdere tempo doveva farci un bel sopralluogo alla ricerca di nomi, elenchi, materiale sospetto, tutto quello che serviva allo scopo.

Una volta rientrato a casa, la Selina, che nel frattempo s'era alzata, l'aveva affrontato con foga.

«Ma è vero?»

«Cosa?» aveva chiesto lui.

«Del Crispini!»

«E allora?» di nuovo lui e, subito dopo: «Ma come fai a saperlo?».

La Selina aveva indicato il piano di sopra. L'Italia, dopo fatta la spesa, glielo aveva detto dalla finestra quando lei stava sbattendo il tappeto.

«Lo sa già mezzo paese», aveva detto la Selina. «Ma cos'ha fatto?»

«Non posso dirlo», sincero il Semola.

«Faccio fatica a credere che si sia messo in un guaio», aveva commentato la donna.

«In ogni caso è così», aveva tagliato corto lui. E a tal proposito aveva aggiunto che per quella mattina toccava a lei badare alla bottega, lui doveva procedere a un'ispezione di fondamentale importanza.

«E dove sarebbe questa ispezione?» aveva chiesto la Selina.

Cazzo, ma le donne non la capivano proprio la politica!

«Ma come dove?» s'era irritato lui. «A casa del Crispini no?»

«Ma se lui non c'è», aveva osservato sorniona lei.

E già!

Il Semola era rimasto scosso.

«Chi ti apre, come entri?» aveva insistito lei. «Passi sotto la porta?»

«Ma porc...»

«Buono lì», l'aveva fermato la Selina. «Se mi dici cos'ha combinato poi ti dico chi ti può dare le chiavi di casa.»

«Come fai a saperlo?»

«Lo so e basta», aveva detto lei.

«Prima tu», aveva rilanciato il Semola.

La Selina aveva temporeggiato.

«Prometti che poi me lo dici?»

Fidarsi è bene, ma...

«Giuro», aveva mentito lui e la donna glielo aveva spifferato. Dopodiché: «Adesso tocca a te».

«Non lo so», aveva risposto il Semola, tanto sincero che la moglie non gli aveva creduto.

«Sei un bastardo!» era sbottata lei.

«No», aveva replicato lui, «so mantenere un segreto.»

Soprattutto quelli che erano ignoti anche a lui.

Al piano di sopra le tre sorelle Rovente s'erano di nuovo riunite in ascolto, un secondo litigio nella stessa mattina era evento quasi eccezionale. Ma era stata una nuova delusione perché, avuta l'informazione, il Semola era filato via. Vedovi e marelli ce n'erano, ma al terzo tentativo aveva beccato quello giusto: casa Consiglio.

III

«Con-si-glio!»

Ribadì secca secca la Quirica.

«Lo so, e me ne frego», ribatté il Semola. Poteva essere anche la casa del signor podestà. «Non ho tempo da perdere quindi...»

«Io non meno di voi», non lo lasciò proseguire la Quirica.

«Bene, allora quanto prima mi consegnate le chiavi di casa del maestro Crispini tanto prima...»

Ma ancora la donna: «Come come?» gli saltò sulla lingua.

«...tanto prima torneremo ciascuno alle proprie occupazioni», abbaiò il Semola. Pronto anche a mordere se quella donna insisteva a fare resistenza. E per un istante ebbe l'impressione che la Quirica avesse compreso che lui aveva esaurito la pazienza.

Altro invece aveva capito la donna. E stava riflettendo sull'assurdità della richiesta. Mollare le chiavi di casa di un suo cliente a un estraneo, anche se era «mio marito, il segretario»?

«Ma nemmeno per idea!» rispose infine.

Il Semola stava quasi per allungare la mano, manco la Quirica se ne andasse in giro con le chiavi di tutti in tasca.

«Quirica...» riprese, tono baritonale sotto il quale bolliva una minaccia pronta a esplodere. Fece un passo in avanti. Ma la Quirica, pam!, gli chiuse la porta in faccia e tirò il chiavistello.

«Quirica», in falsetto per la rabbia, «aprite immediatamente!»

«Nemmeno morta», rispose lei.

«Quirica, vi state cacciando in un guaio!»

Che berciasse fino a farsi venire il mal di gola, pensò la Quirica. Il guaio l'avrebbe passato se avesse fatto entrare estranei senza permesso nelle case d'altri. Lo disse.

«Nella casa di un criminale ho il diritto di entrare», sparò il Semola.

Per quanto ignorante, la Quirica conosceva il significato di quella parola. Criminale, il Crispini?

«Ma che criminale e criminale», contestò.

«Criminale!» ribadì il Semola. «E voi state correndo il rischio di diventare sua complice.»

Il silenzio che seguì convinse il segretario di essere prossimo al traguardo. Ci voleva forse un'altra spintarella.

«C'è il rischio di finire in galera», prospettò.

«In galera?» ripeté la Quirica.

Il Semola schiacciò l'occhio. Era fatta. Si aspettava che quella zuccona riaprisse.

«Va be'», rispose invece la Quirica, «sarà l'occasione per riposarmi un po' e mangiare e bere senza spendere una lira.»

Il Semola strinse le labbra.

«Ve ne pentirete», gridò.

«Ma va' a ciapà i ràt», consigliò la Quirica allontanandosi dalla porta e lasciando al suo destino il Semola. Aveva abbandonato a metà la camera da letto del Consiglio. Subito però non riprese il lavoro interrotto. Era un po' agitata, le parole del Semola l'avevano inquietata. Entrò nel salottino e sedette sulla poltroncina di Amarena Particola, la defunta moglie del padrone di casa, inviolata sino a quel momento da che la signora non aveva più potuto sedervisi. Non si avvide del piccolo sacrilegio. Rifletté. Davvero poteva rischiare la galera della quale, nonostante la gratuità di vitto e alloggio, faceva volentieri a meno? Chi poteva dare un aiuto, un consiglio a una povera donna sola al mondo che per campare faceva mestieri a domicilio?

42.

Quale povera donna sola al mondo che campava facendo mestieri in casa d'altri, poteva stare tranquilla, le disse il maresciallo Maccadò.

E se il Semola fosse tornato a importunarla con la richiesta delle chiavi?

«Gli dica pure di rivolgersi a me», consigliò, facendole tintinnare e poi chiudendole nel cassetto della scrivania.

«Adesso però si sieda un momento», la pregò il maresciallo. Aveva un paio di cosette da chiederle.

La Quirica spalancò la bocca e si sentì sbiancare.

"Vàca!" pensò.

Dalla padella alla brace.

"E adès?"

Adesso niente, ormai era fatta. Avrebbe dovuto pensarci prima, quando, dopo aver ben riflettuto sulla poltroncina della defunta Particola, aveva individuato nei carabinieri gli unici cui poteva chiedere aiuto. Anche se tanti dicevano che dai caramba era sempre meglio stare alla larga. Lei però, di quei quattro che c'erano a Bellano, uno lo conosceva e non le sembrava così terribile. Lo incontrava ogni tanto, alla mattina soprattutto, in questo o in quel negozio a ritirare la spesa. Gentile. Aspettava il suo turno, parlava, salutava, scherzava e se ne usciva ogni tanto anche con qualche battuta in dialetto pur se l'inflessione era chiaramente di giù. Insomma, l'impressione che dava era di essere un pezzo di pane. A lui quindi, quale persona sola al mondo eccetera eccetera, aveva deciso di raccontare le sue pene. Come si chiamava mica lo sapeva. Però poteva descriverlo: abbastanza alto, con un paio di baffetti che non coprivano del tutto il labbro, due occhi vispi e la tendenza quando parlava a tirare indietro la testa.

«L'appuntato Misfatti allora», le aveva chiarito il carabiniere Beola dopo averla ascoltata.

Ecco, adesso sapeva anche come si chiamava.

«Sì, grazie», aveva risposto lei.

Era arrivato, sceso giù dall'ufficio. Gentile, come se fossero dal fornaio o dal macellaio, le aveva chiesto lì nell'atrio cosa potesse fare per lei. E, quando glielo aveva detto, trac!, subito: «Venite con me dal signor maresciallo».

Ma no... perché...

Le parole non le erano uscite, solo pensate. Così come aveva pensato a quelli che dicevano che dai caramba era sempre meglio stare alla larga. Ma ormai cosa poteva fare, s'era messa nei guai con le sue stesse mani.

Una volta entrata nell'ufficio del Maccadò la Quirica s'era sentita nell'anticamera della galera. Aveva dovuto ripetere tutta la storia, consegnare le chiavi. Il pensiero che, forse forse, s'era spaventata per niente e di lì a un minuto avrebbe potuto uscire all'aria aperta l'aveva sfiorata. Invece il maresciallo, gentile anche lui neh!, le aveva detto di accomodarsi perché aveva un paio di cosette da chiederle.

Poteva dire no?

La Quirica sedette, rigida come se avesse lo scheletro imbastito col fil di ferro.

43.

Con le ossa squagliate, invece, il maestro Fiorentino Crispini sedeva, solo, incredulo, attonito, in una cella della caserma De Salustis di Como. C'era entrato circa alle otto della sera prima senza avere la minima idea del perché si trovasse lì.

L'incubo era cominciato verso le sei, quando aveva sentito bussare alla porta. Come spesso faceva stava rileggendo un romanzo del segretamente amato Guido da Verona, *L'amore che torna*, e al sentire quei colpi non era riuscito a governare la fantasia, immaginando che il titolo del libro stesse facendosi realtà, e che uno dei suoi giovanili amori, dai quali non era mai stato corrisposto, fosse adesso lì, pentito e senza mostrare alcun segno dei dazi pagati al tempo che era passato. Con un disilluso sorrisetto s'era poi avviato ad aprire e s'era invece trovato di fronte quei tre.

Tre come le parole che gli avevano rivolto.

«Venite con noi.»

«Perché?»

«Poche storie.»

Meno male che non era ancora in pigiama. Da quel momento, un passo oltre la porta e dopo averla chiusa, era entrato in una dimensione incognita, senza punti cardinali. Veloce, però. Una velocità tale al punto che la sua mente non era riuscita a stare al passo. Sulla motonave l'avevano chiuso nella cabina, solo. Dei tre, uno stava alla guida, gli altri due a poppa. Tra l'altro, così come gli succedeva anche quando viaggiava in treno, tutto quello sballottare gli aveva messo un po' di nausea, fatto che ne aveva acuito la prostrazione. Senza contare il buio che aveva intorno, un buio d'acqua di lago, mai percepito così estraneo fino a quel momento, e di cielo. Qualche luce qua e là, sulle rive. Ma erano luci di finestre illuminate, di case dove la gente cenava, chiacchierava, sorrideva, già il simulacro di un ricordo per lui che invece era lì, solo, a chiedersi perché.

Sbarcato a Como, sudato come un pulcino poiché via via nella cabina s'era formata una cappa di appiccicosa umidità, lo stomaco stretto dalla nausea peggiorata dall'aria che s'era impestata con un odore di gasolio, sempre sottobraccio ai due, il terzo davanti, era stato condotto dapprima in piazza Impero, presso l'erigenda, nuova Casa del Fascio lungi ancora dall'essere completata benché i lavori fossero cominciati nel 1932. Un paio di locali tuttavia erano già stati occupati nonostante il Comune non ne avesse concesso l'abitabilità. Era stato un passaggio formale, per registrarne l'arrivo. Quei pochi passi sulla terraferma gli avevano restituito un po' di fiato e il dono della parola. Giusto quel tanto per chiedere cosa ci facesse lì, perché...

«Lo saprete al momento opportuno», gli era stato risposto. «Adesso filate!»

E dieci minuti più tardi si era trovato solo soletto in quella cella con l'impressione che tutto il suo midollo fosse rimasto sulla poltrona di casa, in via Manzoni numero 1, dove fino a un paio d'ore prima stava bello tranquillo a inseguire pensieri alati e fantasie del tutto improbabili, interrotte poi in quel modo brutale.

44.

La poltrona.

La prima cosa che aveva notato.

Dallo schienale spuntava la testa del maestro Crispini, con quella piazzetta mai vista prima.

Alla Quirica l'immagine si ripresentò all'istante, come l'avesse vista non più di cinque minuti prima, non appena il Maccadò le fece la domanda.

Per quanto lei ne potesse sapere, o giudicare, il Crispini aveva dato segni di stranezza o inquietudine negli ultimi tempi?

Di essere un po' ignorante la Quirica ne aveva coscienza, ma certi conti li sapeva fare anche lei. Uno più uno, no?

Uno: il Semola aveva detto che il maestro era un criminale.

Più uno: il maresciallo dei carabinieri la stava interrogando su di lui.

Totale: due. Cioè, qualcosa ci doveva essere sotto. E lei in galera, per quanto bene volesse al Crispini, non ci voleva andare.

«Be', sì», rispose, «cioè, una volta, più di una volta, certe mattine...»

«Calma», fece il Maccadò. «Stia calma, e mi racconti per bene.»

«Ma», chiese la Quirica tutto d'un fiato, «finirò in galera?»

Il Maccadò non trattenne una risata.

«In galera? E perché mai?»

«Anche il Semola l'ha detto», chiarì la Quirica.

Aveva ben chiare le parole che quello le aveva gridato da dietro la porta quando lei gliel'aveva chiusa in faccia: quale complice di un criminale poteva rischiare di finire dietro le sbarre!

Il sorriso sul volto del maresciallo si spense. Non pensava che la faccenda fosse già così compromessa, che addirittura fosse partita la caccia ai complici.

Ma, si chiese, complici di che, quale diavolo di reato poteva aver commesso il Crispini?

45.

I

«Non lo so», disse la Quirica.

L'impiegato postale Omario Consiglio la guardò senza parlare dopo che la donna rispose così alla sua domanda.

Cos'aveva combinato quell'uomo, il maestro Crispini?

La Quirica non lo sapeva e nemmeno avrebbe voluto. Se era lì, piuttosto, se aveva osato disturbarlo sul lavoro, era per un motivo ben preciso: per quella giornata, di spaventi ne aveva avuti abbastanza. Prima il Semola coi suoi modi bruschi, poi il maresciallo, tranquillo neh, gentile, ma pur sempre carabiniere. Che alla fine del colloquio l'aveva ringraziata, ma le aveva anche detto che nel caso avesse avuto ancora bisogno di lei l'avrebbe fatta richiamare. Una povera donna sola al mondo come lei eccetera eccetera adesso aveva bisogno di stare a casa e ritrovare un po' di tranquillità. Ma prima doveva mettersi a posto con la coscienza. Perciò, una volta uscita dalla caserma, era filata dritta dritta all'ufficio delle Regie Poste per avvisare il Consiglio. Aveva dovuto lasciare la camera da letto a metà e la cucina invece neanche toccata per una ragione ben precisa.

Omario Consiglio l'aveva ascoltata, ma a un certo punto s'era messo un dito sulle labbra, facendole segno di tacere. Le sue due colleghe, infatti, Fiamma Simile e Angioletta Trinca, intuendo che la Quirica non era lì per motivi d'ufficio, avevano allungato le orecchie. Perciò:

«Zitta», e le aveva fatto segno di uscire. Una volta nel corridoio l'aveva pregata di ricominciare da capo.

Che il Crispini fosse stato prelevato dalla Milizia la sera prima il Consiglio, come tanti, già lo sapeva. E come tanti aveva evitato con cura di commentare. Da certi ghetti era meglio stare alla larga, anche se non aveva potuto fare a meno di chiedersi cosa mai potesse aver combinato un sangiuseppe come il maestro per finirci dentro. Sta di fatto che la caccia ai complici, come la Quirica gli aveva appena detto, era partita. E pure i carabinieri facevano domande.

«Non preoccupatevi per la camera da letto», disse il Consiglio. E nemmeno per la cucina. Ben altro aveva cominciato a dargli pensiero.

Quando rientrò in ufficio Omario Consiglio aveva stampata in viso, come fosse titolo di giornale, una previsione di disgrazia. Fiamma Simile, gemella in curiosità con la Trinca, fu più rapida della collega.

«Cos'è successo?» chiese.

Omario Consiglio fu pronto a rispondere.

«Niente di che, lo scarico di un lavandino che perde.»

Una bugia con la quale poteva forse sperare di ingannare le due impiegate, ma che invece la sua defunta moglie Amarena Particola avrebbe sgamato subito come sempre aveva fatto nelle, rare peraltro, occasioni in cui lui vi aveva fatto ricorso.

II

«Non lo so», disse l'appuntato Misfatti.

La Quirica se n'era appena andata. Il maresciallo Maccadò, per non metterla troppo in imbarazzo, aveva preferito restare solo con lei. Ma subito dopo aveva richiamato l'appuntato per sottoporgli un pensiero, una riflessione.

«Vaga, fumosa», la definì. Da prendere con le molle, per quello che era, forse niente. Però teneva a informare l'appuntato che già il Gnazio Termoli gli aveva riferito di una certa stranezza del Crispini in quegli ultimi mesi e la stessa cosa gli aveva in un certo senso confermato quella donna che gli faceva le pulizie in casa il giovedì.

«Comportamenti un po' strani, svagati, non consoni al personaggio che tutti conoscono», riassunse il Maccadò. «Che ci sia sotto davvero qualcosa, per quanto incredibile?»

«Non lo so», disse l'appuntato.

«Lei non ha magari sentito qua e là qualcosa di simile?» chiese il maresciallo.

Sapeva bene che il Misfatti, con l'insostituibile collaborazione della di lui signora, raccoglieva chiacchiere tra le più varie: un sottobosco di cicip e ciciap, di allusioni o balle vere e proprie che spesso chiarivano fatti meglio che in un interrogatorio formale. Ma sul conto del Crispini l'appuntato non aveva di che ricamare.

«E soprattutto adesso, maresciallo, sarà ben difficile. Quando ci sono di mezzo quelli, alla gente passa la voglia di parlare», affermò.

«Quindi lei pensa che ci dobbiamo arrendere?» chiese il Maccadò.

«Perché mai?» ribatté l'appuntato. «Non intendevo questo. Sento che in questa storia qualcosa non quadra o forse qualcuno sta facendo in modo che non quadri.»

«Potrebbe essere», concordò il maresciallo soppesando l'ipotesi dell'appuntato. «E, nel caso, non sarà certo un fantasma.»

«Non ho mai creduto ai fantasmi», sorrise il Misfatti.

Il Maccadò lo guardò sorridendo a sua volta.

«Perché, io sì?»

46.

Omario Consiglio, invece, in un certo senso sì. Non quelli vestiti di un bianco lenzuolo e con due buchi al posto degli occhi. Pensieri piuttosto, immagini che gli tornavano e ritornavano in testa al punto che sembravano quasi prendere forma reale. Da che era rimasto vedovo il più ricorrente era quello della moglie. Talvolta, per un'infinitesimale frazione di tempo, gli sembrava di vederla entrare alle poste quando vi si affacciava una donna più o meno della sua età, altezza e pienezza di fianchi, o con una pettinatura simile, la perenne crocchia che scioglieva solo al momento di coricarsi. Pure quando capitava alle spalle di qualcuna che indossava un vestito che gli ricordava quelli che ancora conservava nella metà d'armadio riservata alla moglie o anche udendo una voce, un tono, più spesso di rimprovero, che richiamava quello che la povera Amarena usava con lui quando gli capitava di mettersi in situazioni tali da meritarsi rimbrotti che lo facevano regredire all'età infantile. In quelle occasioni Amarena gli ricordava quanti partiti aveva rifiutato prima di lui, da che famiglia proveniva, quale educazione avesse ricevuto, la sua cultura e via di questo passo. Per, alla fine della tirata, sentirsi dire ciò che doveva fare. Aveva un carattere così l'Omario, davanti all'autorità, prima fra tutte quella muliebre, s'ingobbiva e subiva, e faceva pesare poi la sua piccola autorità sui suoi sottoposti. Non per niente le sue due colleghe, per vendicarsi un po', tra di loro lo chiamavano spesso Coniglio, malignità che gli era giunta all'orecchio senza che lui avesse mai reagito.

Orbene, una volta congedata la Quirica e tornato alla sua postazione, liquidata la curiosità della Simile e della Trinca con l'improbabile balla del lavandino, Omario Consiglio avvertì la necessità di esternare il dubbio che poco prima gli era nato. Fosse stata ancora viva l'avrebbe fatto con la sua povera moglie, anche se non avesse voluto. Ma sì, perché l'Amarena gli leggeva in faccia e, di più, nel pensiero. Fosse stata viva, nel momento stesso in cui fosse entrato in casa per il pranzo, gli avrebbe chiesto: «Cosa c'è?».

Lui avrebbe tentato un minimo di resistenza.

«Niente», ben sapendo che l'Amarena gli avrebbe ribattuto: «A me non la dai a bere» e: «Dimmi cosa c'è, cos'è successo!».

A quel punto lui avrebbe alzato bandiera bianca e le avrebbe confessato ciò che lo turbava: cioè, che se il Crispini s'era messo nei guai e adesso il Semola era a caccia di informazioni, indizi, prove, addirittura complici, come la Quirica gli aveva riferito, lui sapeva una cosa che forse era importante ma non sapeva se tenerla per sé oppure no e, se dirla, a chi.

«A me, prima di ogni altro», avrebbe risposto l'Amarena.

E lui, paf!, ubbidiente come un bambino le avrebbe rivelato che alcune settimane prima si era fatto latore di un messaggio piuttosto anonimo, forse equivoco, che il Crispini aveva voluto far avere al procaccia Erminio Fracacci, un urgente bisogno di parlargli!

«Urgente?» avrebbe chiesto conferma sua moglie.

Proprio così, urgente.

«E altro non sai?» avrebbe chiesto lei.

«No.»

«Sicuro sicuro?»

«Sicuro», avrebbe giurato lui.

«Strana faccenda», avrebbe concluso l'Amarena. Strana e misteriosa. Ed era cosa che lui non poteva tenere per sé. Mettesse il caso che un bel dì fosse venuto fuori che aveva tenuta nascosta un'informazione di una certa importanza, riusciva a immaginare cosa sarebbe potuto accadere? Pur non volendo sarebbe apparso quale complice, né più né meno, con tutto ciò che ne conseguiva. Con quelli c'era poco da scherzare!

«Lo dirò al Semola allora», avrebbe detto lui.

«Al Semola?» sarebbe esplosa lei. «Marito mio sei proprio un ingenuo, e meno male che ci sono io.»

Il Semola era proprio l'ultimo cui doveva riferire una cosa del genere se voleva stare lontano dai guai, quale che fosse il reato commesso dal Crispini. Doveva invece sgravarsi la coscienza e al contempo garantirsi testimoni eccellenti che avrebbero potuto, nel caso, attestare la sua estraneità al fatto. Gli unici cui poteva affidarsi, l'unica autorità che poteva tenera testa a quelli senza timore erano i carabinieri.

«I carabinieri!» così gli avrebbe detto la sua povera moglie. Invitandolo poi, anzi ordinandogli, di filare dritto in caserma anziché a casa o in qualche osteria per pranzo, parlare con maresciallo, brigadiere o appuntato, spiegarsi, chiedere consiglio e pararsi il cu... sì, insomma, le spalle.

Il confronto tutto interiore tra Omario Consiglio e la sua povera moglie durò in tutto, tra estenuanti soppesamenti, una bella mezz'ora. Alla fine all'uomo scappò una sola parola: «Grazie».

Che Fiamma Simile e Angioletta Trinca presero per corretta risposta al «Buon appetito» che avevano appena lanciato visto che suonava mezzogiorno.

47.

I

Non sempre tre indizi facevano una prova. Però erano una bella coincidenza, davano da pensare. La tentazione era quella di trarre conclusioni che sembravano ovvie.

Meglio però, rifletté l'appuntato Misfatti dopo aver ascoltato Omario Consiglio, farlo in due in quel caso specifico: per la precisione lui e il maresciallo Maccadò, dopo che questi gli aveva riferito delle stranezze del maestro cui adesso se n'era aggiunta una terza.

«Mi spiace dovervi trattenere», disse all'impiegato postale, «magari farvi saltare il pranzo, ma vorrei che queste stesse cose le ripeteste al signor maresciallo. D'altronde anch'io...»

Anche lui si stava preparando a digiunare e con un certo dispiacere. Il carabiniere Beola aveva appena comunicato il menu di giornata, pastasciutta con la conserva di pomodori fornita dalle riserve che dalla Calabria giungevano a casa Maccadò e con una bella grattugiata di pecorino spedito dalla Sardegna dalla zia, madre adottiva, del brigadiere Mannu.

Al Consiglio la prospettiva di saltare il pranzo non dava il minimo pensiero, aveva lo stomaco stretto, nessuna fame. L'appuntato si avvicinò alla finestra del suo ufficio. Il Maccadò infatti era uscito da poco, forse poteva richiamarlo. Lo vide, come suo solito, camminare lungo il molo diretto verso casa. Era all'altezza della scala che scendeva verso la passerella dove attraccavano le barche. Con un colpo di voce, le mani a coppa, avrebbe potuto raggiungerlo. Ma non era cosa da carabinieri, mica era un piazzista o un ambulante!

«Beola!» chiamò.

«Appuntato», rispose quello. «Butto la pasta?»

«Ma che pasta e pasta!»

Piuttosto partisse, al volo, senza fare domande e raggiungesse il signor maresciallo pregandolo di tornare subito in caserma perché doveva essere informato di una cosa della massima importanza.

«E la pasta?» chiese il Beola.

II

«E la pasta?» chiese il Semola salendo in casa poco dopo mezzogiorno.

Dopo l'inutile visita a casa Consiglio e lo scazzo con la Quirica, aveva girellato senza meta, un po' per calmarsi, un po' per cercare di vedere chiaro su come procedere. Non era riuscito in nessuna delle due cose e aveva fatto ritorno nel laboratorio fotografico.

«Va' pure», aveva detto alla moglie che non aveva aperto bocca.

Una volta solo il Semola aveva ripreso a valutare la situazione. La tentazione di telefonare di nuovo a Como aveva fatto capolino. In fondo, s'era detto, aveva tutti i diritti di saperne di più. La mano già sulla cornetta, l'aveva ritratta repentino. Il diritto, d'accordo. Ma prima ancora veniva il dovere, come gli avevano fatto ironicamente notare, di vigilare, cui aveva mancato. Giù a Como non si aspettavano domande, risposte piuttosto. E per il momento non ne aveva. Perciò bisognava mettere in campo tutta la forza a disposizione per chiarire un caso ancora misterioso. Un bella riunione di sezione, ecco quello che ci voleva. Quella stessa sera magari. Durante la quale si sarebbe imposto, fatto il culo a tutti. Si erano fatti sfuggire sotto il naso un nemico del regime! Anche lui, certo. Ma, quale segretario aveva una moltitudine di cose cui pensare, mica poteva badare a tutto, e che cazzo! La sezione adesso doveva agire come fosse un corpo e un'anima sola affinché gli infami complici dell'arrestato saltassero fuori il più presto possibile.

«Chiaro?» era sbottato il Semola manco fosse già a sera, in sezione, davanti ai camerati annichiliti dalla sua veemenza. Non solo quelli anzi! Che altra, grande idea gli era venuta! Avrebbe convocato anche l'intero Fascio femminile, come aveva fatto a non pensarci prima? Le donne, le donne! Non capivano un cazzo di politica ma in quanto a fiuto per pettegolezzi e cose del genere avevano un talento imbattibile, magari qualcuna di loro sapeva qualcosa di cui non sospettava l'importanza. Be', a lui non sarebbe sfuggita.

Così programmando s'era calmato, l'appetito s'era fatto sentire. E come no, ormai era mezzogiorno passato. In più, dalla scala interna, scendeva un profumino di pasta al sugo che faceva venire l'acquolina. Una volta in cucina però, davanti alla tavola apparecchiata ma i piatti vuoti, nessuna zuppiera in vista, gli uscì: «E la pasta?».

La Selina aveva atteso quel momento.

«Mi dispiace», rispose, «ma me ne sono proprio dimenticata. Non so come sia potuto succedere.»

Eppure c'era profumo di pasta al sugo, il Semola annusò ancora. La donna, senza parlare, indicò il soffitto. Veniva da sopra, da casa delle tre Rovente. Il Semola tornò a dare un'occhiata alla tavola orfana. Nemmeno una michetta.

«Si può sapere cosa ti sei messa in testa?» gridò.

Le Rovente scattarono all'unisono.

Litigio in vista!

«Te l'ho detto, niente. Mi sono solo dimenticata di preparare il pranzo. Come quando uno ti promette una certa cosa e poi se ne scorda... non so se hai presente...»

«Sei una vipera!» sillabò il Semola.

«E tu un bastardo», la Selina, dandogli sulla voce.

«Bastardo, a me?»

«Sì. Vedi forse qualcun altro?»

«Ti ordino...» tentò il Semola.

«No, caro, tu a me non ordini proprio un bel niente!» lo bloccò la donna.

«Io...» si strozzò il Semola.

«Tu puoi fare una sola cosa oggi se vuoi mangiare, andare al ristorante», lo sommerse la Selina.

Le sorelle Rovente, la bocca piena, si guardarono approvando con la testa. Finalmente, quello sì che era un vero litigio! Mancava giusto...

Invece no.

«Certo che ci vado», urlò il Semola con un piatto in mano che subito dopo scagliò sul pavimento.

Per la gioia le tre sorelle quasi si strozzarono.

«E buon appetito», rispose a tono la Selina, anche lei con un piatto in mano che finì per schiantarsi sulla porta che il segretario s'era appena chiuso alle spalle. Un rumore che percorse l'intera tromba delle scale, deliziando le tre zitelle.

Il maresciallo Maccadò, raggiunto nel frattempo dal Beola, stava giusto tornando sui suoi passi. Non vide il Semola che usciva da casa, indeciso se andare a mangiare qualcosa o digiunare, al pari di parecchi altri quel giorno. Tra i quali il maestro Fiorentino Crispini, sempre più stordito, disorientato, incredulo e anche disperato poiché da poco gli avevano comunicato il reato di cui era accusato.

48.

Pure il procaccia Erminio Fracacci finì nella lista dei digiunatori di quel 6 marzo. Il Maccadò infatti, dopo aver sentito Omario Consiglio che aveva ripetuto pari pari ciò che aveva appena detto all'appuntato, senza nemmeno rinfrancarsi un po' nel tono della voce che era rimasto timido con a tratti una deriva piagnucolosa, aveva deciso di voler procedere svelto, inutile perdere tempo.

«Ci voglio parlare subito. Dov'è?» aveva chiesto al Consiglio.

Be', be', be', era partito quello. Considerando, cioè, che quel giorno non aveva in programma alcun giro delle frazioni ma soprattutto, e scusandosi se lo faceva notare, considerando l'ora, il posto più probabile dove scovarlo era una delle tante osterie dove andava a mangiare.

Tante, diciassette.

«Non ce n'è una in particolare?» aveva indagato il maresciallo.

Sì, c'era, quella del Ponte.

«Ma dipende», aveva aggiunto il Consiglio.

Dipendeva dai debiti.

Solo al mondo com'era, senza alcuna guida e dissennato di suo, il Fracacci non aveva alcun criterio nell'amministrare il non faraonico stipendio. Spendeva e spandeva finché ne aveva in scarsella, poi piativa credito. Quando il debito andava oltre il limite del consentito il procaccia si arrendeva a tirare la cinghia, anche perché i vari osti si passavano la voce e fino a che il moroso non cominciava a tappare i buchi, nisba.

«Non saprei dire però», aveva osservato Omario Consiglio, «in quale situazione si trovi adesso. A soldi, intendo.»

Per saperlo occorreva battere una per una osterie o trattorie che fossero.

«Diciassette», aveva conteggiato il Maccadò. In pratica tre a testa, più una d'avanzo.

Chi la voleva?

«Io», s'era offerto il Misfatti la cui curiosità s'era appuntita e ambiva trovare il Fracacci per farsi raccontare, primo fra tutti, cosa gli avesse detto di tanto misterioso il Crispini.

Invece lo aveva pescato il brigadiere Mannu.

Il Molina, l'oste del Ponte, che il brigadiere aveva interpellato per primo, gli aveva detto no, il Fracacci non c'era. Poi, a titolo di spiegazione, s'era sfregato indice e pollice.

«È in fase di risparmio, a me deve ancora tre pranzi e due cene, agli altri non so, ma per quanto mi riguarda non conto di vederlo prima della fine del mese. Però so dove potete trovarlo, brigadiere.»

Perché quando il Fracacci era così alle strette mangiava solo pane e bologna, pane e salame o pane e formaggio. E consumava quei pasti o quelle cene nel locale del vinaio Meridio, che gli permetteva di mangiare in pace e seduto al costo di un solo mezzo di vino. Era infatti lì Erminio Fracacci quando il brigadiere Mannu era entrato e l'aveva invitato a seguirlo. Con la bocca già aperta, pronta a dare il primo sgagno alla michetta, il procaccia aveva obiettato che stava giusto per mangiare.

«Anch'io lo stavo», aveva tagliato corto il brigadiere. E al Fracacci non era rimasto che riavvolgere la michetta nella carta oleata e seguire il carabiniere.

49.

Era stata Candida Piccionati, la collega addetta all'anagrafe, dopo averla inseguita e raggiunta prima che entrasse in municipio, a raccontarle la novità. L'aveva appresa la sera prima dalla Damina Termoli, da finestra a finestra, visto che abitavano dirimpetto o quasi, un solo piano di differenza.

«Che roba neh?»

E Beatrice Cannibale s'era fermata quando ormai erano a metà dello scalone che portava agli uffici. La collega l'aveva imitata.

«Chi l'avrebbe mai detto, neh?»

Quel neh, che fastidio! La Piccionati ne ficcava uno a ogni frase cui, qualunque cosa volesse dire, dava sempre una vaga intonazione interrogativa.

Ma la Beatrice non aveva aperto bocca.

La Piccionati s'era chiesta come mai non facesse domande, non chiedesse perché, non volesse sapere qualcosa di più. Era curioso, neh?

In ogni caso non aveva aspettato più di tanto, l'aveva fatto lei.

«Cos'abbia fatto ancora non si sa, ma è ben strano neh?» era andata avanti mentre avevano ripreso entrambe a salire. «Ma dev'essere qualcosa di grosso perché quelli non si muovono certo per delle sciocchezze, neh?»

Nemmeno così però era riuscita a scalfire il silenzio della Cannibale. Era un mistero, neh?, che non fosse nemmeno un po' curiosa. Eppure ne aveva ancora di cosette da raccontare, tutte quelle che la Termoli le aveva spifferato la sera prima, certificate dal marito testimone dell'accaduto: i tre che erano andati a prenderlo, il Crispini che sembrava un sacco vuoto tant'è che avevano dovuto quasi trascinarlo…

Una volta in ufficio la Piccionati aveva lasciato perdere la collega. L'altro collega, il messo, si era dimostrato molto più attento a ciò che aveva da dire. Aveva sentito anche lui la novità ma più del fatto che il Crispini fosse stato prelevato, da chi poi?…

«Dalla Milizia, neh?» aveva risposto lei.

…ecco, altro il messo non sapeva.

E siccome quelli non si muovevano per niente, neh?, voleva dire che sotto c'era qualcosa di grosso anche se sembrava incredibile che un cicciobello come il maestro si fosse cacciato in certi guai…

A un certo punto il segretario comunale aveva fatto capolino dal suo ufficio. Fermo e serio sulla porta aveva guardato dapprima la Piccionati che s'era bloccata all'istante, la bocca semiaperta, l'ennesimo «neh?» fermo sulle labbra. Semiaperta pure quella del messo che stava bevendo le sue chiacchiere.

«Signori», aveva esordito il Menabrino, «siete pregati di badare al vostro lavoro e solo a quello, perlomeno fino a che siete qui dentro.»

Di ciò che, nel bene o nel male, accadeva fuori da quelle mura nulla doveva entrare e turbare il normale andamento del servizio.

«A ciascuno i suoi compiti», aveva sentenziato.

A quell'uscita Beatrice Cannibale aveva sollevato lo sguardo dalla scrivania incrociandolo con quello del segretario che l'aveva subito distolto.

«Non tocca certo a noi stabilire responsabilità, per questo esistono organi nominati allo scopo. Chi è a posto con la propria coscienza lavora e soprattutto dorme tranquillo», aveva concluso.

Lo poteva ben dire, visto che non aveva dormito affatto bene la notte appena trascorsa. Pure lui sapeva. Era stato uno dei pochi clienti che il Gnazio era riuscito a spremere, due China Martini, la sera prima quando, dopo cena, era uscito a fare due passi mentre sua moglie rigovernava. Al caffè dell'Imbarcadero era giusto entrato per dare un'occhiata alla «Gazzetta dello Sport», risparmiandosi l'acquisto, ma non l'aveva nemmeno sfiorata, catturato da ciò che il Termoli gli aveva detto. Come non ripensare alla strana, più che strana, visita che il Crispini gli aveva fatto tempo prima? E quella richiesta, sapere quale delle due impiegate era dotata di «quelle manine d'oro»? Lui, fesso, gliel'aveva indicata: Beatrice Cannibale, figlia di quell'Amedeo che era quel che era. Talis pater, talis filia? Che fare?

Era rientrato a casa un po' più tardi del solito, in genere non stava fuori per più di una mezz'oretta. E si infilava subito a letto. Invece no. Alla moglie aveva detto che sarebbe stato un po' in salotto, doveva ripensare alla forma di una certa delibera che aveva sottomano. Infine, pensa che ti ripensa, era giunto alla conclusione che la cosa migliore fosse dimenticare, o meglio fingere di dimenticare, quell'incontro.

Così quando, a mezzogiorno, Beatrice Cannibale, anziché uscire con gli altri impiegati, si fece sulla porta del suo ufficio chiedendo il permesso di dirgli due parole: «A che proposito?» chiese lui già sulla difensiva.

«Per la faccenda del maestro Crispini», rispose l'impiegata.

Il segretario se l'aspettava, fu pronto a rispondere.

«Signorina, forse non sono stato abbastanza chiaro questa mattina. Tutto ciò che accade fuori da queste mura non è affare che riguardi l'amministrazione e men che meno il sottoscritto. Mi sono spiegato adesso?»

«Volevo solo un consiglio», fece la Cannibale.

«Non sono un confessore», chiuse il Menabrino. «E se adesso permettete vorrei andare a pranzo.»

Beatrice Cannibale non osò oltre, ma si predispose ad allungare la lista di coloro che quel giorno l'avrebbero invece saltato.

50.

Mica per spaventarlo, ma per unire le forze e aiutare il Fracacci a ricordare e riferire, maresciallo, brigadiere e appuntato si erano riuniti nell'ufficio del Maccadò.

Quando il Mannu era rientrato col procaccia al seguito, la prima cosa che aveva comunicato era stata di aver capito ben poco dalle mezze frasi che era riuscito a strappargli.

"Non lo metto in dubbio", aveva pensato l'appuntato Misfatti, scornato per essere stato anticipato proprio dal sardo. Ma il Mannu ne aveva ancora di strada da fare per giungere ad avere una profonda conoscenza di certi soggetti quale lui, lui solo!, nemmeno il signor maresciallo con tutto il rispetto, poteva vantare.

«Gli ho spiegato il motivo per cui abbiamo bisogno di lui», aveva aggiunto il brigadiere, «giusto perché non se la facesse addosso strada facendo, ma l'unica cosa che mi ha detto è che il Crispini non lo vede da un po', che lui non ha fatto niente, che non sa niente, cose così.»

«Va bene», aveva deciso il Maccadò. «Facciamolo entrare e vediamo di capirci qualcosa.»

Il Fracacci era entrato portando con sé l'afrore dei suoi panni, stazzonati e impregnati dei più vari odori raccolti qua e là, manco fossero delle spugne, e il dolciastro della michetta con la bologna avvolta nella carta oleata che teneva nella tasca della giacca.

«Si sieda, si metta comodo, stia tranquillo e ci dica del maestro Crispini», l'aveva invitato il maresciallo.

Erminio Fracacci aveva già assaggiato la camera di sicurezza della caserma. Un paio di volte, ubriaco marcio, ci aveva passato la notte. Ne ricordava la durezza della panca e la promessa fatta di non rientrarvi mai più. Il timore che l'aveva assalito da che il Mannu l'aveva prelevato era di essere vicino a un ulteriore assaggio. Del Crispini sapeva anche lui, non si parlava d'altro in paese. Ma sottovoce, come se fosse pericoloso farsi sentire.

«Perché?» aveva quindi chiesto.

A quel punto s'era intromesso il Misfatti.

«Maresciallo, se permette...»

Dalla sinistra del Maccadò dove s'era piazzato stando in piedi s'era portato al fianco del procaccia. Una mano sulla sua spalla: «Erminio...» aveva detto sogguardando il brigadiere.

Erminio. L'aveva chiamato per nome, come fossero vecchi amici. Si faceva così se si volevano sciogliere certe resistenze, vincere immotivate paure.

Erminio, quindi.

«...quando un maresciallo ti fa una domanda è buona norma rispondere ma non con un'altra domanda. Noi sappiamo che il Crispini ti ha mandato a chiamare ma non conosciamo il motivo. Saresti così gentile da dircelo?»

«Perché?» era sfuggito di nuovo al procaccia.

Il brigadiere s'era irrigidito, mossa sbagliata che il Misfatti aveva smorzato con un primo sguardo deciso al collega, un secondo, interrogativo, al Maccadò il quale, con un rapido movimento di palpebre, gli aveva concesso piena libertà di proseguire. Un terzo infine di sorridenti rughette agli angoli degli occhi l'aveva calato sul Fracacci.

«Non hai niente da temere, ti do la mia parola, ma quello che sai può essere importante. Insomma, noi carabinieri ti stiamo chiedendo aiuto.»

«A me?» era sbottato il Fracacci.

«Sì, Erminio», aveva confermato il Misfatti dandogli un paio di amichevoli pacche sulla spalla, «proprio a te.»

Il procaccia aveva guardato i due che gli stavano davanti. Entrambi, pure quel brigadiere così sbrigativo che l'aveva prelevato, avevano in volto un sorriso che chiedeva comprensione, aiuto. Lo stesso, almeno così gli era parso, che usava anche lui quando elemosinava credito.

«È stato per una lettera», aveva infine detto.

«Bene», aveva approvato il Misfatti che ormai sentiva di avere il pallino in mano. «E di che lettera si tratta?»

«Non lo so», aveva risposto il Fracacci.

Pazienza!

«Una lettera che doveva spedire?»

«No.»

«Allora una lettera che gli è arrivata.»

«No.»

«Ma come no!» aveva fucilato il Mannu, il sorriso di poco prima già tramontato.

«Calma», era intervenuto il Maccadò.

Che tipo di lettera era, aveva interloquito, se né era stata spedita né era arrivata?

«Una lettera che doveva arrivare. Ma forse», era stata la risposta del procaccia.

I tre carabinieri s'erano guardati.

«Erminio», aveva ripreso, quieto, il Misfatti, «ce la stai contando giusta?»

«Per quello che ne so, sì», aveva risposto l'Erminio. «Perché tra l'altro non doveva arrivare nemmeno a lui.»

«O be', questa poi!» s'era spazientito di nuovo il Mannu.

«Proprio così!» era sfuggito, e con una certa veemenza, al Fracacci.

«Spiegateci allora a chi doveva arrivare questa lettera», aveva insistito il brigadiere sotto lo sguardo di fuoco del Misfatti.

«A lui. Ma non proprio», era stata l'inquietante risposta del procaccia.

Il brigadiere Mannu era stato lì per dire altro, e di terribile e ironico insieme a giudicare dal volto. Ma il procaccia aveva ormai preso l'aere.

Nel senso, aveva proseguito, che l'indirizzo era lo stesso, via Manzoni numero 1. Ma il nome del destinatario era diverso.

«Ma era sempre lui, il maestro!» E per quello aveva voluto vederlo.

Era chiaro?

No?

«Per dirmi», s'era spiegato l'Erminio ormai allo stremo, «che se fosse arrivata una lettera indirizzata a quel tal dei tali ma con il suo indirizzo non dovevo pensare a un errore e rinviarla al mittente ma consegnarla a lui.»

«E questo tal dei tali, come l'ha definito lei, ricorda come si dovrebbe chiamare?» aveva chiesto il Maccadò.

«Sì», aveva risposto d'impeto il procaccia.

Invece no.

Il nome gli ballava in testa ma lontano, nel fondo.

«Era... ecco...» s'era ingarbugliato.

«Era, era...» l'aveva canzonato il Mannu.

Ma: «Porca troia!» era sbottato il Fracacci.

«Erminio!» l'aveva ripreso il Misfatti.

Ma l'Erminio nemmeno l'aveva sentito.

«Cazzo!»

E dai!

Una mano infilata nella tasca della giacca, l'Erminio aveva dapprima estratto il cartoccio con la michetta alla bologna ancora intonsa deponendolo sulla scrivania del maresciallo, e poi: «Eccolo qua».

Il biglietto, un po' voncio, sul quale di sua mano il Crispini aveva scritto quel nome affinché non lo scordasse.

«Apollinare D'Astici», aveva sillabato il Maccadò. «Un nome falso.»

Che bisogno aveva il maestro Crispini di nascondersi dietro una falsa identità?

51.

Se doveva confessare una cosa, aveva riflettuto Beatrice Cannibale, doveva farlo con qualcuno che poi mantenesse il segreto oltre che darle il consiglio giusto. Quello che per ogni figlio o figlia sarebbe stato il soggetto più indicato, un genitore, per lei era da escludere a priori. Al sentir parlare del Crispini suo padre le avrebbe risposto che, per lui e per quelli della sua razza, non era disposto a muovere neanche un'unghia del mignolo. E nemmeno le avrebbe perdonato quello che, appena uscita dal municipio, anziché filare a casa per mangiare qualcosa, s'era predisposta a fare. Un rischio calcolato in verità, poiché com'era sua abitudine Amedeo Cannibale se ne stava fuori l'intera giornata, comparendo solo verso sera. Nell'eventualità che proprio quel giorno contravvenisse alla regola, la giovane una scusa l'avrebbe trovata: l'urgenza era quella di togliersi quel peso dallo stomaco. E poi, aveva ragionato, anche se il genitore fosse andato in giro a cercarla, mai e poi mai l'avrebbe fatto proprio lì, visto che ce l'aveva su anche coi preti. Quindi suonò al campanello della canonica nel momento in cui il signor prevosto si stava mettendo a tavola.

«O porco boia», fu il commento della perpetua Scudiscia quando, dalla finestra della cucina, vide che qualcuno aspettava al cancelletto. A bassa voce però, senza farsi sentire dal signor prevosto. Tanto ormai era inutile, una battaglia persa già da tempo, quando si era arresa al fatto che a qualunque ora del giorno o della notte se una pecorella, come le chiamava il sacerdote, suonava, bisognava farla entrare. Tempo perso lamentarsi, vosà, come aveva fatto spesso in passato. E gli gnocchi appena scolati? Li guardò, vedendoli già pronti per la rumenta.

«C'è una pecorella», comunicò la Scudiscia. E si trattenne, visto che l'aveva riconosciuta, dal commentare che poteva anche essere un lupo travestito.

«Fatela entrare», ordinò il prevosto.

E accomodare.

Dove?

«Dipende», rispose il sacerdote.

Da ciò che la pecorella aveva da dire, chiedere. Per quanto lo riguardava poteva anche accomodarsi al loro desco, visti l'orario e la quantità di gnocchi che la Scudiscia aveva preparato, abbondanti, almeno per quattro.

Magari, pensò la Scudiscia. Non avrebbe buttato il suo lavoro, una mezza mattina buona, e forse avrebbe anche udito qualcosa di interessante.

Ma la pecorella belò un ringraziamento.

«Come accettato.»

Preferiva spiegare rapida il motivo della visita onde non disturbare oltre e, fosse stato possibile, da sola a solo.

Già il fumo dai piatti si stava rarefacendo, lo gnocco raffreddando.

«Seguitemi nel mio studio allora», decise il sacerdote.

Un quarto d'ora più tardi, quando il prevosto e la pecorella ne uscirono, la Scudiscia era ancora seduta a tavola, gli occhi fissi sugli gnocchi ormai immangiabili.

«Non avete pranzato nemmeno voi?» le chiese il sacerdote.

Valeva la pena rispondere?

Non era lì da vedere?

52.

Sulla sedia che fino a poco prima era stata occupata dal procaccia Erminio Fracacci pareva che si fosse accomodato il fantasma del maestro Crispini. E che maresciallo, brigadiere e appuntato, in silenzio a fissarla, aspettassero una risposta alla domanda che aleggiava nell'aria. Fu il Maccadò invece a parlare, con una confessione. Si espresse proprio così.

«Devo confessare che anche a me il maestro ha dato da pensare.» E senza aspettare che gli venisse chiesto perché, raccontò della sera in cui l'aveva colto in quello che a lui era sembrato un appostamento bello e buono. Tra sé l'appuntato Misfatti calcolò che ormai il conto degli indizi si era allungato in maniera preoccupante, non più tre, nemmeno quattro, cinque addirittura! Poteva essere, per quanto ancora gli sembrasse incredibile, che il Crispini l'avesse davvero fatta grossa? E, nel caso, cosa diavolo s'era messo in testa quell'ometto? Non era da lui, non era da appuntato Misfatti stare a bagnomaria in simili dubbi, quello stallo che si percepiva nell'ufficio del Maccadò come se fosse l'umidità di luglio non gli piaceva per niente. Bisognava che qualcuno prendesse l'iniziativa. Così, e per non scavalcare l'autorità del maresciallo, a stomaco vuoto ma convinto di essere nel giusto, nel corso del pomeriggio entrò per la prima volta nella sua vita al posto di telefono pubblico.

53.

Serena Visitazione, benché iscritta, non aveva mai preso parte alle riunioni del Fascio femminile. Fece un'eccezione quella sera, e per la sola ragione che era un'adunata cui avrebbero preso parte con i rappresentanti dell'altro sesso, occasione imperdibile per adocchiare qualche nuovo viandante da far salire sulla carovana.

Il Semola aveva scatenato i fedelissimi affinché con un efficace passaparola ciascuno degli iscritti venisse avvisato e soprattutto nessuno mancasse all'appello. Pure la segretaria del Fascio femminile Cinghia Mirabola, in carica da che Fusagna Carpignati s'era sposata e ritirata a vita privata, non era stata da meno.

Alle nove di sera la sede del Fascio, che nonostante plurimi interventi di bonifica continuava a puzzare di muffa e orina di gatto, era gremita come mai lo era stata.

Le sedie, non numerose, erano state occupate dalle iscritte al Fascio femminile, tranne la Mirabola che stava dietro la scrivania, in piedi, a lato del Semola.

La Carovana era in piedi anche lei, sul fondo del locale, dove s'era schiacciata la maggior parte dei camerati maschi in mezzo ai quali lei aveva preferito mettersi, onde strusciarsi e mandare inequivocabili messaggi.

Al richiamo del Semola il brusio cessò tanto all'improvviso che un paio di scorregge, convinte di potersi occultare, si avvertirono con chiarezza.

«Non starò a farla lunga», esordì.

Anche i sassi ormai conoscevano la fine che aveva fatto il Crispini.

«Appunto, cos'è successo?» si levò una voce, maschile.

«A tempo debito», se la cavò il Semola. «Ben altro preme adesso.»

Da Como, proseguì, i camerati gli avevano chiesto di fare indagini, convinti che il Crispini non avesse agito da solo.

«Ma cos'ha combinato?» si alzò un'altra voce ancora maschile.

Il Semola si spazientì.

«Non è il momento di perdersi in discussioni oziose», replicò. «Piuttosto quello dell'azione.»

«L'ho sempre pensato anch'io», mormorò la Visitazione appoggiata a un giovanotto di frazione che sembrava tutt'altro che infastidito.

Da Como!, di nuovo.

«Da Como si aspettano che la nostra sezione faccia la sua parte, scovando gli infami che compongono la cerchia del Crispini.»

«Ma chi sono?» sbottò una terza voce, sempre maschile.

Cinghia Mirabola scosse la testa.

«Idiota», sparò, anticipando il Semola.

«Infatti», concordò il segretario.

Gli pareva forse che se ne avesse conosciuti i nomi sarebbero stati lì quella sera?

«Per quello invece vi abbiamo riuniti. Poiché è necessario che se qualcuno di voi ha covato sospetti pur vaghi, udito mezze chiacchiere o anche solo subodorato maneggi poco chiari, lo dica subito. E in ogni caso ciascuno di noi, da questo momento in avanti, si deve sentire impegnato a...»

Ma si dovette interrompere. Una mano s'era levata, seguita da un grido.

«Io.»

La mano era quella di Serena Visitazione che con un certo, reciproco dispiacere aveva lasciato la patta del giovanotto. Pure la voce era la sua.

Cinghia Mirabola temette che da quella bocca potesse uscire qualche sconcezza.

«Parla», la invitò il Semola.

«Non so se può essere utile ma...» principiò a dire la Carovana seguita da un silenzio sempre più attento mentre riferiva ciò che per più sere aveva veduto dalla finestra della sua casa.

54.

Sulle prime Omario Consiglio pensò di aver preso un abbaglio. Poi però si dovette convincere che non aveva avuto un'allucinazione, era proprio così. Allora si sedette a fissarla, incantato. Erano le nove da poco passate, il Consiglio era tornato a casa da un paio d'ore trovando la porta aperta.

«Quirica, Quirica...» aveva mormorato scuotendo la testa. Povera donna, sconvolta com'era s'era dimenticata di chiudere. E va be', poco male.

Aveva cenato, tutto sommato aveva fame visto che era a digiuno fin dal mattino. Poi aveva sparecchiato e lavato i piatti, compresi quelli della sera prima visto che la Quirica aveva lasciato il lavoro a metà. Proprio per quello aveva rassettato anche il letto, poiché dormire in uno disfatto non gli garantiva un sonno regolare.

Solo fatti questi mestierini era andato, come ogni sera, nel salottino dove, l'uno davanti all'altra, seduti su due poltroncine, lui e la povera Amarena Particola passavano un'oretta prima di coricarsi chiacchierando o magari leggendo, lui, mentre lei sferruzzava, o magari stando in silenzio. Un'abitudine che il Consiglio aveva mantenuto anche con la vedovanza, guardando quella poltrona davanti sé, vuota. Era la poltrona sulla quale la sua defunta moglie aveva chiuso gli occhi per sempre mentre lo stava quietamente rimproverando di essersi sempre accontentato di quel suo posticino alle Regie Poste, impiegato ormai anziano e senza più speranza di poter fare carriera.

Se invece avesse seguito i consigli che così spesso gli aveva dato, forse a quel punto… Ma ciò che l'Amarena aveva in animo di dire era volato via insieme con il suo ultimo respiro, poiché la donna aveva sgranato gli occhi come sorpresa di vedere un estraneo, aveva emesso un verso, reclinato la testa e basta, finita.

Tutte le sere Omario Consiglio rivedeva la scena, gli occhi fissi alla poltrona che aveva ricoperto con un telo perché mai più nessuno avrebbe dovuto sedervisi. Ma quella sera, sebbene sulle prime non aveva voluto credere ai suoi occhi, dovette poi farsene una ragione: c'erano chiare tracce di una seduta, il telo, il cuscino sotto erano infossati, solo un sedere di buon peso poteva lasciare simili impronte. E poiché, da che l'Amarena se n'era andata, il Consiglio non aveva mai più ricevuto ospiti e, anche nel caso, mai e poi mai li avrebbe fatti accomodare lì, allora…

Chi altri avrebbe potuto sedere su quella poltrona?

Gli toccò deglutire come se fosse un boccone esagerato l'idea che aveva preso forma nella sua testa. Non era successo così d'altronde, poche ore prima, in ufficio? Mica l'aveva vista la sua povera moglie, ma ci aveva discusso a lungo! Adesso la porta di casa aperta, la poltrona sulla quale dopo tanto tempo qualcuno s'era seduto e… e magari adesso lei era lì e lo stava guardando.

Chi altri poteva essersi accomodato su quella poltrona se non la sua povera moglie Amarena Particola?

55.

I

Tre, come quelli che avevano portato via il Crispini.

Lui, davanti, gli altri due, Sussi Armenio e Carambola Gino, dietro.

E marziali, in divisa.

Alle nove spaccate il segretario Semola, scortato da due camerati, partì alla volta del municipio.

In realtà la sera prima Cinghia Mirabola, una volta che la Carovana aveva riferito per bene tutto ciò che aveva visto, sospetto, molto sospetto poiché si sapeva di chi fosse figlia quella, aveva proposto di andarla a prelevare all'istante, portarla in sede e farla confessare. Ma: «Non scherziamo», aveva ribattuto il Semola cui l'idea di trovarsi faccia a faccia con Amedeo Cannibale non piaceva mica tanto. C'erano i presupposti che quello avrebbe dato in escandescenze, passando magari a vie di fatto. E con chi se la sarebbe presa se non con lui? Figure di merda non ne voleva fare, men che meno di fronte ai suoi miliziani e alle donne del Fascio. L'azione doveva invece osservare le regole della Milizia, prima fra tutte quella del rispetto dell'etichetta. Così aveva affermato. Tranne lui, nessuno quella sera indossava la divisa. C'era chi si era presentato ancora col toni del lavoro, chi con camicie macchiate, chi in giacca, ma buttata sopra la maglietta della salute.

«No», aveva ribadito. «Domani mattina. Si va in municipio e la si preleva lì. Servirà molto di più a dimostrare che con il Partito non si scherza.»

Già dal corridoio il passo di marcia, non propriamente sincrono, fece levare lo sguardo degli impiegati.

Il messo, che stava di fronte alla porta d'accesso del pubblico, fu il primo a vederli. Fanatico del lotto non si chiese perché quei tre fossero lì. Soldati, pensò piuttosto. Anzi, soldati in marcia. Chissà se c'era un numero che corrispondesse, così da poterlo giocare. A distrarlo pensò il Semola, che salutò secco lasciando poi correre con intenzionale lentezza lo sguardo fino a fermarlo su Beatrice Cannibale.

«Signorina», disse poi, «siete pregata di venire con noi.»

Sulla giovane si puntarono gli occhi del messo e quelli della collega Piccionati mentre lei, incapace di dire qualcosa, stava pensando al prevosto: era mai possibile che il sacerdote avesse riferito al Semola ciò che lei gli aveva confessato? Ma se le aveva detto che poteva stare tranquilla, non aveva di che preoccuparsi, non aveva fatto niente di illecito... E se infine anche l'avesse fatto, perché mai il Semola adesso era lì, cosa voleva d'altro? Fu per dirlo ma un'altra voce la anticipò.

«Come, come?»

Era quella del Menabrino che aveva udito il rumore di marcia lungo il corridoio, pensando però a qualcuno che calzasse scarponi, cosa non rara se si trattava di frazionisti. Il secco ordine del Semola gli era però giunto all'orecchio nonostante la porta del suo ufficio fosse chiusa. Allora, data una sbirciata dall'oblò dal quale controllava gli impiegati e resosi conto che s'imponeva un suo intervento d'autorità, era uscito, sbucando alle spalle del manipolo.

«Segretario, buongiorno», salutò il Semola.

«Sì, buongiorno», rispose questi. «Posso sapere cosa succede?»

«Affari interni della Milizia. La signorina Cannibale deve venire con noi», fu la risposta di Fulvio Semola.

«E per quale ragione, di grazia?»
«Ribadisco, affari interni della Milizia», insisté il Semola. «Cose grosse, gravi, se mi spiego.»

II

Tanto grosse e gravi, che rendevano ancora più incredibile che il maestro Crispini avesse potuto cacciarsi in un guaio del genere.

Secondo gli accordi presi il pomeriggio precedente con l'amico D'Alessandro, l'appuntato Misfatti s'era piazzato a tiro di telefono, quasi piantonandolo, attorno alle otto e trenta, così da essere pronto a rispondere quando quello avesse chiamato. Verso le nove, aveva promesso, avrebbe telefonato per riferirgli ciò che fosse riuscito a scoprire.

«Sempre che mi riesca», s'era cautelato.

Giusto due squilli, alle nove spaccate, non uno di più.

Giusto due minuti la comunicazione, durante la quale aveva parlato solo il D'Alessandro. Il Misfatti s'era lasciato scappare soltanto un'espressione di sorpresa.

«Non è possibile!»

«Eppure è così», aveva confermato il collega.

Poi per un minuto buono l'appuntato s'era tenuto la cornetta in mano, fissando il vuoto, riscuotendosi solo al richiamo del carabiniere Beola.

«Appuntato, che succede?»

Per tutta risposta il Misfatti aveva scosso la testa. Adesso non restava che informare il Maccadò il quale aveva giusto bisogno di lui. Per quanto avesse pensato, aveva concluso di avere le mani legate, nient'altro che potesse fare: risolvere il mistero Crispini e nel caso farsene una ragione era al di là delle sue possibilità. Aveva una sola carta da giocare. Quindi, quando lo vide entrare nel suo ufficio: «Giusto lei appuntato», lo accolse. Ma si bloccò, insospettito dal volto tragico del Misfatti.

«Appuntato...»
Il Misfatti accentuò l'espressione ferale.
«Pessime notizie, maresciallo.»
«Il Crispini?» indagò il Maccadò.
«Lui», confermò il Misfatti.
L'accusa: apologia di attentato.
Il rischio: da cinque a dieci anni di galera.
Sarebbe stato giudicato, quando ancora non si sapeva poiché era tuttora in corso la fase istruttoria del processo e la caccia a eventuali complici, dal Tribunale speciale per la difesa dello Stato con sede in Roma, la cui composizione la diceva lunga sul risultato: Tringali Casanova, un fedelissimo della prima ora, a presiederlo, cinque giudici, appartenenti alla Milizia, più un relatore, senza diritto di voto, scelto tra il personale della giustizia militare.
Il Maccadò soppesò per bene tutto ciò che aveva appena udito.
«Lo sa da fonte certa?» chiese.
Il Misfatti si imbarazzò.
«Un puro caso», rispose.
Il suo amico, il maresciallo D'Alessandro...
Ecco, venuto a sapere, perché insomma in quell'ambiente certe notizie correvano... venuto a sapere che la Milizia tratteneva un bellanese, proprio quella mattina gli aveva telefonato per dargli la notizia e...
«Un caso più che opportuno», interloquì il Maccadò.
L'appuntato sapeva leggere oltre le parole del maresciallo. Meglio tacere.
Ma: «Ha fatto bene appuntato, glielo avrei chiesto io stesso di sentire il suo amico per cercare di capirne di più».
«Adesso purtroppo sappiamo», commentò il Misfatti.
I due si guardarono.
Che fosse finita?
Non ancora, il telefono stava squillando di nuovo.

III

«Un momento, vado a chiamarlo.»

Aveva risposto così il Beola, al terzo squillo, visto che nessuno si muoveva.

«No», replicò il segretario comunale, «ditegli che ho bisogno di lui, qui, in municipio. È questione della massima urgenza!»

«D'accordo», acconsentì il Beola, ma senza riattaccare.

Cosa che invece fece il segretario. Dopodiché, uscito dall'ufficio, annunciò che il maresciallo Maccadò stava per arrivare.

«E la vedremo!»

«La vedremo sì», replicò il Semola che non immaginava di trovare nel segretario un osso così duro. Cazzo se era stato tosto! Perché lui aveva tentato anche con le cattive.

«Vi ordino di venire con noi», aveva detto all'impiegata.

Ma il segretario non s'era mica spaventato.

«Qui dentro gli ordini li do solo io.»

«State intralciando...» aveva tentato il Semola.

«No», l'aveva bloccato quello. «Voi state intralciando un pubblico servizio e senza nemmeno una ragione plausibile, ammesso che vi sia.» Se aveva bisogno di parlare con la signorina Cannibale, aveva sottolineato, poteva aspettare con calma il momento in cui sarebbe stata fuori dall'orario di lavoro.

«Non ho tempo da perdere», s'era impettito il Semola.

«Nemmeno io e nemmeno i miei impiegati. E a tal proposito ce ne avete già fatto perdere fin troppo!»

«Da qui non ci muoviamo, sappiatelo», aveva minacciato il Semola cercando, senza trovarlo, un deciso gesto di assenso dei due che lo accompagnavano.

«O be'», aveva concluso il segretario, «vedo che mi obbligate a chiamare il maresciallo.»

E senza dire altro era rientrato in ufficio per telefonare e chiedere l'espresso intervento del Maccadò. Lui, non altri!

56.

Se avesse potuto, Fulvio Semola avrebbe evitato un confronto col Maccadò.

Ma ormai non poteva.

Marziale, in divisa, con due dei suoi dietro muti in attesa, davanti all'intero corpo impiegatizio che attendeva l'esito del duello col segretario, aveva risposto: «Chiamatelo», quando il Menabrino aveva già composto il numero della caserma.

E per i minuti che il Maccadò aveva impiegato a raggiungere il municipio, la scena era rimasta così, sorta di fermo immagine. Tant'è che il maresciallo entrando e prendendo atto di tanta fissità, era stato attraversato da un'improbabile fantasia: che ci fosse da qualche parte un ordigno pronto a scoppiare nell'istante in cui qualcuno dei presenti si fosse mosso? Un'idea stravagante che svanì nel momento stesso in cui il segretario salutò e lui chiese cosa stesse succedendo.

«Avanti», fece il segretario rivolto al Semola.

«Io?» ribatté quello.

«Sì, voi.»

«Non l'ho chiamato io il maresciallo.»

«Certo, l'ho fatto io.»

«Allora dite voi.»

«Spiegate voi perché siete qui.»

«Ve l'ho già detto.»

«Ripetetelo, allora.»

«Fate voi se ci tenete.»

«Spiegate al maresciallo.»

«Non ho niente da dire, né tantomeno da spiegare.»

«Non direi proprio», osservò il segretario.

Nessuno dei presenti, infatti, aveva compreso per quale motivo la signorina Cannibale avrebbe dovuto lasciare l'ufficio per seguire lui e i suoi due compari.

«Non servono spiegazioni», sentenziò il Semola.

Il Maccadò, che fino a quel momento aveva seguito quello stucchevole rimpallo di battute, intervenne, rivolgendosi al Semola.

«E se invece servissero?» chiese.

«Maresciallo», rispose il Semola, «come ci siamo detti in altra occasione ciascuno di noi ha le sue regole e...»

Ma il Maccadò lo interruppe.

«Semola, smettetela di fare un tutt'uno con quel noi che usate a sproposito. E in quanto alle regole vi faccio presente che quelle che noi carabinieri dobbiamo osservare sono nate nel 1814, se mi spiego.»

«E con questo cosa...» interloquì il Semola.

«Con questo», non lo lasciò proseguire il Maccadò, «voglio dire che non sono qui per discutere di regole e doveri ma per capire perché sono stato convocato.»

«Questo ve lo può spiegare chi ha voluto scomodarvi. Per quanto mi, ci riguarda», uno sguardo ai due che stavano dietro, «se la signorina Cannibale si decide a seguirci bene, in caso contrario...»

«Altolà, altolà!» sbottò il maresciallo. «In caso contrario cosa potrebbe succedere?»

«Be'...» si imparpagliò il Semola.

«Statemi a sentire, Semola», approfittò il maresciallo. «Vi do volentieri un consiglio. Se la signorina in questione è intenzionata a aderire alla vostra richiesta, col permesso del signor segretario, nulla osta. Invece, se in quel "caso contrario" che vi è sfuggito di bocca si dovesse celare una ancorché velata minaccia di ricorso alla coercizione, ecco che allora voi e i vostri incrocereste quelle famose regole. Le nostre intendo, quelle dell'Arma.»

Poi, nemmeno dando tempo al Semola di replicare, si rivolse alla Cannibale.

«Cosa mi dite, signorina?»

A Beatrice fu sufficiente scuotere la testa.

Sufficiente per tutti.

Pure per il Semola che, tanto per avere il gusto dell'ultima parola: «Non finisce qui», disse.

Profetico.

Infatti.

57.

I

Fin dove poteva arrivare il suo amico D'Alessandro?

«Maresciallo, mi scusi, non capisco. In che senso?» rispose l'appuntato Misfatti.

«È vero, mi scusi lei», disse il maresciallo Maccadò.

Meglio che si spiegasse.

II

Era, quella, la domanda che il Maccadò s'era fatto uscendo dal municipio dov'era rimasto una bella mezz'ora, chiuso nell'ufficio del segretario con l'impiegata Beatrice Cannibale che, una volta partito il Semola, l'aveva fermato dicendo: «Maresciallo, se permettete...».

Due parole, in privato. Lontana cioè dalle orecchie del messo e della collega Piccionati.

«Volentieri», aveva risposto lui.

Il Menabrino aveva offerto il riparo del suo ufficio e anche, se la signorina gradiva, la sua presenza.

Beatrice aveva accettato. Ormai, aveva pensato, quante più persone fossero state informate di ciò che aveva da dire tanto meglio per lei sarebbe stato. Solo che, una volta chiusa in segreteria, seduta, con di fronte segretario e maresciallo entrambi in piedi, aveva ceduto di schianto e s'era messa a piangere.

Da che era al mondo, di fronte a qualcuno in lacrime il maresciallo Maccadò si sentiva prendere da un languore che gli inumidiva gli occhi. Quando uno dei suoi figli, per le ragioni più disparate, piangeva, la sua prima mossa era quella di chiamare in soccorso Maristella e delegarla a calmare il piangente. Poi si allontanava perché non voleva farsi sorprendere in tanta fragilità emotiva. Così pure aveva fatto in quella occasione, avvicinandosi alla finestra che dava sul molo, lasciando al segretario il compito di calmare la sua impiegata.

Più pratico costui, dopo un primo momento di imbarazzo, aveva dapprima offerto alla giovane il suo fazzoletto visto che Beatrice si asciugava le gote passandovi il dorso delle mani, poi aveva attaccato una litania di mezze frasi consolatorie – «Ma cosa c'è, cosa c'è... suvvia... calmatevi... su, su... fate un bel respiro... così, via, da brava...» – decidendo infine di avvicinarsi all'impiegata e, con cautela, posarle una mano sulla spalla sussurrandole: «Signorina, fino a che siete qui dentro non avete nulla da temere, siete tra amici. Vero maresciallo?».

Il Maccadò: «Certo!» aveva risposto. Tono un po' troppo secco, per celare l'emozione. Cui la Cannibale aveva reagito come fosse stato l'ordine di troncare il pianto.

«Chiedo scusa», aveva pigolato tirando su col naso.

«Non avete di che scusarvi», l'aveva blandita il Maccadò, lasciando la finestra e innescando il tono del buon padre di famiglia. Aggiungendo che, se se la sentiva di parlare, lui era a sua completa disposizione.

Beatrice Cannibale aveva emesso un profondo sospiro.

«È che ho paura di essere finita in un guaio», aveva detto.

«Un guaio?» il segretario.

«Che genere di guaio?» già investigando il Maccadò.

«Ma senza volerlo», aveva proseguito l'impiegata.

«D'accordo», aveva acquisito il maresciallo. Ma se la sentiva di chiarire meglio?

«Col maestro», aveva mormorato Beatrice.

A quell'uscita il Menabrino si era allontanato dall'impiegata come volendo uscire dall'orbitale di sospetto che circondava il maestro Crispini e chi lo nominava, diversamente dal Maccadò che, tornato a essere maresciallo tutto d'un pezzo, aveva chiesto conferma: intendeva il maestro Fiorentino Crispini?

«Ma senza volerlo», aveva ribadito Beatrice in pratica confermando che al Crispini s'era riferita.

«Vi credo sulla parola», aveva assicurato il Maccadò andando a sedere sulla poltrona del segretario.

«Maresciallo», fece questi, «se credete che io debba uscire...»

Ma il Maccadò manco l'aveva sentito.

«Spiegatemi bene», stava dicendo. «Ditemi perché credete di essere finita in un guaio.»

III

«Per quel nome, appuntato», disse il Maccadò.

«Quel nome?» fece il Misfatti.

«Proprio», confermò il maresciallo.

Quello che anche loro avevano pensato fosse un nome falso dietro il quale il Crispini aveva voluto nascondersi.

«Cosa in realtà vera», specificò il Maccadò, «perché il Crispini l'ha usato per partecipare a un concorso...»

«Un concorso?» interloquì il Misfatti.

«...letterario, indetto dal suo stesso giornale, così da potervi prendere parte senza suscitare sospetti di favoritismi. Uno pseudonimo, appuntato, un nom de plume, come dicono i francesi.»

«E l'impiegata cosa c'entra allora?» chiese l'appuntato.

«C'entra perché essendo dotata di una pregevole grafia non ha fatto altro che ricopiare in bella, come si dice, lo scritto, anzi la poesia del maestro. Ma...» fece il maresciallo alzando l'indice.

Ma dopo l'arresto del Crispini, le voci che erano girate e soprattutto l'irruzione di poco prima del Semola in municipio, Beatrice Cannibale s'era convinta di essere stata coinvolta in un guaio, benché a sua insaputa.

«Per una poesia?» chiese il Misfatti con un mezzo sorriso.

Il Maccadò si grattò una guancia.

«Dipende da cosa c'è scritto», osservò.

A quanto gli aveva riferito la giovane, pur non ricordandola bene, non pareva un testo che inneggiasse ad attentati o cose del genere.

«Ma anche da chi l'ha scritta», aggiunse poi.

L'appuntato meditò sull'uscita del maresciallo, fu lì per dire qualcosa, rinunciò.

«Un peccato che non sia stata più precisa», commentò infine.

«Una possibilità l'avremmo», disse il Maccadò.

«E come?»

Il maresciallo aprì il cassetto della scrivania e prese le chiavi di casa Crispini, facendole tintinnare.

«L'Arma non perde tempo», sbottò l'appuntato.

«Né commette reati», chiosò il maresciallo.

In casa Crispini ci sarebbe entrata ma solo in compagnia dell'unica persona autorizzata a farlo dallo stesso padrone di casa.

«Andiamo allora», fece il Misfatti.

«Io vado», lo frenò il Maccadò. Ma che il Misfatti non pensasse di stare in caserma a girarsi i pollici. Perché c'era sempre in aria quella domanda.

Fin dove poteva arrivare il suo amico D'Alessandro?

Poteva sapere qualcosa su quel concorso, capire come mai sulla testa del Crispini pesasse un'accusa così grave?

«Non c'è tempo da perdere», disse il Maccadò.

«Non ho nessuna intenzione di farlo», concordò l'appuntato.

«Diamoci da fare allora», concluse il maresciallo.

58.

Un maresciallo che camminava nelle viuzze del rione Coltogno per poi bussare, visto che di campanelli non v'era traccia, alla porta di Quirica Chiavarini non poteva sfuggire alla vista di, minimo, venti paia d'occhi. Per essere poi avvisato da un coro di dieci bocche che la Quirica non era in casa. Ci rimase male sulle prime. Visto che era giovedì e non poteva certo essere a casa Crispini, s'era aspettato di trovarla lì, nullafacente.

La Quirica nullafacente, che si perdeva una mattina di lavoro? Non la conosceva bene allora. Perché era uscita come al solito per recarsi dall'unico cliente, vedovo, alla cui casa, per via delle dimensioni, doveva dedicarsi spesso fino a sera. Cliente del venerdì di solito, ma vista la situazione e visto che non era ritornata significava che le era stato concesso di usare quella mattina libera per portarsi avanti. Il che, furono tutte concordi le bocche, significava che l'avrebbe trovata presso l'abitazione dell'anziano notaio Anfuso.

«Su in Pradegiana, in via...»

«So dov'è, grazie a tutti», rispose il Maccadò.

«Ma è successo qualcosa?» partirono più voci.

«Niente, vi ringrazio di nuovo», ripeté il maresciallo levandosi anche il cappello.

Cosa che pure l'appuntato Misfatti aveva fatto da poco, ma per grattarsi la testa dopo aver parlato, per la seconda volta nel giro di un'oretta, con il maresciallo Carmine D'Alessandro. Il quale, quando l'appuntato gli aveva parlato di un concorso letterario indetto dal quotidiano locale, aveva dapprima ammesso di non saperne niente e poi aveva scherzato.

«Non me l'avevi mai detto che eri anche un poeta!»

«Macché poeta», aveva ribattuto il Misfatti senza alcun timbro di scherzo nella voce, cosa che il collega aveva percepito al volo ritornando serio.

«Quel concorso...» aveva ripreso il Misfatti.

«Di cui non so niente», aveva ripetuto il comasco.

«Potrebbe c'entrare in qualche modo con l'arresto del maestro Fiorentino Crispini», aveva spiegato l'appuntato.

«Quello dell'apologia di attentato?»

«Esatto.»

Il fatto era, detto papale papale, che né lui né il suo maresciallo credevano a una simile enormità. Nessuno in paese ci credeva, anche se stavano tutti zitti, tranne quattro scagnozzi che nemmeno a spiegarglielo avrebbero capito in cosa consiste l'apologia di attentato.

«E vorreste saperne di più», aveva dedotto il D'Alessandro.

«Se possibile», aveva confermato il Misfatti.

Il comasco aveva lasciato andare un sospiro che era valso più di un discorso.

«Lo so», aveva ripreso il Misfatti, «con quelli non ci si ragiona tanto facil...»

Ma il D'Alessandro l'aveva interrotto.

«Però, però...» zittendosi.

«Però, cosa?» aveva chiesto il Misfatti.

Però, adesso che ci pensava, aveva detto il D'Alessandro.

«C'è un concorso. Ci sarà una giuria no?»

«Penso, credo di sì, ma...»

«Bene, bene, bene», era andato avanti il D'Alessandro.

«Bene, cosa?» aveva chiesto il Misfatti.

Ma l'altro niente.

«È solo un'idea. Magari sarà inutile ma vale la pena tentare. Lasciami un po' di tempo, mi farò vivo io.»

E l'appuntato era rimasto lì a grattarsi la testa cercando invano di calcolare se e di quanto tempo potessero ancora disporre.

59.

A differenza dei suoi clienti vedovi o marelli, il notaio Anfuso stava sempre in casa. Usciva solo una volta al giorno, alle dodici spaccate, per andare a pranzare al Cavallo Bianco dove aveva un tavolo riservato, mentre alla sera, sempre dal medesimo ristorante, la cena gli veniva portata a casa. Non che alla Quirica desse fastidio. Ma un po', a dire la verità, un pochino, sì. Mica che preferisse stare sola per fare chissà che, tipo ficcare il naso di qua o di là. Era piuttosto una questione così, tutta sua. In solitudine le sembrava di lavorare meglio come se, in quelle ore, fosse lei la padrona di casa, decidendo cosa fare e cosa no.

Per esempio quella mattina se fosse stata sola… Ecco, fosse stata sola, col piffero che avrebbe aperto la porta al maresciallo. C'era un comodo spioncino per guardare in faccia chi suonava. Vedendolo, avrebbe fatto finta di niente, come se la casa fosse vuota e il maresciallo se ne sarebbe andato.

Invece fu l'Anfuso ad aprire. E quando lei sentì il suo vocione rimbombare: «O, caro maresciallo, buongiorno. Qual buon vento?» le venne la tremarola. La tentazione fu quella di nascondersi, in un armadio, sotto il letto…

Scema che sei, si disse. Ormai era in trappola, non poteva scappare, né sperare che il maresciallo fosse lì per altri motivi.

Infatti: «Caro notaio, la disturbo perché avrei bisogno della signora Quirica», si spiegò il Maccadò.

«È giusto qui, per un caso direi quasi», rispose l'Anfuso.

«Lo so.»

«Ve la chiamo subito. Quirica!» con quel vocione.

La Quirica uscì dalla camera da letto, due passi nel corridoio e si fermò mentre i due, ancora sulla soglia, si scambiavano battute: l'Anfuso per invitare il Maccadò a entrare e accomodarsi, il maresciallo per ringraziare e scusarsi ma aveva una certa fretta e aveva proprio bisogno della signora Quirica...

Signora? Chi mai l'aveva chiamata così? Tutta quella gentilezza, signora qui, signora là, non poteva che nascondere una fregatura!

«Ma io non ho ancora finito i mestieri», tentò allora la Quirica sperando che il padrone di casa le reggesse il gioco.

«Quando la legge chiama...» sentenziò invece il notaio.

«Sono spiacente per il contrattempo», disse ancora il Maccadò rivolgendosi direttamente a lei.

Sì, sì, va be', pensò la Quirica slacciandosi el scosàa mentre il maresciallo la invitava a seguirla.

«Strada facendo le spiegherò.»

60.

Per esperienza le tre sorelle Rovente sapevano che dal piano sottostante non avrebbero dovuto aspettarsi deliziosi siparietti per un po'. Silenzio invece e uno sbattere di porte in tempi variabili ogni tanto, quando il Semola e la Semolina entravano o uscivano da un locale. La guerra tra i due, con la conseguente possibilità di orecchiare nuovi litigi, sarebbe ritornata senza dubbio, ma bisognava pazientare. Fu l'Italia a far notare alle altre due che quella volta, nonostante il recente litigio concluso a suon di piatti rotti, pure lo sbattere di porte latitava.

Non c'era gusto infatti a sbatterle essendo sola in casa, così come si era trovata Selina Semola al risveglio, verificando che suo marito non c'era, né avendo la minima idea di dove fosse, visto che la sera prima non s'erano scambiati una parola una. Se così facendo pensava di metterla in pensiero, si sbagliava di grosso, aveva concluso ancora a letto benché fossero già le nove. E nemmeno si preoccupò del negozio, che restasse pure chiuso, quello per lei era l'ultimo dei pensieri.

Pure per lui, il Semola. Cioè, non proprio, ma in quel momento sì. Perché quando c'era in ballo la sua credibilità, e in fondo quella del Partito che rappresentava, tutto passava in secondo piano. Così rifletteva il segretario dopo essere uscito dal municipio e aver licenziato i due compari che gli avevano chiesto quali piani avesse in testa.

«Voi andate», aveva risposto. «Ci penso io.»

Lui aveva bisogno di stare solo in compagnia dei suoi

pensieri. A casa non ne avrebbe certo avuta la possibilità. Con l'aria che tirava non avrebbe potuto esimersi dal controbattere a sua moglie a colpi di porte sbattute: certo com'era di chiamarsi Fulvio Semola, non appena l'avesse visto lei avrebbe dato il via al concerto. E lui mica poteva stare lì e subire. Così s'era ritirato solo soletto in sede ad accarezzare e definire il colpo grosso che stava meditando.

L'aveva detto o no che non sarebbe finita lì?

Bene, quella stessa sera l'avrebbe dimostrato.

Perché quella stronzetta di impiegata figlia di tanto padre mica poteva stare dentro al municipio vita natural durante. Doveva ben uscire per ritornare a casa. E lui sarebbe stato lì ad attenderla. Proprio come la Semolina stava aspettando lui.

61.

La Quirica era uscita da casa Anfuso ingobbita dal peso di ciò che l'attendeva immaginando di cosa si trattasse. Non solo, anche le braccia le pendevano lungo i fianchi come roba morta. In più cacciando occhiate di qua e di là. Chissà cosa andavano a pensare quelli che la stavano sbirciando vedendola in compagnia del maresciallo. Ma tutto era durato solo un paio di minuti, forse neanche, giusto il tempo di incamminarsi e fino a quando il Maccadò aveva aperto bocca.

«Cara signora, adesso le spiego.»

E tutto era cambiato. La schiena s'era raddrizzata, le braccia avevano ripreso vita, le mani, senza el scosàa, non aveva saputo dove ficcarle, e allora aveva continuato ad aggiustarsi i capelli, grattarsi una guancia, giochicchiare coi bottoni del giacchettino che indossava quand'era giorno di mestieri. Delle occhiate e di quello che i curiosi avrebbero potuto pensare, sparito il pensiero.

Sulle prime le era parso di non aver ben capito quello che il Maccadò le aveva detto, una parola soprattutto.

«Garante.» Poi sì però, quando il maresciallo s'era spiegato.

Lei, lei!, era la garanzia che lui, lui maresciallo!, sarebbe entrato in casa Crispini pienamente autorizzato a farlo e giusto per dare un'occhiata in giro sotto il suo diretto controllo. Tant'è che, arrivati davanti alla porta del numero 1 di via Manzoni, il Maccadò le tese le chiavi.

«Apra lei e poi mi segua passo passo», disse.

Be', a quelli che dicevano che dai caramba era meglio

stare lontani, adesso l'aveva proprio bella da raccontare, pensò la Quirica. Ma non ebbe tempo di crogiolarsi nel pensiero di essere... insomma, essere una specie di controllore di uno di quelli, un maresciallo perfino.

Un passo dentro quella casa e le salì il magone, così come l'istinto di salutare, «Maestro, buongiorno», e di annusare l'aroma del caffè...

«Ghe la fò mìnga!» esplose.

«Prego?» chiese il Maccadò.

«Quel povero maestro... non ce la faccio a stare qui», spiegò la Quirica.

Aveva l'impressione di entrare in una casa dopo che c'era stato il funerale di chi l'aveva abitata.

«Non so se mi spiego bene», disse la Quirica, perché lei era una povera donna sola e un po' ignorante. Ma quella sensazione di vuoto, quel po' di polvere che già s'era accumulata su qualche mobile sembrava che le volesse dire che... che...

Diede una scrollata di spalle.

«Che in fondo stiamo al mondo per niente, ecco.»

Era una cosa che già aveva provato, tale e quale.

«Non so se mi spiego.»

Il Maccadò l'aveva lasciata parlare, ascoltandola con attenzione.

«Si spiega meglio di tanti altri, cara signora», disse poi.

Signora, ancora. Morbido. Suonava bene, e strappò un sorrisetto alla Quirica.

«Tuttavia tenga presente che il maestro Crispini non è ancora morto. E se siamo qui è per capire cosa possiamo fare affinché torni a occupare la sua casa il più presto possibile», aggiunse.

«O bestia, l'è vèra!» sbottò la Quirica.

Ci... mi... insomma cosa voleva fare, dove voleva andare il signor maresciallo?

«Direi che un'occhiatina nello studio potrebbe essere sufficiente.»

Il sancta sanctorum!

«Di là, in fondo al corridoio», indicò la Quirica.

Dove il maresciallo, con il pieno accordo della donna, non solo trovò ma anche prelevò ciò che aveva sperato, ma anche disperato, di trovare.

62.

Avanotti, Avanotti non si fa così!

Una mano dà, l'altra prende. Ma se a un certo punto quella che dà smette di dare, quella che prende smette di prendere.

«È abbastanza chiaro il ragionamento?» aveva concluso il maresciallo Carmine D'Alessandro.

L'idea che l'aveva fulminato mentre era al telefono col Misfatti e che tuttavia non aveva voluto chiarire era in fondo semplice.

C'era un concorso, c'era una giuria. E tra i membri di quella magari anche qualcuno cui poter chiedere informazioni. Trovare i nomi che la componevano non era stato difficile. Altrettanto facile scartare quelli cui sarebbe stato tempo perso rivolgersi tra i rappresentanti dei Fasci, l'ignoto grecista e il compositore Tabarelli pure sconosciuto.

Quell'Avanotti però, delegato a rappresentare il quotidiano. Anche quello gli era incognito. Ma al D'Alessandro erano noti altri che lavoravano a «La Provincia-Il Gagliardetto», giornalisti che spesso chiedevano informazioni su questo o quel fatto, incidente, furto, rissa o ferimento che fosse. E l'Arma, lui in più di un'occasione, non s'era mai tirata indietro quand'era nella possibilità di farlo.

L'Avanotti quindi.

Che sulle prime s'era trincerato dietro l'obbligo di mantenere il segreto circa il lavoro della commissione giudicante.

«Avanotti, Avanotti...» l'aveva allora blandito il D'Alessandro servendogli la predicuzza sulla mano che dà e quella che prende, chiarendogli poi il concetto.

Immaginasse che la mano che dava fosse quella dell'Arma e smettesse appunto di dare. Pensasse ai suoi colleghi, allo stesso direttore del giornale, quando si sarebbero sentiti rispondere che, spiaceva, ma su questo o quel fatto di cronaca c'era obbligo di segreto. Per magari trovare poi la notizia su «L'Ordine», il quotidiano concorrente. Una bella sorpresa, eh!

«Che mi dite, Avanotti bello?» aveva concluso il maresciallo.

«Che sembra un po' un ricatto», aveva risposto quello.

Il D'Alessandro aveva riso di gusto.

«Ma cosa dite? Vi sembra che un maresciallo dei carabinieri possa ricorrere a una simile bassezza? È solo un gioco di mani, quella che dà e quella...»

«Ho capito», l'aveva interrotto l'Avanotti. «Ma solo in via ufficiosa.»

«In via ufficiosa, siamo d'accordo.»

Per sommi capi e per quel che ricordava, il redattore gli aveva riassunto lo scandaloso testo giunto alla giuria, nel quale il verbo del Duce veniva paragonato a un raglio d'asino («Al raglio d'asino / risponde prontamente / lungo belato / di gregge soccombente»), accusando lo stesso Duce di essere un criminale («pastor di popolo / dal cranio luccicante / di morte sua / sei tu il sol mandante») con una parte finale («ma verrà il giorno / in cui la man sicura / mirerà dritta / senza più aver paura») che era una vera e propria apologia di attentato e che l'Avanotti ricordava per intero avendola letta e riletta.

Di nuovo allor nel ciel risplenderà
parola ignota a te, la libertà.
Così è il destino mio caro dittatore
comincia pure a conteggiar le ore
del giorno in cui l'alba ti porterà
dal tuo palazzo verso l'eternità.

«Minchia!» aveva esclamato il maresciallo D'Alessandro.

«Scritto a mano», aveva aggiunto l'Avanotti, «grafie diverse, il che fa propendere per l'esistenza di complici che si siano riuniti a compilare il testo, ma firmato da Fiorentino Crispini, via Manzoni numero 1, Bellano. Soddisfatto?» aveva infine chiesto senza ottenere risposta.

63.

Ordinato.

Quasi maniacale.

Ma era stata una fortuna per il Maccadò aver scovato nei cassetti della scrivania di casa Crispini tutta una serie di cartellette con tanto di intestazione.

Novelle incompiute.

Poesie.

Aforismi.

Epigrammi.

Poesie.

Novelle compiute (da rivedere).

Discorsi d'occasione.

E infine quella: «Concorso Dopolavoro».

Dentro, col sorriso sulle labbra, il Maccadò aveva scovato ritagli di giornale concernenti il concorso, e il testo del carme, *Carme Italico,* battuto a macchina con quel nome in fondo.

«Apollinare D'Astici!» aveva esclamato.

«Come dite maresciallo?» aveva reagito la Quirica pensando a una qualche espressione in un dialetto di giù.

«Questa cartelletta la prendo in consegna io, col suo permesso», aveva risposto il Maccadò. Poi gliel'avrebbe riconsegnata affinché la rimettesse al suo posto.

«Perché è con questa», disse poco più tardi a Misfatti e Mannu mostrando loro ciò che aveva trovato, «che possiamo scagionare il Crispini.»

S'era anche premurato, prima di rientrare, di passare

in municipio per sottoporre quel testo all'impiegata e avere conferma che era proprio quello che lei stessa aveva riscritto in bella grafia.

«Un testimone non guasta mai», osservò il Misfatti.

«Certo», approvò il maresciallo. «E a questo proposito...»

Dov'era il Beola?

«È sotto, devo chiamarlo?»

«Sì, appuntato, gli dica di salire un momento. Non vorrei dimenticarmi di una cosa. Poi penseremo a come agire prima che quelli decidano di rinviare a giudizio il maestro.»

64.

Silenzio, per il momento.

Le tre sorelle Rovente erano in attesa.

L'Italia, già di vedetta sin dalle sette del mattino, aveva visto uscire il Semola tutto tappato come se dovesse andare a una sfilata e ne aveva data notizia alle altre due. Con la Semolina sola in casa non ci si potevano aspettare siparietti. Ma non era certo il tempo, né la pazienza, che mancava in casa loro. Alternandosi alla finestra l'una e l'altra avrebbero colto il momento in cui il segretario fosse rientrato e allora si sarebbero messe in ascolto: dopo i piatti rotti, una battaglia a suon di porte sbattute era evento da poterci scommettere.

Silenzio ancora, invece, benché il Semola fosse rientrato a casa ormai da qualche minuto.

L'Italia Rovente fece un gesto vago alle sorelle Maddalena e Fiamma, come per dire che non si sapeva spiegare il motivo di tanta calma. Pure le due risposero, speculari, un'espressione in viso che significava: chissà! Lungi da loro l'idea che Fulvio Semola fosse rientrato con la precisa intenzione di chiedere la pace alla moglie. Cosa che invece il Semola era proprio intenzionato a fare. Per calcolo. Perché l'azione programmata per la sera prevedeva la partecipazione della Selina. Chi infatti vedendolo passeggiare lungo il molo sottobraccio alla moglie avrebbe sospettato che stava curando l'uscita della Cannibale dal municipio per poi piombarle addosso e costringerla a confessare ciò che sapeva? Nessuno, e men che meno quella gatta morta di un'impiegata che si sarebbe trovata faccia a faccia con lui, senza tanti marescialli e segretari tra i coglioni a farle da guardie del corpo.

Ma la Selina dove cazzo era?

Da sua madre.

«Sono da mia madre. Torno tardi. Lasciami in pace.»

Il biglietto era sul tavolo di cucina. Il Semola lo lesse e rilesse.

«Porca troia», mormorò.

Sbuffò, si grattò il collo.

Chiunque, a quel punto, sarebbe partito in tromba per riprendersi la moglie e riportarla a casa. Chi comandava, chi portava i pantaloni in quella famiglia? Ma a nessuno era toccata in sorte una suocera come la sua.

Bereghetti Fievole, un'arpia fatta e finita. Non l'aveva mai potuto vedere e glielo aveva detto chiaro in faccia, né l'aveva mai fatto entrare in casa sua, nemmeno quando s'era fidanzato con la figlia. Al matrimonio era giusto andata alla cerimonia ma niente pranzo. L'unica altra volta in cui la Selina s'era rifugiata da lei, dopo un litigio seguito a una sua scappatella al casino, quando si era presentato per riprendersela la Fievole gli aveva gridato dalla finestra, in modo che sentisse chi voleva, che in virtù dei suoi capelli bianchi non temeva neanche il diavolo, figurarsi un ganivello come lui anche se andava in giro con la camicia a lutto. E per finire aveva minacciato di rovesciargli sulla testa il pitale della notte, bello pieno, se non se ne fosse andato all'istante.

Niente da fare, quindi. Dovette modificare il piano visto che gli sarebbe toccato agire da solo.

«Ma questa me la paga», disse infine il Semola uscendo da casa per scendere nel laboratorio e sbattendo ovviamente la porta.

Pam!

L'Italia eresse il capo imitata dalle sorelle.

«Cominciano!»

Invece no.

Più nulla dopo quel primo colpo. Silenzio, e basta.

65.

Anche in caserma, nell'ufficio del Maccadò.

Non poteva essere altrimenti dopo che l'appuntato Misfatti ebbe condiviso ciò che il collega D'Alessandro gli aveva riferito. Pure che qualche alto grado della Milizia aveva telefonato a qualche alto grado lì in caserma per chiedere un appoggio per la ricerca di eventuali complici. Loro, come da regola, avevano risposto di non rompere i coglioni. Però, conoscendo i soggetti, lo stesso D'Alessandro s'era premurato di avvisare la tenenza di Lecco che avrebbe potuto ricevere analoga richiesta, giusto per assicurarsi che anche da Lecco avrebbero risposto in rima. Poteva capitare quindi che da Como telefonassero anche in caserma lì a Bellano, ritenendoli, in quanto più piccoli, più morbidi.

«E?» aveva chiesto il Misfatti.

«Liberi di unirvi al coro», aveva risposto il D'Alessandro.

«Ci puoi scommettere», aveva assicurato l'appuntato.

Silenzio quindi, mentre il Beola era già fuori per eseguire quel certo, secco ordine che il maresciallo gli aveva dato, e il Misfatti aveva concluso la relazione.

Silenzio greve di pensieri però. Perché, anche se ciò che il Misfatti aveva riportato sembrava irrimediabilmente grave, al maresciallo pareva invece confermare ciò che aveva sempre pensato del Crispini.

«Pensate anche voi quello che penso io?» si decise infine a chiedere.

«Se quello che penso io è la stessa cosa che pensa lei, maresciallo, sì», rispose l'appuntato in perfetto stile Misfatti.

«Concordo», si limitò a dire il brigadiere.

«La faccenda quindi è chiara», proseguì il Maccadò. «Pur se ci mette in una posizione un po' ibrida.»

Da una parte avevano la possibilità di tirare fuori dai guai il maestro, ed era un fatto. Ma, dall'altra...

Il Maccadò si zittì un attimo, guardò i due. Lo stavano seguendo?

«A parte il fatto che non mi ci vedo proprio ad andare a Como di persona per dimostrare a quelli che hanno fatto la parte dei fessi...» riprese.

«Sarebbe divertente però vedere che facce farebbero», interloquì il Misfatti.

«Ci vuole andare lei?» chiese il maresciallo.

«Ma no, dicevo così... per dire», si giustificò l'appuntato.

«...visto che è evidente», riprese il maresciallo, «che il testo incriminato non è di mano del Crispini...»

«Appunto», sbottò ancora il Misfatti.

Il Maccadò si fermò di nuovo. Era il momento di capire se il suo ragionamento era condiviso.

«Dica, appuntato.»

Il Misfatti allargò le braccia.

«Ecco, secondo me, facendo uno più uno, senza addossare alcuna responsabilità alla signorina Cannibale per carità...»

«Sì», approvò il maresciallo.

«Ma sospettando che ci possa comunque essere di mezzo una mano, diciamo, molto legata alla signorina di cui sopra...» interloquì il Mannu.

«O più d'una...» buttò lì il Misfatti.

Insomma, loro carabinieri dovevano abbassarsi al ruolo di spie della Milizia?

«In nessun caso, mai», dettò il Maccadò.

Quindi, per quanto spiacevole potesse sembrare, c'era una sola via per riportare a casa il Crispini.

«O no?» concluse il maresciallo.

66.

Alle cinque del pomeriggio Fulvio Semola decise di chiudere bottega. Era ancora in divisa, doveva cambiarsi. Abiti civili, per non destare sospetti, farsi notare il meno possibile. Salì in casa con la speranza, più una pia illusione in verità, di trovarvi la moglie, rientrata in silenzio per fargli una sorpresa. Ma la vera sorpresa non l'aspettava lì.

Una volta pronto partì. Anziché prendere per via Cavour e da lì raggiungere la passeggiata lungo il molo, imboccò via Manzoni, decisione che gli consentì di non incrociare l'appuntato Misfatti che si stava recando proprio da lui.

Buia la vetrina del laboratorio, nessuna luce alle finestre di casa. Ma Fiamma Rovente, che l'aveva visto risalire la via, si affacciò alla finestra.

«Posso fare qualcosa, signor carabiniere?»

«Non lo so», rispose il Misfatti, «cercavo…»

Chiamarlo segretario?

Ma va'!

Fotografo, meglio.

«Temo che non sia in casa», rispose la Rovente.

«E così, per caso, non sapreste dirmi dove potrei trovarlo?»

«Temiamo…»

Plurale perché nel frattempo Italia e Maddalena s'erano affiancate alla sorella.

«…di no, perché nemmeno la moglie sembra essere in casa.»

«Va bene, grazie lo stesso signore», salutò il Misfatti.
«Ma se dobbiamo riferire qualcosa...»
«Troppo gentili, ripasserò», la chiuse l'appuntato.
E se, anziché rientrare difilato in caserma per riferire di non aver trovato il Semola, avesse svoltato a destra e magari fatto due passi in direzione del municipio l'avrebbe incrociato.

Percorsa per intero via Manzoni, infatti, scacciata la tentazione di andare a suonare a casa della perfidia incarnata nella persona della suocera, il Semola aveva preso per via Boldoni sbucando di fronte al molo dove era già in funzione un aggeggio elettrico denominato «lampione futurista» dal suo stesso ideatore, l'elettricista Oggidì, in virtù del fatto che si illuminava a intermittenza. Traversata la strada, cercò il punto migliore dove, pur stando nascosto, poteva tenere d'occhio l'ingresso del palazzo municipale da cui l'impiegatuccia di lì a poco sarebbe uscita. Considerate diverse opzioni quella che infine giudicò migliore fu la stessa che aveva scelto il maestro Crispini durante i primi, vani appostamenti.

Fermo così, seminascosto dietro quello stesso ippocastano, dandosi l'aria di chi stava considerando chissà che, attese.

67.

Cosa si doveva aspettare adesso, il maestro Fiorentino Crispini non riusciva a immaginarlo. Niente di buono comunque, quella dentro la quale era finito era una macchina che tritava tutto.

Come poteva essere altrimenti se ciò che aveva detto in sua difesa al presidente della Commissione istruttoria aveva finito per ritorcersi contro di lui, compromettendo ancora di più la sua situazione?

Perfino il suo ineccepibile curriculum di oratore ufficiale nelle occasioni in cui il regime celebrava i fasti delle proprie mirabili imprese.

«Non c'è miglior copertura per chi vuole agire nell'ombra e pugnalare alle spalle l'avversario.»

Il suo carme che doveva pur essere arrivato visto che l'aveva imbucato di persona la mattina del 13 febbraio, data stampata nella sua memoria, e firmato con uno pseudonimo non certo per nascondersi, per ragioni di correttezza piuttosto, di etica.

«Per essere arrivato il cosiddetto carme è arrivato, ed è stato pure letto, così come la firma in calce. Perciò vi trovate in questa situazione visto che la commissione giudicante l'ha subito trasmesso alla Milizia.»

Ma c'era sicuramente un equivoco, il suo avrebbe potuto ripeterlo a memoria, dimostrando che non conteneva alcuna apologia di alcun reato, e men che meno di attentati a Sua Eccellenza.

«Ma certo, certo, con tutto il tempo avuto a disposizione, chiunque avrebbe potuto concepirne uno illudendosi di potersi cavare dai guai con così poco.»

Eppure ci doveva essere, riconoscibile non solo per quella firma strana, quel nom de plume, ma anche in grazia di una grafia speciale che lo rendeva ancora più elogiativo secondo le regole del concorso.

«E come no, la grazia della grafia. Ma che gentili mani, invero un po' grossolane, l'hanno abbellito! Forse non ci sono più i maestri di una volta!»

Senza più argomenti, il Crispini era rimasto zitto. L'incaricato della Commissione invece no.

«Lo dico per il vostro bene. Un minimo di collaborazione potrebbe valervi una certa benevolenza. Ma se volete continuare a mentire, una volta conclusa l'istruttoria sarete voi l'unico responsabile. E vi assicuro che a Roma non sono molto teneri con coloro che inneggiano, si augurano attentati. Pensateci.»

E, clang!, la cella s'era richiusa.

68.

E, pam!, sbatté la porta di casa Semola.

In casa Rovente scattò l'allerta. Sebbene con un po' di ritardo l'atteso duello a colpi di porte sbattute stava per cominciare.

Tuttavia il secondo colpo, quello in risposta, non arrivò.

Mistero per le tre Rovente. Di facile soluzione se avessero saputo che il Semola era di nuovo solo soletto in casa. Nessuna traccia della moglie. La porta, rientrando, l'aveva sbattuta ancora lui a conclusione di un rosario di parolacce, che cazzo!, porco qui, porco là!, con le quali era uscito dall'appostamento dietro l'ippocastano non per tagliare la strada all'impiegata Beatrice Cannibale ma per ritornare sui suoi passi dopo la sorpresa che si era palesata ai suoi occhi.

Secondo le istruzioni ricevute dal maresciallo Maccadò, il carabiniere Beola era uscito prima della relazione del Misfatti per recarsi in municipio. Il suo ingresso negli uffici aveva lasciato a bocca aperta il messo e la Piccionati: mai s'era visto un simile andirivieni di carabinieri! Nessuno stupore invece per il segretario e la Cannibale. Lo aspettavano infatti, come da promessa fatta dal maresciallo, di mandare cioè il Beola a scortare l'impiegata lungo il tragitto dal municipio a casa, affinché nessuno osasse importunarla.

Quando, sotto l'arco del portone d'ingresso, carabiniere e impiegata erano comparsi, tra l'altro immersi in quella che pareva un'amichevole conversazione, al Semola erano cascate le braccia. Non solo in verità. Li aveva guardati allontanarsi riflettendo sulla minaccia che aveva lasciato in sospeso in quegli stessi uffici – «Non finisce qui!» – e sulle parole dette ai due che l'avevano accompagnato – «Voi andate, ci penso io». Parole al vento, che qualcuno avrebbe sicuramente definito sbruffonate e niente più.

Non gli era rimasto altro che smadonnare sottovoce al pari di un carrettiere e infine illudere il soprastante piano di poter orecchiare l'ennesimo litigio.

Silenzio, come detto, invece.

Fino a che, una mezz'oretta più tardi, a romperlo pensò lo squillo del campanello. Il pensiero del Semola corse alla moglie ma si emendò nell'arco di un istante.

Quando mai una moglie suona al campanello per entrare nella propria casa?

Sotto, infatti, c'era l'appuntato Misfatti.

Dalla finestra di casa Rovente Maddalena salutò dapprima, poi con l'indice fece cenno che adesso il Semola era in casa.

Il Misfatti ringraziò toccandosi la visiera, ma lo vedeva, il fotografo!, era lì, pure lui alla finestra, lo stava guardando e infine si decise ad aprire per chiedere.

«Avete bisogno di me?»

La tentazione, perenne, di rispondere no, chi mai poteva aver bisogno di uno come lui?

Il Misfatti la ricacciò in gola per rispondere col minimo di parole.

«Il signor maresciallo vi attende in caserma.»

«Adesso?» fu la replica del Semola.

Ma no, con tutto comodo piuttosto, quando avesse un minuto di tempo e niente da fare per occuparlo...

«Vi conviene», telegrafò l'appuntato.

69.

I

«Vi auguro una buona serata, signorina», disse il Beola una volta giunto davanti alla porta di casa dell'impiegata.

«Chiamatemi pu...» fece per dire la giovane, ma si interruppe.

«Che succede?» chiese il carabiniere.

II

«Che succede?» chiese il Semola una volta faccia a faccia col Maccadò.

«Si sieda», rispose il maresciallo, «e le spiego.»

III

«Chiamatemi pure Beatrice», riprese per concludere l'impiegata dopo aver lasciato un istante il carabiniere per andare a schiacciare con intenzione il mozzicone di sigaretta che era volato dal terzo piano della casa di fronte.

«Beatrice», soppesò il Beola, «bel nome.»

Bel giovane anche il carabiniere, stava pensando l'impiegata.

«E non potremmo anche darci del tu?» propose.

Il Beola non aveva nulla in contrario.
«Potremmo», concordò.

IV

«Possiamo dimostrare l'estraneità del maestro Crispini al reato che gli viene contestato», attaccò il Maccadò senza perdersi in giri di parole.

«Ah sì?» fu la reazione del Semola.

Tutto lì?, pensò l'appuntato che s'era seduto, le gambe accavallate, di lato alla scrivania del maresciallo.

Pure il Maccadò rifletté che forse il segretario non aveva ben compreso il senso di ciò che gli aveva appena detto.

«L'accusa che gli pesa sul capo è piuttosto grave, ne converrà», riprese, «ma soprattutto è falsa. È per questo che l'ho fatta convocare.»

Al Semola spiacque di essere di fronte al maresciallo come un semplice cittadino e non con indosso la divisa che ne dichiarava ruolo e grado.

«Non comprendo tutta questa fretta», rispose tanto per darsi un tono, manco avesse lasciato in sospeso chissà quali questioni.

Con un'occhiata Maccadò e Misfatti si consultarono.

«Dico», fece il maresciallo, «si rende conto che può finire in galera anche per una decina di anni per un fatto che non ha compiuto?»

Il Semola non riuscì a contenere lo stupore. Tentò, ma lo rese ancora più evidente.

«Si sorprende?» insisté il Maccadò.

L'appuntato si mosse sulla sedia, scavallò le gambe, piegò il capo per guardare in viso il Semola.

«Oppure...» buttò lì.

Oppure ancora non era informato dell'accusa?

Il Semola corrugò la fronte.

«Be', in un certo senso, però maresciallo, come ci siamo già detti...»

«Semola», lo interruppe il Maccadò, «non stiamo giocando. Apologia di attentato, le dice qualcosa? È uno dei reati che vi siete inventati per la difesa dello Stato. Ed è quello di cui, falsamente!, è accusato il maestro.»

Il Semola si attaccò alla rivelazione.

«Vedo che non è più un segreto», recitò.

«Sì, va bene», tagliò corto il maresciallo. «Però adesso mi ascolti bene.»

70.

I

Con il sorriso dei giorni migliori, quelli che seguivano alle sere in cui la moglie gli preparava i piatti preferiti, la domanda fiorì sulle labbra e sotto i baffetti dell'appuntato Misfatti.

Che la giovane impiegata avesse cambiato indirizzo o addirittura si fosse trasferita in uno dei paesi vicini?

Il fatto è che la sera prima, una volta informato il Semola di ciò che maresciallo e compagnia erano andati via via scoprendo e chiaritogli che adesso toccava a lui entrare in azione visto che «la Milizia sa quello che fa», il Maccadò era filato a casa mentre l'appuntato s'era offerto di attendere il ritorno del Beola prima di rientrare a casa a sua volta. E c'era voluto un bel po' prima che quello ricomparisse.

Il carabiniere nemmeno tentò di fare il finto tonto.

«Ma no appuntato, è che...»

«Lascia fottere, Beola», lo interruppe il Misfatti senza modificare il sorrisetto. «L'ho vista anch'io quella ragazza.»

«Non succederà...»

«Lascia stare, ti dico», interloquì di nuovo l'appuntato. Era stato giovane anche lui e la vista, nonostante gli anni, ancora gli funzionava alla perfezione. Solo una cosa teneva a fargli presente.

«Non dimenticarti che sei un carabiniere e che ci sono delle regole che devi rispettare.»

II

Appunto.

Ognuno aveva le sue.

Era stato il pensiero che aveva accompagnato Fulvio Semola sulla via di casa, una volta uscito dalla caserma. A quelle si sarebbe aggrappato per giustificare alla moglie il silenzio dei giorni appena passati ed evitare l'ennesimo litigio. Sempre che fosse rientrata.

C'era.

Era tornata, quasi fuggita dalla casa materna per non sentirsi più ripetere dalla madre che lei glielo aveva detto, che se le avesse dato retta e via col tango. Era tornata convinta di trovare il marito ammansito dalla sua assenza e pure lei senza molta voglia di dare vita a un nuovo scontro.

Invece niente, nessuna traccia dell'uomo.

Dove diavolo era finito?

Possibile che avesse approfittato della sua assenza magari per andarsene in giro coi suoi compari?

Era così che si preoccupava per lei?

E allora, pam!, aveva sbattuto la porta di cucina.

E al piano soprastante era scattata l'ennesima all'erta. Ancora, però, purtroppo, un falso allarme. Perché il Semola, non appena fatto un passo dentro casa e notato il volto arcigno della moglie, aveva subito messo le mani avanti.

«Adesso finalmente posso spiegarti tutto», aveva detto.

Adesso, perché infine era venuto a capo della faccenda e, avendola chiarita, non aveva più alcun obbligo di rispettare certe regole di segretezza, pilastri che permettevano alla Milizia di essere quella che era.

«Non ho mai creduto alla colpevolezza del Crispini», aveva dichiarato.

Ma, ma, ma... gli ci volevano delle prove per dimostrarlo, convincere quelli giù, quelli di Como, che avevano preso una grossolana cantonata.

«Si credono migliori di noi, più intelligenti solo perché abitiamo in un paesello», aveva detto camminando per la cucina, i pollici infilati nei passanti dei pantaloni.

Quella volta però avrebbero dovuto ricredersi e ammettere l'errore.

«Ma cosa credevano che avesse fatto?» aveva chiesto la Selina golosa di ciò che il marito le stava rivelando.

«Apologia di attentato», aveva sussurrato il Semola. «Roba che», aveva aggiunto dopo averlo appreso da nemmeno mezz'ora, «poteva sbatterlo in galera per una decina di anni.»

Ce lo vedeva lei un ometto come il Crispini cacciarsi in un guaio del genere?

Per fortuna lui, grazie a un po' di intuito e alla celerità con la quale aveva agito, aveva risolto il caso.

«Ho le prove che si tratti di un equivoco», aveva detto battendosi la tasca in cui aveva infilato il *Carme Italico* battuto a macchina, «e in più una persona che può testimoniare in suo favore.»

«E chi sarebbe?» aveva chiesto la moglie.

«Questo, mia cara, permettimi di tenerlo segreto ancora un po'», aveva risposto visto che il Maccadò s'era ben guardato dal fare il nome della Cannibale cui aveva promesso di lasciarla fuori.

A cose fatte però, aveva garantito il Semola, le avrebbe rivelato anche quello.

Alla Selina per il momento era bastato così.

«Domattina telefonerò a Como per fare una piena relazione e chiudere il caso», aveva concluso lui.

«Ti devo preparare la divisa?» aveva chiesto la moglie.

«Certo», aveva risposto lui.

Anche se solo al telefono, sempre meglio rispettare le regole, pure quelle dell'etichetta.

71.

I

Bene aveva fatto a indossare la divisa, non solo per ragioni di etichetta.

Soprattutto non avrebbe perso tempo quando, dopo aver parlato con l'incaricato della Commissione istruttoria la mattina di venerdì 8, dopo aver comunicato di essere in possesso di copia battuta a macchina del *Carme Italico* conforme a quella riportata in bella grafia che da tempo doveva essere in possesso della giuria a dimostrazione che quello e non altri era il vero componimento del maestro Crispini celatosi dietro uno psedomio... pseunomio... psemonio... un nome finto, dopo aver, insomma, spiegato questi fatti, facendo anche cenno, ma solo un cenno, all'esistenza di un testimone che poteva confermare ciò che aveva appena illustrato, ecco, non avrebbe perso tempo se gli avessero ordinato, cosa più che probabile, di recarsi immediatamente a Como per esibire le prove.

Avrebbe ubbidito all'istante, treno o battello. E sarebbe ritornato a Bellano riportando con sé il Crispini.

Lui, il liberatore!

II

Libero da quel peso, allegro, spensierato, la sera prima il Maccadò s'era spupazzato i figli prima che andassero a dormire. Con Rocco e Carmine aveva giocato a cavalluccio. L'ultimo, ancora troppo piccolo per fare certi giochi, se l'era tenuto stretto Maristella, ma aveva seguito sorridendo le evoluzioni paterne.

Maristella s'era divertita a vedere un maresciallo così giocherellone. E una volta tornata la pace in casa non aveva nemmeno avuto bisogno di chiedere il perché di tutta quell'allegria.

«Col Crispini abbiamo sistemato», l'aveva informata il Maccadò.

«Lo sapevo che ce l'avreste fatta», aveva ribattuto lei.

«Non l'avrei mai detto...» aveva proseguito lui.

Ma Maristella l'aveva interrotto.

«Nemmeno io l'ho mai pensato.»

Il Maccadò l'aveva guardata, sorridendo e scuotendo appena il capo.

«Mi leggi nel pensiero?» aveva chiesto.

«A volte sì», aveva risposto lei.

«Stavolta scommetto di no.»

A sua volta Maristella aveva sorriso.

«Vuoi vedere? Stavi per dire che non hai mai creduto alla colpevolezza del maestro. Giusto?»

«Sbagliato invece», aveva risposto il Maccadò.

Stava per dire piuttosto che mai e poi mai avrebbe immaginato di lavorare per conto del Semola, della Milizia in sostanza. Perché era quello che lui, il Misfatti, il Mannu e in fondo un po' anche il Beòla avevano fatto.

«Per un giusto fine, ovvio.»

Di fatto però s'erano occupati di un caso che in teoria non avrebbe dovuto riguardarli e avevano passato a quel fesso del segretario il frutto del loro impegno. Così che l'indomani quel burattino se ne sarebbe preso il merito senza aver mosso un dito.

«L'importante è che quel poveretto torni a casa in fretta», aveva osservato Maristella.

«Questo è fuor di dubbio», aveva concordato il Maccadò, intuendo però che la conversazione non era finita lì. Sua moglie stava meditando qualcosa d'altro.

Infatti, a tal proposito, aveva detto Maristella, sarebbe stata una bella cosa…

«Non dico festeggiarlo.»

Ma magari fargli trovare un piccolo segno di bentornato.

Cosa ne pensava suo marito di fargli la sorpresa di un bel mazzo di fiori sulla scrivania del suo studio?

«Be'…» s'era imbarazzato il maresciallo.

Non ci si vedeva andare dal fiorista e poi sfilare sotto gli occhi di mezzo paese con un mazzo di fiori in mano. Né se la sentiva di chiedere lo stesso a uno dei suoi.

«Ci penserò», aveva detto, ben sapendo che il suggerimento di Maristella l'avrebbe pedinato.

Ma i fiori, i fiori…

La mattina seguente non appena entrato in caserma chiamò l'appuntato. Il Misfatti era l'unico che in tempi brevi avrebbe potuto scovare Quirica Chiavarini, e gli affidò le chiavi di casa Crispini che stavano ancora nel cassetto della sua scrivania.

«Ho pensato che sarebbe una bella cosa se il maestro al suo ritorno si trovasse come se non fosse mai andato via da casa. Preghi quella donna di metterla in ordine, spolverare, cose così e magari… Lei appuntato che ne dice di fargli trovare due fiori sulla scrivania?»

«Mi sembra un'ottima idea, maresciallo», approvò il Misfatti.

«Ci può pensare lei?»

«Sarà fatto», rispose il Misfatti.

«Bene, allora non perdiamo tempo. Se tutto fila liscio il nostro criminale potrebbe essere di ritorno prima di sera.»

III

Non bene.

Benissimo aveva fatto a indossare la divisa.

Perché, anziché far vela verso Como, al Semola toccò tornare in caserma e in veste ufficiale.

Né treno, né battello. A piedi.

E solo dopo essersi concesso un po' di tempo per riprendersi dal culo a tromba che proprio da Como, via telefono, gli avevano fatto.

Che cazzo s'era messo in testa?, il succo della telefonata.

Anziché cercare i complici come gli avevano detto di fare aveva voluto cercare prove per scagionare un reo, ancorché non confesso? Cosa caspita s'era inventato, di che cianciava, di quale lettera parlava, era forse lui stesso complice visto che credeva alla bugia circa l'esistenza di quell'Apollinare e come cazzo si chiamava?

Aprisse bene le orecchie una volta per tutte e capisse infine che non c'era altro scritto se non quello infame, indegno, a-po-lo-ge-ti-co!, firmato da Fiorentino Crispini residente in via Manzoni numero 1, Bellano. Lo stesso soggetto che veniva trattenuto sino a conclusione dell'istruttoria, dopodiché sarebbe stato affare del Tribunale di Roma decidere come procedere.

«Così è, caro maresciallo», comunicò il Semola.

Era metà mattina, il Maccadò sentendo bussare aveva pensato fosse il Misfatti di ritorno dalla missione compiuta, fiori compresi. E invece...

«Dello scritto che mi avete passato non c'è traccia.»

Solo uno, quello che incastrava il maestro.

«Carta canta», affermò il Semola. E in quel caso a tutto danno del Crispini.

«Mi dispiace che abbiate perso tempo per niente», aggiunse.

Il Maccadò era senza parole.

Il Semola ne aveva ancora qualcuna che gli pizzicava la punta della lingua.

«La Milizia sa quello che fa», sentenziò.

Adesso, se permetteva, lo lasciava al suo lavoro. Lui, come gli avevano urlato nell'orecchio, doveva scovare i complici del reo, senza occuparsi d'altro.

72.

La Quirica aveva detto sì per quanto riguardava riordinare, la polvere, quelle cose lì, anche se non era la giornata dedicata a casa Crispini. Sì, e si era anche un po' commossa quando il Misfatti le aveva restituito le chiavi chiedendole di dare una ripulita in vista del ritorno del maestro.

Ma i fiori, i fiori no. Al maestro non piacevano. Cioè, piacevano, ma avendo l'animo del poeta si intristiva vedendoli sfiorire, una volta glielo aveva spiegato. Lei forse non aveva capito tutto tutto ma le era stato chiaro che quando si staccavano i petali e il loro profumo mutava in «odore di funerale», come l'aveva definito, al Crispini venivano le tristezze.

I fiori quindi no.

Se quella era la volontà del Crispini non c'era che da rispettarla, ragionava l'appuntato Misfatti salendo le scale verso l'ufficio del Maccadò per riferire. Ma una volta entrato comprese al volo che il maresciallo era su un altro pianeta.

Scuro il viso, come solo lo aveva visto nei giorni, ormai lontani per fortuna, in cui la moglie pativa il luogo e il lago, sembrava deperire e al Maccadò era balenata l'idea di chiedere il trasferimento in altra sede. Ma certo adesso non era quello il motivo di tanta cupezza.

Lavoro piuttosto?

Che fosse successo qualcosa nel breve lasso di tempo in cui lui era stato assente?

Lo chiese.

Il Maccadò: «Si sieda, appuntato».

«Maresciallo...» osò il Misfatti.

Il Maccadò lo fissò negli occhi.

«Siamo punto e daccapo», disse poi. «Col Crispini intendo.»

73.

E adesso?, si stava chiedendo il Semola.

Meno male che s'era tenuto per sé la storia dell'innocenza del Crispini, non l'aveva detta a nessun camerata, illudendosi di poterlo fare di lì a poco, una volta riportato il maestro a casa e godersi così un meritato trionfo. Il problema era che l'aveva detto alla Selina. Come poteva rimediare a quel pasticcio adesso, rimangiarsi le parole, facendo la figura del fesso?

Problema che doveva studiare per bene, passando un po' di tempo in solitudine nel suo laboratorio per concertare una storiella che stesse in piedi prima di salire in casa e propinarla alla donna. Qualcosa si sarebbe inventato, pensava percorrendo via Cavour, sotto l'occhio vigile dell'Italia Rovente che, non appena il segretario fu a tiro di voce, aprì la finestra e, accompagnandosi con un battimano, gli disse: «Bravo segretario!».

Il Semola si bloccò, intuiva la ragione di quell'uscita. Ma volle illudersi di sbagliare.

«Bravo?» chiese con voce che tremolava.

«Sì, ci ha detto tutto vostra moglie poco fa. Anche noi...»

Anche loro tre sorelle non avevano mai creduto che il maestro Crispini potesse aver combinato qualcosa di grosso, l'avevano immaginato che si fosse trattato di un equivoco e quindi bravo segretario che l'aveva scoperto.

Ma quelle parole della Rovente non giunsero alle orecchie del Semola. Anziché in laboratorio l'uomo salì dritto in casa nella speranza di trovarvi la moglie: se la notizia era ancora confinata entro le loro quattro mura, sventolando un ordine superiore che imponeva ancora segretezza, avrebbe tappato la bocca tanto alla Selina quanto alle tre di sopra. Ma fu speranza vana, sua moglie era già in giro per spese. E c'era da scommettere che, di negozio in negozio, si sarebbe fatta un punto d'onore di raccontare quanto suo marito fosse stato bravo e avesse tratto dalle pettole il Crispini, così che la notizia in breve avrebbe raggiunto le orecchie di tutti.

Comprese quelle della signora Misfatti.

74.

I

Un ovetto in cereghetta e via, pranzo rapido, sedendo giusto a un angolo del tavolo, così da non perdere tempo e sfruttare fino in fondo quel pomeriggio visto che suo marito l'appuntato non sarebbe rientrato che a sera. Raro avere tutto quel tempo per sé e sé sola. In verità non proprio, visto che la vicina le aveva chiesto giusto quella mattina se poteva lasciarle per qualche ora il quinquenne figlio Benedetto, visto che lei doveva recarsi a Lecco dalla madre che era stata ricoverata in ospedale.

E che ci voleva?, aveva risposto la signora Misfatti.

Così, quand'era uscita per fare spese, era passata anche dal giornalaio e aveva acquistato una copia del «Corriere dei Piccoli». No, non era svanita. Aveva ben presente che il giovanotto aveva solo cinque anni e non sapeva leggere. Ma mica l'aveva acquistato per quello il «Corrierino». Con una forbice dalle punte arrotondate e una confezione di Coccoina gli avrebbe detto di imitarla: mentre lei, con tutta la calma necessaria, predisponeva su una mussola a motivi floreali un cartamodello con il quale si sarebbe fatta un vestitino per la primavera-estate, il piccolo avrebbe ritagliato le figure del giornaletto, Sor Pampurio, Battistino, quelle che voleva, per incollarle su un grande foglio così da regalare la sua opera alla mamma.

Pur non avendo avuto figli, la signora Misfatti sapeva

trattare con i bambini e se il Signore avesse voluto darglieli sarebbe stata un'ottima madre.

Ma bando alle malinconie, si disse, quando verso le dodici e trenta sentì bussare alla porta. La vicina con il piccoletto. Sul tavolo di cucina era già tutto predisposto per quel pomeriggio di lavoro. E che la sua vicina non si preoccupasse per il figlioletto, in caso di fame un po' di pane, burro e zucchero quale merenda non gli sarebbe mancato.

II

In caserma nessuno aveva fame.

Ma quantomeno avrebbero dovuto avvisarlo, aveva pensato il carabiniere Beola chiedendosi cosa stesse tenendo chiusi nell'ufficio del Maccadò il maresciallo stesso, il brigadiere e l'appuntato.

Messo alle strette dal passare dei minuti aveva deciso che, quale che fosse la ragione di quella riunione carbonara, non era certo sufficiente per far saltare il pranzo. Così aveva buttato la pasta. E a mezzogiorno passato da qualche minuto s'era trovato a fare i conti con l'inappetenza di brigadiere e appuntato mentre il Maccadò era già uscito per andare a casa.

Non fosse stato uso a obbedir tacendo avrebbe sollevato proteste per il suo lavoro che vedeva così sprecato. Zitto, però nervoso. E, proprio per quello, l'appetito era passato anche a lui.

III

In casa Semola se anche qualcuno avesse avuto fame, avrebbe dovuto tenersela.

Il segretario non aveva perso tempo.

La Selina non aveva ancora chiuso, senza sbatterla, la porta di casa che lui le si era avventato contro.

«Cosa cazzo vai in giro a sbandierare i segreti del Partito!»

La donna era rimasta solo un istante disorientata, pensando a quali segreti. Poi aveva compreso e ribattuto.

«Ma se l'hai detto tu stesso che non era più un segreto!»

«Sei solo un'oca!» lui.

«E tu una banderuola!» lei.

«A voi donne bisognerebbe cucire la bocca alla nascita!» lui.

«E a voi uomini bisognerebbe trapiantare un po' di cervello visto che ragionate solo con quell'affare!»

E pim! e pam!, intanto, porte sbattute fino al gran finale quando lei: «Mia madre me l'ha sempre detto, dovevo darle retta e non sposarti», aveva sibilato.

Lui, abbaiando: «Ma perché diavolo non l'hai fatto, perché, perché!».

Sull'eco di quel perché s'era abbattuto l'ultimo colpo di una porta sbattuta. Per mano di chi, difficile sapere.

IV

Difficile sapere, capire per le tre sorelle Rovente perché mai al piano sottostante s'era animato quel litigio che da tempo attendevano in un giorno che invece avrebbe dovuto essere di gloria per il Semola e, di riflesso, anche per la Semolina.

«Non è una buona ragione per saltare il pranzo», decise comunque Maddalena Rovente trovandosi in pieno accordo con le altre due.

75.

Alle sei della sera i precisi segni del gesso tracciavano sulla mussola i confini di quello che sarebbe diventato il nuovo vestito della signora Misfatti. Parimenti il collage che il piccolo Benedetto aveva preparato per sua madre era ormai finito. La zona di tavolo che la padrona di casa gli aveva destinato era un discreto campo di battaglia. Ritagli, frammenti di carta sparsi qua e là. Non solo, alcuni anche appiccicati al tavolo. L'appuntato era rientrato da poco, s'era seduto vicino al piccoletto, ammirando il lavoro fatto.

«Tempo un quarto d'ora e ripulisco tutto, poi preparo la cena», l'avvisò la moglie.

«Non c'è fretta», rispose lui che intanto aveva preso a grattare i ritagli scartati che s'erano incollati al piano del tavolo.

«Non mi dire che non hai fame», scherzò l'appuntata.

«Mmmh», borbottò il marito. «Sì e no. Con la faccenda del Crispini ancora...»

Ma non poté proseguire.

«A proposito, ho sentito che si è risolta», interloquì la moglie. «Sono proprio contenta.»

«Vacci piano», ribatté il Misfatti.

Perché invece non era risolta per niente.

«Ma...» fece lei.

«Eh!» fece lui.

Storia complicata, volendo anche misteriosa.

C'era di mezzo una lettera, battuta a macchina, che

era l'originale ma che era stata riscritta in bella grafia. Che non era però l'altra, cioè quella che era arrivata tra le mani dei giurati. Che però risultava firmata a quanto pareva dal Crispini, mentre la prima, quella in bella grafia, così come quella battuta a macchina che erano uguali, erano firmate con un altro nome che non riusciva a ricordare…

«Ferma, ferma», lo interruppe la donna.

La prima, la seconda, di quante lettere stava parlando? E di quanti nomi? Se voleva che ci capisse qualcosa doveva ricominciare dall'inizio.

«Cos'è l'inizio?» chiese il piccoletto senza ottenere risposta.

«Ricominciamo dall'inizio», sospirò l'appuntato.

«Le lettere, prima cosa. Quante sono?» chiese la moglie.

«Potrebbero, dovrebbero essere due», rispose il marito.

«E ne è arrivata solo una?»

«Così sembra.»

«Con 'sto sembra, pare!» scattò la Misfatti. «O sì o no.»

«Sì, in effetti», ammise lui.

Così gli aveva detto il Maccadò.

«E allora vuol dire che l'altra non è stata spedita oppure non è stata consegnata, e allora dovrebbe essere tornata al mittente. Sempre che esista», osservò la signora Misfatti. «Esiste?» chiese poi.

Il marito la guardò stupito.

«Cos'hai da guardare?» chiese la donna.

Il Misfatti stava riflettendo. Sul fatto che esistesse, né lui né il maresciallo avevano mai avuto dubbi.

«Se però è stata spedita ed è ritornata al mittente», ragionò, «assente perché trattenuto altrove…»

«Da qualche parte dev'essere», si permise di concludere la moglie.

L'appuntato approvò con un gesto del capo.

«Credo di dover uscire», disse poi.

«Cos'è l'inizio?» ritentò il piccoletto.

Per la seconda volta nessuno gli diede spiegazioni.

«E dove dovresti andare?» chiese la donna.

L'appuntato staccò l'ennesimo frammento incollato al tavolo.

«Più o meno dove mi hai detto tu», rispose lui.

All'inizio.

O daccapo, come aveva detto il Maccadò.

In pratica dove cominciava il viaggio di una lettera.

76.

I

Tempo ne aveva, calcolò il Misfatti, non erano che le sei e mezza. E poi, chi se ne frega, fosse stata anche mezzanotte. Per chiarire il dubbio che gli era esploso in mente avrebbe tirato giù dal letto lo stesso podestà, e pure il prevosto.

Uscito da casa a passo di marcia imboccò via Boldoni, il percorso più breve per arrivare in fretta a casa del procaccia Erminio Fracacci, sempre che fosse lì e non in qualche osteria a tirar l'ora della cena e oltre. In tal caso il Misfatti mica avrebbe mollato, avrebbe battuto tutte le osterie e trattorie del paese, una per una, ma...

Ma: «Minchia», disse fermandosi. «E tu che cosa ci fai qui?»

Il carabiniere Beola non l'aveva visto. Fischiettava beato, le mani in tasca e il saluto: «A domani allora», col quale aveva appena lasciato, doppiamente felice poiché pure lei aveva saputo del Crispini, Beatrice Cannibale.

«Appuntato!» si bloccò.

«Appuntato, sì», ironizzò il Misfatti.

«Eh», si giustificò il Beola, «il signor maresciallo non mi ha ordinato di sospendere la scorta alla signorina. Quindi, fino a quando l'ordine resta quello...»

«Sì, sì, va bene», tagliò corto il Misfatti. «Ma visto che sei qui, adesso un ordine te lo do io, vieni con me.»

«E dove andiamo?»

«Vieni, e vedrai», rispose l'appuntato riprendendo la marcia. «Dobbiamo risolvere un mistero.»

II

Un mistero come una casa disabitata anche solo da pochi giorni si ricoprisse di polvere.

Ma non solo.

Alla Quirica, che aveva passato la maggior parte del pomeriggio a eseguire la richiesta dell'appuntato, era sembrato che il silenzio che vi regnava fosse diverso dal solito, una sorta di presenza, un vuoto che non avrebbe più ospitato altre parole o rumori. Roba da mettere i brividi perché oltre a quelle sensazioni le era addirittura sembrato che certi oggetti, da sempre visti in un ben preciso luogo, si fossero spostati.

O fossero stati spostati, pensiero che l'aveva vieppiù inquietata, come se i fantasmi avessero preso possesso di quei locali e stessero sistemando certe cose a loro piacimento.

Lei sarà pure stata una povera donna sola e anche un po' ignorante, ma ai fantasmi non aveva mai creduto.

Epperò, la lampada sulla scrivania dello studio del maestro non era sempre stata all'angolo di destra mentre quel pomeriggio l'aveva notata all'opposto? E la caffettiera che lavava lei ogni giovedì e poi metteva sopra al lavandino, come mai adesso stava nella scansia dove c'erano i piatti? E il tappetino in camera? Sempre stato ai piedi del letto perché il maestro temeva di inciamparvi e scivolare. Come mai adesso era finito sotto al letto?

Forse si ricordava male. Però valeva anche il contrario.

C'era chi credeva ai fantasmi.

Lei no.

Ma tutte quelle piccole cose che aveva notato le avevano messo più di qualche brivido. A meno che, senza che lei l'avesse saputo, il signor maresciallo fosse tornato in quella casa. Si sarebbe anche azzardata a chiederglielo nel momento in cui riportò in caserma le chiavi. Ma ad aprire il portone fu il brigadiere Mannu, quello dal viso scuro e la barba nera nera. La mise in soggezione, la Quirica non se la sentì di chiedere e si avviò verso casa meditando sul mistero di quegli oggetti fuori posto.

III

«Misteri non ce ne sono», affermò Erminio Fracacci a conclusione della difesa del suo operato.

Il Misfatti s'era trascinato il Beola nel caso dovessero battere osterie o quant'altro per trovarlo. L'avevano beccato al primo colpo invece, in casa, poiché il portafoglio del procaccia continuava a piangere miseria. A conferma di ciò, sul tavolo della sua cucina, il primo dei due locali di cui la casa si componeva, era disposto un mezzo lunghino, probabilmente posso, accanto a uno scartozzello di bologna, la sua cena. Acqua di rubinetto per mandare giù il tutto.

Niente che si potesse raffreddare quindi, aveva fatto notare il Misfatti quando il procaccia, vedendoli sulla porta di casa, aveva commentato che stava per mettersi a mangiare. Dopodiché era entrato con passo fermo, deciso ad avere conferma dell'idea che via via era diventata quasi una certezza, cioè che la lettera, l'originale, per qualche ragione fosse stata rispedita al mittente, quel fantomatico apollocosa dietro il quale il Crispini s'era celato. E che, essendo lo stesso assente, dal Fracacci fosse stata trattenuta.

«È così?» aveva chiesto aspettando con ansia che quello rispondesse: «Sì».

«No», invece.

Di lettere destinate al maestro Crispini, che sull'indirizzo comparisse il suo vero nome oppure quell'altro, che era comunque sempre lui, non ne erano mai arrivate.

«Niente di niente», aveva confermato il procaccia.

«E allora dove può essere finita quella che ha spedito?» aveva insistito l'appuntato.

Non poteva magari essere andata persa durante la raccolta?, aveva insinuato. Poteva capitare no?

A quel punto il Fracacci s'era sentito punto sul vivo. Poveraccio, certo. Bastava guardare quella casa desolante e quella cena ancora più miserabile. Ma sul suo lavoro mai nessuno aveva avuto da dire, mai un reclamo.

«Chiedete al direttore», s'era inorgoglito.

Col suo sacco svuotava le due cassette, quella di via Cavour e quella della stazione, una volta al giorno, secondo le nuove disposizioni della direzione, alla mattina presto e preparava tutto per la partenza col postale. Qualche volta, è vero, gli era capitato che una lettera o una cartolina gli scappasse fuori e andasse in terra. Ma teneva presente l'eventualità e la raccoglieva.

Quindi, s'era permesso di concludere, non vedeva misteri di sorta circa la lettera del Crispini.

Se l'aveva imbucata era partita.

Se era partita doveva essere arrivata.

Se non era arrivata doveva essere ormai ritornata al mittente.

E i due, Misfatti e Beola, s'erano dovuti arrendere all'evidenza.

Adesso, masticando lentamente, il pane era davvero posso, Erminio Fracacci ripensava a come era stato esemplare nel delineare il destino di una lettera. Poche parole ma efficaci.

Se l'aveva imbucata era partita.

Se era partita doveva...

E fu all'ennesimo ripetersi le parole che gli erano uscite di bocca che si fermò a riflettere. Perché, visto che il Crispini gli aveva raccomandato di prestare attenzione a una risposta indirizzata a quel diavolo di nome che poi era sempre lui, poteva solo significare che la lettera l'aveva imbucata.

Chi infatti si aspetta una risposta a una lettera mai spedita?

«O no, Erminio?» mormorò.

Depose allora la fetta di bologna che stava per infilarsi in bocca. Con le dita unte si picchiettò il barbozzo.

Possibile?, pensò.

77.

La cassetta per le lettere di via Cavour era nuova, sostituita un anno prima non di più, tant'è che aveva ancora il suo bel colore originale. La precedente infatti faceva ruggine, quando pioveva lettere e cartoline si macchiavano. Ultimo modello quindi, compatta. Si apriva solo da sotto, con una chiave particolare per una altrettanto particolare serratura. Si infilava sotto il sacco, si apriva e, plaf!, il contenuto scivolava giù che era una bellezza.

Quella della stazione invece...

A parte il fatto che in quella della stazione, forse perché era lontana dagli occhi, un po' fuori paese, al Fracacci era capitato di trovarci un po' di tutto, un pesce persico morto, un pacchetto di Macedonia vuoto, toscani masticati, biglietti del treno usati e via dicendo... a parte ciò, quella cassetta era un modello vecchio. Stagna, si apriva solo dal davanti. Un portellino che non copriva tutta la facciata, così che gli toccava cacciare dentro la mano e raccogliere la posta o quel che c'era fin sul fondo, controllando bene di non lasciare niente.

Appunto, controllando bene di non lasciare niente. Oppure: "Di non aver lasciato niente", si disse il procaccia guardando la bologna residua i cui occhi di grasso sembravano fissarlo.

Possibile?

Non era poi così tardi, rifletté, il resto della cena poteva attendere.

Tanto, come aveva sottolineato l'appuntato Misfatti, non c'era niente che si potesse raffreddare.

78.

La minestra della signora Misfatti, riso e prezzemolo, invece sì. Ma ben venga, pensò l'appuntato quando la moglie gli disse che alla porta di casa c'era il procaccia che chiedeva di lui. Odiava fin l'odore che quella brodaglia spandeva per casa e aveva fondati sospetti che sua moglie gliela mettesse sotto il naso a scopo punitivo, per vendicarsi di qualche suo sgarbo. Com'era successo, per esempio, un paio d'ore prima quando era uscito senza dire perché e dove stesse andando.

Il Fracacci era davanti alla porta di casa Misfatti, entrare non osava. D'altronde l'appuntata non l'aveva mica invitato a farlo. L'aveva guardato storto.

«Cos'è, sono cambiati gli orari per consegnare la posta?» gli aveva chiesto con intenzione tutt'altro che scherzosa.

«Vostro marito», aveva risposto lui, e c'era mancato poco che ci aggiungesse «stop», come se fosse un telegramma.

Quando l'appuntato, sostituendosi alla moglie, gli fu davanti, dopo un istante in cui si guardarono senza parlare, aprirono la bocca nello stesso momento. L'appuntato per chiedere «Cosa c'è?» e il Fracacci per dire: «Una caramella».

Forse l'appuntato Misfatti non aveva capito bene.

«Come?» chiese.

«Una mou forse oppure una latte e miele», proseguì il procaccia.

Dubbi adesso non ne ebbe, aveva sentito bene, forte e chiaro.

«Ma, dico...» principiò l'appuntato, il sospetto che l'Erminio dopo la sua visita avesse visitato a sua volta un paio di osterie. Ma non poté proseguire perché quello gli mise infine sotto il naso la lettera.

Spettabile giuria Concorso
Dopolavoro Provinciale
Via Indipendenza 22
Como

«Era sul fondo della cassetta, giù in stazione, attaccata come se l'avessero incollata», spiegò il Fracacci.

L'appuntato non l'aveva ancora afferrata, stava pensando ai ritagli di carta che aveva lui stesso staccato dal tavolo di cucina.

«Una caramella mezzo succhiata e poi buttata dentro la cassetta», stava proseguendo il procaccia. «Sapeste cosa mi è capitato di trovarci. Una volta un calzino bagnato, un'altra...»

«Sì, sì, va bene», troncò l'appuntato impossessandosi della busta.

Che fare adesso?

Tempo da perdere non ce n'era proprio. O almeno giudicò così.

«Io devo andare», gridò alla moglie che lo stava aspettando seduta a tavola dopo aver coperto giudiziosa i piatti dove la minestra fumava.

Detto, fatto.

Meglio non affrontarla vis a vis.

Uscì con la precisa intenzione di mettere al corrente del ritrovamento il Maccadò. E lungo il tragitto elencò i piatti punitivi che si sarebbe trovato a titolo di pranzo o cena nei giorni a venire: pasta in bianco, passato di verdura, pallide fettine di petto di pollo, mele cotte e via di questo passo.

79.

Maristella Maccadò stava giusto servendo un piatto di fileja cu u sucu il cui profumo, miii!, entrò immediatamente nel naso dell'appuntato non appena il Maccadò aprì la porta di casa, diffondendosi in tutte le sue fibre fino a cancellare ogni altro pensiero e impedirgli di rispondere.

Come mai lì a quell'ora, era successo qualcosa?

Il Misfatti, naso all'aria come un segugio, inspirò con voluttà, scacciando del tutto dalle mucose un residuo della desolante minestra che l'attendeva inesorabile.

«Vuole stare di piantone qui alla mia porta, per caso?» scherzò il maresciallo visto che l'appuntato sembrava in bambola.

«No», si riscosse il Misfatti, «maresciallo mi scusi...»

«E allora entri e mi dica», lo interruppe il Maccadò.

Entrare, penetrare, immergersi sempre di più in quel profumo che sembrava canto, richiamo di sirene! Ingoiarlo come se fosse solido e lasciarlo scendere nello stomaco che reclamava cibo! Per incorrere poi nella terribile vendetta di una sola ma spietata sirena.

«Veramente...» tentò di opporsi l'appuntato.

Non gli ci voleva che una piccola spinta. Se fatto apposta o meno, difficile dirlo. Ma fu lo stesso Maccadò a dargliela.

«Ha già cenato appuntato? Noi ci stavamo mettendo a tavola. Se vuole favorire...»

La resistenza dell'appuntato sparì come neve al sole.

Ormai nei guai già c'era, tanto valeva cogliere l'occasione, riempirsi la pancia, vivere il momento come se fosse l'ultimo giorno prima della quaresima. Presa la decisione tornò al motivo per cui era lì, la lettera.

«L'abbiamo ritrovata.»

«La lettera?»

«L'originale, quella che il Crispini ha spedito. Ma che non è mai partita», chiarì il Misfatti.

Spedita? Mai partita?

Per tutta prova l'appuntato gliela mostrò.

«È per questo che mi sono permesso di disturbarla all'ora di cena.»

Cena che non aveva alcuna intenzione di rovinargli, così come lui non aveva ormai alcuna intenzione di tornare a confrontarsi con l'odiato riso e prezzemolo. Fu un istante in cui il Misfatti temette di essersela giocata.

Ma: «Né, la pasta si raffredda», giunse dalla cucina la voce di Maristella.

«Già», fece il maresciallo. «Venga appuntato, mangiamo qualcosa e poi penseremo a cosa fare.»

Il Misfatti non se lo fece ripetere. Due passi ed era alla tavola del Maccadò. Due piatti più tardi, un capolavoro quella pasta, era nel salottino in compagnia del maresciallo a fare piani.

80.

I

Buio, silenzio e ancora l'insopportabile odore di quella minestra accolsero l'appuntato Misfatti al suo rientro.

Se l'aspettava, l'aveva messo in conto.

Buio, silenzio e ancora un filo di quell'odore pure al mattino quando alle cinque e trenta la sveglia lo trasse dal sonno.

Anche questo se l'aspettava, l'aveva messo in conto.

Il buio vista l'ora, l'odore di minestra perché era una camurria che si piantava nel cervello, il silenzio perché, sebbene sveglia, sua moglie non gli avrebbe detto una parola, muta come un sasso. Pazienza, il tempo della riconciliazione sarebbe arrivato.

Adesso era tempo d'azione, secondo gli accordi presi col Maccadò la sera prima. Perché, non fosse stato ormai tardi, i due sarebbero partiti insieme per fare visita al Semola, consegnargli la lettera e ingiungergli di mettersi in viaggio, destinazione Como, onde conferire con l'incaricato della Commissione istruttoria. Ma ormai treni e battelli erano a riposo. Così avevano deciso di rinviare tutto al giorno seguente. Ma presto, senza perdere tempo.

All'appuntato il compito di prelevare il Semola e portarlo in caserma dove il Maccadò gli avrebbe consegnato lettera e istruzioni, dopodiché, battello delle sette e via.

Lo vide, verso le sei, Fiamma Rovente, la prima delle tre sorelle ad alzarsi. Ma senza individuarlo subito e vieppiù meravigliata poiché a quell'ora in genere via Cavour era deserta. Per vedervi esseri umani bisognava attendere che aprisse l'osteria del Ponte, alle sei e trenta, e solo quella. La vita vera riprendeva con la drogheria Pinacchi, alle sette, la merceria Ossimorti, alle otto, poi un altro paio di negozietti, il barbiere, orario variabile, e quello di articoli per la casa che talvolta non apriva per niente se la proprietaria, zitella come le tre Rovente, pensava di non stare bene. Ultimo della serie, sempre e comunque, il Semola e il suo laboratorio fotografico. Ma a quell'ora antelucana…

Meravigliata quindi la Rovente, sempre di più mentre nell'incertezza dell'albeggiare andava definendo la figura del carabiniere. Le si pose il dilemma se andare a chiamare le due sorelle o attendere. Scelse la prima opzione così da non perdere alcun particolare e fece bene perché… Perché il Misfatti era a conoscenza della storia del campanello di casa Semola e quindi si attaccò a quello di casa Rovente, avendo immediata risposta.

«Ditemi», fece la Fiamma, aperta la finestra.

«Mi scuso per l'orario…» attaccò l'appuntato.

Niente di che, rispose la Rovente con un gesto, lei era abituata ad alzarsi presto.

«Avrei bisogno…» proseguì il Misfatti.

Fiamma Rovente, l'indice teso, indicò il piano sottostante.

«Lui», confermò il Misfatti.

«Datemi un minuto», sorrise elettrizzata la zitella.

II

Ci voleva solo un po' di pazienza, prima o poi sarebbe ripassato. Era già capitato che per qualche sera il Cannibale non si facesse vedere, evitasse l'ultima tappa del suo giro. Ma prima o poi sarebbe entrato all'osteria del Cantinone.

E a quel punto lei l'avrebbe accolto con un bel sorriso, pensava Serena Visitazione. Un bel sorriso eloquente, cui lui avrebbe risposto chiedendo: «Cosa c'è?».

Lei allora avrebbe risposto, facendo l'occhiolino: «Mi chiedi cosa c'è?».

Voleva proprio saperlo?

Be', allora conosceva il prezzo da pagare.

Ed era certa che l'avrebbe fatto, rifletteva la Carovana nel buio e nel silenzio della sua camera da letto.

III

Buio e silenzio fino a un momento prima in casa Semola. Adesso quel bussare ostinato.

«Ma cosa diavolo succede?» scattò la Semolina risvegliata di soprassalto.

«Non lo so», rispose ottuso suo marito senza muoversi dal fianco sinistro su cui era sdraiato.

«Non lo sai? E allora va' a vedere, no?» abbaiò la donna.

C'era che lo attendeva il signor maresciallo, comunicò al Semola Fiamma Rovente.

«Il signor maresciallo vi aspetta in caserma», confermò il Misfatti.

«A quest'ora?» si stupì il Semola.

A quest'ora, ribadì l'appuntato, perché?

81.

«Perché non ha indosso la sua bella divisa?» chiese d'acchito il Maccadò.

La luce nel suo ufficio era ancora incerta, gli faceva più scuro il viso, nascondeva l'ombra ironica con la quale aveva parlato.

Il Semola indossava infatti i vestiti del giorno avanti, raccolti dal pavimento della camera da letto dove li aveva buttati la sera prima dopo aver tentato, senza successo, di riallacciare i rapporti con la moglie.

«Posso spiegare», le aveva detto.

E in effetti una spiegazione, benché contorta, se l'era preparata. Suonava così: bene aveva fatto lei a diffondere la notizia sull'innocenza del Crispini poiché in quel modo i complici si sarebbero sentiti tranquilli, sarebbe stato più facile che uscissero allo scoperto, commettessero qualche passo falso. Perché il maestro, invece, era colpevole, eccome se lo era! Da Como glielo avevano confermato. La sua rabbia? Puro teatro. Se aveva dato in escandescenze era stato a beneficio delle tre pettegole di sopra affinché capissero che dovevano finirla di mettere il naso nei loro affari, soprattutto quando c'era di mezzo il Partito. Come spiegazione zoppicava più di un po', di meglio non era riuscito a inventarsi. Ma tanto la Selina non gli aveva consentito di esporla.

«Non mi interessa!» aveva risposto, senza gridare, senza sbattere porte. Poi non aveva più parlato fino al mattino quando Fiamma Rovente aveva bussato.

«La divisa?» chiese il Semola.

Per tutta risposta il Maccadò spinse verso di lui la lettera ritrovata dal Fracacci.

«Le servirà per andare a Como», spiegò.

«A Como? A fare che?» chiese il segretario.

«Perché la Milizia non sbaglia mai», rispose il maresciallo.

Quindi, quando chi di dovere avrebbe aperto quella busta che conteneva l'unica lettera che il maestro Crispini aveva spedito per il famoso concorso, ne avrebbe letto il contenuto, preso atto del motto e della firma per quanto strana, sarebbe stato inevitabile rendersi conto dell'innocenza del maestro e liberarlo in quanto tale.

«Proprio perché la Milizia non sbaglia mai», ripeté il Maccadò.

Innocente, secondo il maresciallo.

Colpevole, secondo la Milizia.

E io?, pensò il Semola immaginandosi come un pallone che Arma e Milizia si calciavano l'un l'altra. Via, un po' di dignità, rifletté gonfiando il petto, mettesse anche lui il becco nella questione.

«Voi maresciallo mi avete anche parlato di un testimone», buttò lì.

«Certo», confermò il Maccadò.

«Senza fare nomi però.»

«E allora?»

«Potrebbe sorgere la necessità di convocarlo», spiegò il Semola.

Fu un momento di imbarazzo per il maresciallo. E al Semola parve di averlo colto in fallo.

«Sempre che esista», azzardò.

«Ma certo che esiste», sbottò allora l'appuntato Misfatti.

Il maresciallo lo guardò in allarme. Aveva promesso all'impiegata comunale che in nessun caso l'avrebbe messa di mezzo e...

«Il procaccia, Erminio Fracacci», chiarì l'appuntato.
«Bell'elemento!» sogghignò il Semola.
«Questo passa il convento», chiosò il Misfatti.
D'altronde era colui che aveva recuperato la lettera rimasta per giorni sul fondo della cassetta e l'unico cui il Crispini aveva confidato che dietro lo pseudonimo si nascondeva lui in persona.
Al Maccadò scappò un sorriso. Bravo appuntato, bel colpo! Poi riprese il comando delle operazioni.
«Quindi, visto che alla partenza del battello non manca che mezz'ora conviene che si prepari, Semola.»
«Cioè?»
«La divisa», ripeté il maresciallo.
Non avrebbe certo voluto presentarsi agli alti gradi della Milizia vestito come un comune cittadino, no?
«D'accordo», masticò il Semola. «Allora...» proseguì allungando la mano verso la busta.
«No, no», lo fermò il maresciallo oscillando l'indice.
La busta restava lì. Anzi, per maggior sicurezza la infilò in una seconda busta, anonima, e la chiuse.
«Solo una volta a Como e davanti ai suoi... superiori la dovrà aprire.»
E anche lui sarebbe rimasto lì. L'appuntato si sarebbe preso la cura di andare a casa sua a prendergli la divisa e la caserma gli avrebbe offerto un intimo angolino ove cambiarsi.
«Non vi fidate?» chiese il Semola.
«Come osa dire che non ci fidiamo?» chiese a sua volta il Maccadò.
Ma si rendeva conto che gli affidavano la possibilità di evitare alla sua Milizia di commettere un madornale errore, confermando così che non sbagliava mai?
Il Semola corrugò la fronte calcolando, come fossero numeri, il risultato finale delle parole prodotte dal maresciallo.
Alle sette in punto il battello *Littorio* si staccava dal mo-

lo di Bellano, tre passeggeri a bordo, uno solo diretto a Como.

Il battellotto non si chiese cosa ci facessero lì, sotto la pensilina, maresciallo e appuntato. A salutare con la manina tra l'altro, come bambini, e poi allontanarsi ridacchiando. Di cosa mai ridevano?

Di come, stava spiegando il Misfatti, avesse berciato la Semolina per essersi dovuta alzare a quell'ora per quel cazzo di divisa.

Toccava solo aspettare adesso.

82.

L'incaricato di istruire la pratica Crispini era il primo seniore Mircelli Augusto, avvocato di poca fama, che occupava un ufficetto presso la costruenda Casa del Fascio.

Avvisato da un miliziano che il segretario bellanese Fulvio Semola chiedeva udienza poiché portava notizie riguardanti il detenuto Fiorentino Crispini, ordinò che lo facessero passare immediatamente.

Già più volte la Commissione istruttoria gli aveva chiesto a che punto fosse con la pratica da inoltrare a Roma e lui aveva preso tempo. Quel cristo di maestro continuava a dirsi innocente e lui ormai pensava che forse sarebbe stato il caso di passare alle maniere forti. Qualche sberlone, vista l'età, sarebbe stato più che sufficiente per convincerlo a parlare. Certo, se adesso quel Semola, che razza di cognome per un segretario di Partito!, gli portava buone notizie, qualche nome di complice per esempio o prove quali che fossero, in quattro e quattr'otto si sarebbe tolto dalle balle quella rogna.

Il Semola aveva avuto due ore buone per ragionare su come comportarsi e cosa dire. Indossare la divisa gli aveva fatto bene, ridestata la coscienza di ruolo e grado, degno di un rispetto che l'abito civile non risvegliava. Forse l'unica al mondo che in quel momento non ne percepiva il magico influsso era la Semolina, che all'appuntato aveva chiesto di riferire al marito che di tutto il trambusto di quei giorni, segreti e bugie, fino alla sveglia di quella mattina, avrebbero fatto un conto unico. E di aspettarselo salato.

«Cosa ci volete fare, Semola, certe donne hanno un bel caratterino», l'aveva consolato il Misfatti, che pure aveva alle viste giorni di purgatorio.

Una volta solo soletto sul battello, nella piena luce dell'alba che rischiarava il sontuoso paesaggio, il pensiero della moglie s'era allontanato alla stessa velocità con cui l'imbarcazione si era allontanata dal paese. E nella pace dell'ora, più di una in effetti, tanto ci aveva messo il battello per raggiungere il capoluogo, aveva fatto e rifatto i conti con le parole uscite dalla bocca del maresciallo, giungendo a un sorprendente risultato: il maresciallo aveva ragione e lui di lì a poco avrebbe dimostrato l'infallibilità della Milizia che mai sbagliava né quando condannava né quando assolveva.

Serio come un comunicando entrò nell'ufficio del primo seniore che, saltato ogni convenevole, disse: «Spero che mi portiate buone notizie».

Come no?, rispose il Semola.

In quella busta aveva la prova che la Milizia non sbagliava mai.

«Nomi di complici che hanno confessato?» chiese il primo seniore.

«Complici... in che senso?» tremolò la voce del Semola.

«Complici!» ribadì il Mircelli. «Avete presente cosa significa? Infami che hanno aiutato il firmatario a compilare l'indegna apologia!»

Il sospetto che il primo seniore si aspettasse ben altro da lui aveva cominciato a produrre sudorini nel Semola.

«Ecco, in verità, indagando...»

«Sì?»

«Hanno... cioè, abbiamo reperito questa lettera...»

«Lettera?»

Il Semola mostrò la busta che teneva in mano.

«Che parrebbe essere quella contenente lo scritto del maestro, benché firmata con altro nome...»

«Apollinare D'Astici per caso?» interloquì il Mircelli.

«Parrebbe», ancora il Semola.

«Come mai, spiegatemi, non è mai giunta a destinazione e adesso invece PARREBBE essere qui?»

«Parr...» riattaccò il Semola fermandosi e ripartendo dopo un attimo.

Insomma, per un malaugurato accidente, era rimasta attaccata, quasi incollata sul fondo della buca per le lettere.

«Brillante idea quella di andare a frugare nelle cassette postali», ironizzò il Mircelli.

Fulvio Semola sperò che il primo seniore non indagasse oltre, non avrebbe saputo cosa inventarsi. Per evitare di ingarbugliarsi, colto da ispirazione, giocò di anticipo.

«Coi camerati abbiamo battuto ogni possibile pista, per l'onore della Milizia», affermò.

Che non sbagliava mai!

«Datemi», ordinò il primo seniore allungando la mano per prendere la busta. L'aprì, la guardò, rigirandosela per un po' sotto il naso.

E così lì dentro c'era la lettera spedita dal Crispini, l'originale a quanto pareva. Ne derivava quindi che l'altra non fosse che un falso.

«Parrebbe», confermò senza riflettere il Semola.

«Bene, bene», concluse il primo seniore.

Allora adesso era venuto il momento di fare la prova del nove.

«Dopodiché...»

«Dopodiché?» chiese il segretario bellanese.

Dopodiché.

83.

I

Onde smunti, esangui e fiacchi
Li denominan saracchi.

Quando Fiorentino Crispini era entrato nell'ufficetto del primo seniore, a Fulvio Semola era tornata alla memoria la strofetta finale di una filastrocca che sua madre spesso gli aveva recitato quand'era bambino. E che in quel momento calzava alla perfezione volendo descrivere l'aspetto del maestro.

Smagrito, pallido, sgonfio. Fin gli occhi sembravano essere discesi in basso per andarsi a sedere sugli zigomi che il Semola non ricordava di aver mai visto così sporgenti. Al suo ingresso il segretario non aveva saputo decidersi se salutarlo, e in che modo, e aveva taciuto, così come aveva fatto il Crispini che non l'aveva degnato di un minimo cenno.

Il primo seniore però non aveva voluto perdere tempo. Con l'anonima busta in mano e un sorriso di superiorità in viso aveva subito preso la parola.

«Il vostro segretario», aveva detto rivolgendosi all'inquisito, «pare abbia portato prove utili a istruire il procedimento che vi riguarda.»

Volutamente sibillina la frase, volta a ottenere infine il crollo del maestro che invece non aveva reagito. Si sentiva condannato da tempo ormai e in quella busta, pensava, non poteva che esserci qualcosa che ne avrebbe peggiorata la situazione.

«Qui dentro», aveva ripreso il primo seniore, «dovrebbe esserci la fatidica lettera, fantomatica lettera di cui...»

Ma su quelle parole Fiorentino Crispini aveva dato più di un segno di risveglio. Primi gli occhi, almeno a quanto era sembrato al Semola, che dalla seduta sugli zigomi erano tornati al loro posto mentre il Mircelli proseguiva a parlare.

«...di cui tanto avete protestato l'esistenza benché...»

Il sangue poi che, da chissà dove s'era cacciato, era tornato a colorare le gote del maestro.

«...benché nessuno abbia mai avuto il bene di vederla...»

Le spalle infine, spioventi, quasi scomparse, che si erano spinte in su con un deciso movimento della schiena.

«Ora...» stava ancora dicendo il primo seniore.

E chissà cosa avrebbe detto se, a chiudere la resurrezione di Fiorentino Crispini, non fosse scesa in campo anche la lingua.

«No», aveva detto con energia.

«No?» chiese il maresciallo Maccadò.

II

«No», rispose secco Amedeo Cannibale.

Era tornato, come previsto, dopo qualche giorno di assenza. La Carovana l'aveva aspettato al varco, e al bancone dell'osteria.

L'occhiolino, il sorrisetto. Poi la domanda.

Gli andava di salire le scale fino al terzo piano?

«No», la risposta.

«Peggio per te bello», ribatté Serena Visitazione, «perché avrei una notiziola...»

«Ancora?»

«Ancora», confermò la donna.

«E sarebbe?» chiese il Cannibale.

Ma, sorrisetto: «Le regole della casa le conosci», rispose la Carovana.

«Mia figlia?» non mollò lui.

«Quel delizioso fiorellino!» esclamò la Visitazione. «L'ho vista anche poco fa rientrare a casa.»

«E allora?»

«Avviso il Gigiò che mi assento, diciamo, almeno per una mezz'oretta?» propose Serena Visitazione.

III

Accumulato a causa di un'inspiegabile sosta in quel di Argegno, Fulvio Semola era sceso dal battello allo scalo di Bellano con quasi venticinque minuti di ritardo. Erano all'incirca le cinque e trenta. Maccadò e Misfatti, che per tutta la giornata non avevano perso un arrivo, avevano esclamato pressoché assieme: «Finalmente!».

Del Crispini però non c'era traccia.

E quando il Semola aveva fatto capire di essere intenzionato a imboccare via Cavour per tornare a casa, era stato il Misfatti a dire: «E no, eh!».

Senza por tempo in mezzo era volato sotto per bloccarlo e chiedergli la cortesia di seguirlo in caserma.

Com'era andata a Como?

Che fine aveva fatto il Crispini?

Perché non era con lui?

Tutto, lui e il maresciallo, volevano sapere, fin dall'inizio.

E il Semola, cui non dispiaceva l'idea di ritardare l'incontro, o scontro, con la moglie, aveva riferito puntuale ciò che era accaduto fino alla metamorfosi del maestro, quand'era esploso con quel «No!» che aveva sorpreso il Maccadò.

«No?»

IV

«No», aveva ribadito Fiorentino Crispini.

Il primo seniore s'era impettito, scocciato per l'interferenza. Aveva levato l'indice come per dire che in quell'ufficio, tra quelle mura, a lui solo competeva dire sì o no. Pure il Crispini però aveva alzato verso il soffitto lo stesso dito come volesse chiedere silenzio e con voce franca, che il Semola aveva riconosciuto essere la stessa con la quale pronunciava discorsi pressoché identici durante le celebrazioni della marcia su Roma, il Natale di Roma, l'anniversario della Vittoria eccetera, aveva recitato il suo *Carme Italico.*

Si leva l'alba sul mondo ancor dormiente
s'alza il pastor col gregge suo obbediente
nella tranquilla casa sua modesta
dei campi all'opra gioioso ei s'appresta.
Pur l'operaio si reca al suo lavoro
mani che servono ben più dell'oro
sa che la Patria lo guarda orgogliosa
per la fatica ch'è tanto preziosa.
E la massaia che in casa vuol restare
vera regina di tanto focolare
guarda serena alla sua lunga giornata
volta alla cura di prole sua adorata.
Sogna il poeta lo sguardo volto al cielo
oltre l'azzurro disteso pari a un velo
compone versi di cui sarà decoro
solo il bramato, dantesco, aulico alloro.
Si leva l'alba sul mondo operoso
svela un futuro ch'è ancora più radioso
ecco la vita ch'è vera meraviglia
per chi nel cuor ha Dio, Patria, Famiglia.
Saldi ideali che fan d'Italia tutta
pari a un giardino tenuto con la cura
di quella Man che guida ognun sicura.

«Adesso», aveva concluso rivolgendosi al primo seniore, «potete aprire quella busta e confrontare il testo con ciò che avete appena udito.»

Cosa che il Mircelli aveva fatto sollevando, quasi a ogni quartina, lo sguardo verso il Crispini che aveva risposto con cenni di assenso fino all'ultima rima.

«Dopodiché...» continuò il Semola.

«Dopodiché?» toccò chiedere all'appuntato Misfatti.

84.

Fatto.

«Un po' meglio», aveva appena detto Serena Visitazione.

Un po' meglio della volta precedente intendeva dire. Con un po' di allenamento il Cannibale avrebbe reso ancora di più, aveva aggiunto parlando al piano del tavolo.

La situazione infatti era stata analoga alla prima volta. Teatro dell'evento la cucina, lei mani afferrate al bordo del tavolo, il Cannibale dietro.

Finito l'esercizio lei s'era afflosciata, aveva espresso il suo giudizio sulla prestazione mentre l'Amedeo, tirate su le braghe, aveva detto: «Adesso spara».

«Uh, quanta fretta», sospirò la donna.

«Ascolta...» sbottò il Cannibale nervoso.

«Va bene.»

«E girati», chiese lui, «parlami in faccia. Si tratta di mia figlia, ancora?»

«Certo», confessò lei.

Perché quel delizioso fiorellino adesso, dopo il maestro...

85.

«Dopodiché, dopodiché», mormorò il Semola grattandosi la testa.

Dopodiché il primo seniore Mircelli era rimasto un po' in silenzio, picchiettando il dito sul componimento che aveva sotto gli occhi e infine aveva rotto il silenzio.

«Cosicché», aveva detto rivolgendosi al Crispini, «sareste voi quell'Apollinare D'Astici...»

«Lo confermo, Eccellenza», l'aveva interrotto il Crispini esagerando un po' col titolo.

Come si poteva evincere, aveva aggiunto, dalla busta acclusa secondo quanto richiesto dal regolamento del concorso, nella quale era riportato il motto richiesto...

«Per aspera ad aspra», riferì il Semola.

...che compariva in calce al carme e quel nome che s'era dato...

«Un nom del plume», specificò il segretario.

...per motivi etici, morali, essendo un umile collaboratore del quotidiano che aveva lanciato il concorso.

«In conclusione?» interloquì il maresciallo Maccadò.

In conclusione, dopo un altro lungo minuto di silenzio, il primo seniore aveva ordinato al Crispini di uscire dall'ufficio e attendere.

«Dopodiché», fece il Semola.

«Ancora?» scattò il Misfatti.

Ancora, certo.

Perché, una volta solo col primo seniore, il Semola aveva avvertito un soffio di tempesta, come quando dalle cime delle Prealpi spuntavano quelle nuvolette che annunciavano l'arrivo dei ventacci da nord che battevano il lago per giorni e giorni.

«Bene», aveva detto il Mircelli, «credo che questo chiuda la faccenda.»

Non c'era materia, niente di niente per istruire una pratica da inoltrare a Roma a meno di non volersi far ridere dietro.

«Ma se ne apre un'altra», aveva aggiunto.

Poiché era evidente che qualcuno, firmandosi col nome del Crispini, s'era comunque macchiato dell'infame reato.

«Ne convengo», aveva concordato il Semola.

«E mi fa piacere», l'aveva assecondato il Mircelli.

Gli faceva piacere perché così non doveva stare a spiegargli quello che adesso si aspettava da lui. Battendo un pugno sul tavolo: «Chiunque sia stato deve saltare fuori. Voglio nomi e cognomi. Mi spiego?».

«Capite, maresciallo?» fece il Semola.

«Sì», fece il Maccadò.

Capiva quello che il primo seniore gli aveva chiesto di fare. Meno, anzi niente del tutto, ciò che il Semola aveva pensato di fargli intendere. Cioè che, adesso, insomma, era un po' nei guai, proprio perché giù, a Como, si aspettavano che lui scoprisse chi aveva tirato quello scherzo al Crispini commettendo l'infame reato.

«Se voi signor maresciallo e magari anche il signor appuntato...» borbottò il Semola.

Signor maresciallo, signor appuntato!

E quando mai?

«Ci state chiedendo di darvi una mano?» sbottò il Misfatti.

Il Semola si strinse nelle spalle.

«Se possibile... perché io non saprei da dove cominciare», confessò.

Il Maccadò assunse un'aria sconsolata.

«Siamo spiacenti», disse, «ma durante le ricerche da noi svolte e di cui l'abbiamo fatta partecipe, a parte l'innocenza del maestro Crispini nulla è emerso d'altro.»

Però, a tal proposito, che fine aveva fatto il maestro?

«Prosciolto», rispose il Semola.

Il primo seniore aveva chiuso l'istruttoria per aprirne un'altra contro ignoti. Il Crispini, come da ordine, aveva atteso fuori dall'ufficio. Era stato il Semola in persona a comunicargli che poteva tornare a casa.

«Voi con che mezzo risalite?» gli aveva chiesto.

«Battello», aveva risposto il segretario.

«Vorrà dire che allora io prenderò il treno», aveva comunicato il maestro.

Altro da dire non c'era.

Adesso al Semola toccava di affrontare la Selina.

Al Maccadò invece dire due paroline al suo appuntato.

86.

I

«Adesso te la fai con i carabinieri!»

Caratterino o no, Amedeo Cannibale entrò in casa salutando così. Caratterino o no, sua figlia doveva capire che lì dentro comandava lui. Nervoso per ciò che aveva appena saputo e ancora di più perché la Carovana l'aveva tirata per le lunghe. Aveva giocato a fuochino fuochino sperando che lui rinvenisse e magari potesse tornare in campo visto che c'era ancora tempo.

È un giovanotto… aveva detto.

Sì, ma Bellano ne era piena.

…però non è proprio bellanese…

Uno di fuori? Dervio, Varenna?

…ma sta a Bellano…

E dove?

…in una casa che però non è sua…

E cosa fa?

…va in giro con una banda…

Banda? Che banda? Non sarà stata magari quella del Semola?

…no, niente Semola, però ha una banda e… anche una divisa…

Voleva dire che…

«Da qualche sera li vedo qui sotto. E sembrano in grande confidenza», aveva infine detto la Visitazione.

«Ma porc…» aveva smadonnato il Cannibale e, stretta la cintura, era partito.

Passi il Crispini, ma proprio con un carabiniere...
Così era entrato in casa deciso a farsi valere.
Beatrice però se l'aspettava. Aveva giusto atteso che la Carovana riscuotesse la sua mercé in cambio dell'informazione. Ragione per la quale, all'entrata del genitore dalla porta e a quella sua uscita dalla bocca, non fece una piega. Seduta a tavola, in attesa di servire la minestra chiese: «Preferiresti averci a che fare tu?».
«Intendi dire?» ribatté lui.

II

«Ci pensa lei appuntato?» chiese il Maccadò.
«Ben volentieri, maresciallo», rispose il Misfatti.
«Ottimo allora», concluse il Maccadò. «Dopo una giornata così penso che ci siamo guadagnati una bella cena e una notte di meritato riposo.»
Sul viso dell'appuntato calò un'ombra. Sapeva che invece lui si sarebbe potuto dire fortunato se avesse trovato anche solo una parvenza di cena: quanto alla bellezza e alla bontà non si faceva illusioni. Aveva la quasi certezza che si sarebbe trovato sotto il naso una minestra riscaldata.
Cosa che il segretario Fulvio Semola avrebbe accettato quasi con gioia, quale segno di riconciliazione.
Purtroppo, entrato in casa, il Semola si rese conto all'istante che della moglie non c'era traccia. Per quanto affamato si sedette in cucina senza fare altro che attenderne il ritorno fino a che si avverò. Era pronto a tutto tranne che trovarsela davanti sorridente, gentile.
«O caro, bentornato», lo salutò infatti la Selina.
Fu tale la sorpresa che il Semola non riuscì che a biascicare qualche parola.
«Non hai ancora cenato?» chiese la donna.
«In effetti no», rispose lui, grato per la premura della moglie.

La mimica della Selina ebbe allora un repentino mutamento.

«Io sì, da mia madre. Tu arrangiati. Buonanotte.»

Erano le otto e qualche minuto della sera.

Il maestro Fiorentino Crispini stava scendendo dal treno che da Como, dopo aver cambiato a Lecco, l'aveva finalmente riportato a casa. Ne intravide l'ombra scendere dal vagone e avviarsi verso il paese il capostazione Ussubìu, ma senza riconoscerlo e domandandosi chi fosse mai.

«Un uomo nuovo», avrebbe risposto lo stesso Crispini se qualcuno glielo avesse chiesto.

87.

I

Beatrice Cannibale non s'era fatta pregare, aveva risposto subito al genitore.

«Credi forse che non abbia immaginato chi ha potuto fare uno scherzo del genere, se scherzo si può chiamare, al maestro? Chi è l'unico, oltre a me, che sapeva che avrebbe partecipato al concorso con un nome finto?»

«E chi è stato?» aveva ribattuto il Cannibale tentando di fare il finto tonto.

Ma la figlia aveva tirato dritto.

«Non stiamo recitando, papà», aveva detto. «Se le cose non si fossero risolte per il meglio...»

«Ah sì?» aveva interloquito l'uomo. «E tu come lo sai?»

Be', glielo aveva detto poco prima il Beola col quale aveva concordato il solito appuntamento delle sei. Anche per il giorno seguente, se era per quello, stessa ora stesso posto, sebbene fosse domenica. Ma quelli erano affari suoi.

«Lo so, e tanto basta. Così come so che quel poveraccio ha rischiato di passare guai seri. E non per colpa sua.»

Amedeo Cannibale aveva soppesato le parole della figlia. Poi aveva assunto un'aria inquisitoria.

«E dimmi un po'. In caso contrario, cosa avresti fatto?» aveva chiesto.

Beatrice aveva scosso la testa. Se l'era posta anche lei, più volte, quella domanda. E non era ancora riuscita a rispondersi.

Ma la mattina di domenica ad Amedeo Cannibale venne il dubbio che la risposta la figlia se l'era data e gliel'aveva tenuta nascosta. Fu quando l'appuntato Misfatti bussò alla porta di casa sua chiedendogli di seguirlo in caserma e, sottolineò, senza fare troppe storie.

II

Aprendo gli occhi domenica mattina il maestro Fiorentino Crispini si stupì di un po' di cose. Di aver dormito nel suo letto, nella sua camera, in casa sua. Di averlo fatto come un bambino, senza sogni o incubi. Di quanto fosse bello camminare libero da un locale all'altro o toccare cose, il legno della sua scrivania per esempio, o accarezzare le coste dei libri ordinati secondo autori, l'amato Guido da Verona sopra gli altri, e argomento. Come se da quando quei tre l'avevano portato via non fossero passati pochi giorni, anni piuttosto. Ma anche si stupì di quanto fosse fragile lui, debole. Come, ritrovata la culla della casa e del paese, certe sue decisioni fossero nate senza il midollo necessario a sostenerle. E sì che, fino alla sera prima, quando era sceso quasi furtivo dal treno era fermamente intenzionato a metterle in atto subito, dal giorno dopo. Invece era bastato fare un passo dentro casa e quelle erano rimaste fuori nonostante le avesse meditate, affinate durante il viaggio in treno che da Como l'aveva riportato a casa. Apposta aveva chiesto al Semola con che mezzo intendeva fare ritorno. Battello, il segretario? Bon, allora treno. Per rimanere solo e soprattutto dare un primo segnale che, da quel momento in avanti, con certa gente non avrebbe mai più voluto avere niente a che fare. Aveva viaggiato tanto concentrato sul pensiero di ciò che avrebbe attuato al punto di non avvertire il minimo malessere, neanche un filo di nausea o un accenno di vertigine, dovute al movimento. E giunto a destinazione aveva le idee chiare al pari del disco della luna che stava alto nel cielo.

Due, ben precise, eccole.

Comunicare al podestà che d'ora in avanti avrebbe dovuto affidare ad altri il ruolo di oratore ufficiale delle varie manifestazioni che fossero di regime o legate a occasioni locali, come quella prossima dedicata al poeta Tommaso Grossi. Dopodiché dimettersi quale corrispondente del giornale: se ne trovassero un altro disposto a sorbirsi riunioni, convegni, assemblee, cortei, comizi, celebrazioni di cui si doveva scrivere solo e sempre bene.

Già a Lecco in verità le aveva definite. Tanto che s'era concesso il tempo per giungere a Bellano immaginando il podestà, il Semola, magari lo stesso direttore del giornale bussare insistenti alla sua porta per invitarlo a ripensarci, a recedere da tanta decisione lusingandolo, adulandolo.

E lui, sereno ma severo, rispondere: «No, grazie».

Ma la mattina, una volta sveglio, s'era accorto che il suo progetto era rimasto fuori casa. Lo constatò dopo aver goduto lo stupore un po' infantile di ritrovarsi nel suo mondo solito. Che, senza ciò che l'aveva nutrito sino ad allora, s'impoveriva fino a diventargli estraneo.

La sua vita, pensò.

Cosa sarebbe diventata senza gli applausi, i complimenti alla fine dei discorsi? E cosa, senza la soddisfazione di leggere sul giornale i suoi articoletti benché il più delle volte nemmeno venissero siglati? Senza gli inviti a presenziare a questo o a quell'evento?

«Maestro, maestro...» si disse guardandosi allo specchio.

Certo l'età contava, fosse stato più giovane... ma la verità, lo specchio non mentiva, era un'altra. Non aveva il coraggio per gesti clamorosi il cui risultato sarebbe stato solo quello di condannarlo a una solitudine ancora più fonda di quella che da anni ormai pativa.

III

Perché?

Due chiacchiere, col signor maresciallo.

A domanda, del Cannibale, il Misfatti aveva risposto. Tanto gli aveva detto di dire il Maccadò nel caso il muratore avesse voluto sapere il motivo della convocazione e tanto l'appuntato aveva detto. Due chiacchiere da fare senza testimoni, solo il diretto interessato con Maccadò e Misfatti, allo scopo di chiarire un aspetto dell'accaduto.

Amedeo Cannibale aveva seguito l'appuntato cupo in viso e a capo chino, conscio degli occhi curiosi che si stavano chiedendo come mai passeggiasse a quell'ora della domenica e in compagnia di un carabiniere. Pure lui si stava facendo domande, una soprattutto, e riguardava sua figlia. Non gli aveva risposto la sera prima. Forse per non metterlo sull'avviso della sorpresa che lo aspettava? In ogni caso sapeva di avere i suoi bei diritti pure in un mondo dove comandavano preti, marescialli e semolini. Per cui, non appena entrato nell'ufficio del Maccadò, pensò bene di metterli avanti.

«Maresciallo, io...»

Ma il Maccadò non gli permise di proseguire.

«Cannibale», esordì, «mi stia bene a sentire.»

«Ho dei diritti», riprese il muratore, «e...»

«Certo», interloquì il maresciallo, «e nessuno glieli nega. Ma la prego di credermi se le dico che meno parla meglio è per lei. Mi stia a sentire e basta. Siamo d'accordo?»

Amedeo Cannibale accennò una specie di sì col capo. Ma mica sarebbe stato zitto all'infinito.

«Bene», riprese il Maccadò. «Se l'ho fatta venire qui è perché credo, crediamo cioè, che nella faccenda capitata al maestro Crispini lei abbia avuto una certa parte. Magari non da solo ma...»

«Io?» reagì l'Amedeo. «Maresciallo, come...»

«Ascolti, mi dia retta, taccia», ribadì il Maccadò.

«E chi lo dice?» chiese invece il Cannibale. «Quali prove ci sono?»

«Giusto», sorrise il maresciallo. «Le prove.»

Non ce n'erano.

«E allora...» sbottò l'Amedeo.

«Nessuna prova», confermò il Maccadò. «Come le ho appena detto è solo un'idea che io e l'appuntato ci siamo fatti facendo due più due.»

«E anche qualcosa di più», interloquì il Misfatti.

«E sono qui solo perché vi è venuta questa bella idea?» chiese, sarcastico, il Cannibale.

Il Maccadò prese un respiro.

«Anche. Ma soprattutto perché ci tenevo a dirle alcune cose. Non mi ripeterò, una l'ho appena detta. La seconda è che voglio che sappia che se anche avessi delle prove, adesso che la faccenda si è risolta per il meglio, mi troverei in un bel dilemma. Anche a me quella gente non piace, non mi piacerebbe consegnare loro qualcuno, sarebbe indegno dell'Arma. Ma...»

A quel punto il maresciallo batté una mano sulla scrivania.

Ma voleva anche che sapesse che chi o coloro che si erano resi responsabili di un atto simile erano dei vigliacchi della peggior specie.

«Mettere un poveraccio tutto sommato innocuo in una situazione del genere è un atto inqualificabile. Spero che lei ne convenga.»

Il Cannibale ne convenne al volo.

«Certo. Ma io cosa c'entro?»

«Niente», ironizzò il maresciallo. «È solo per una questione d'istinto che ho voluto fare quattro chiacchiere con lei sull'argomento.»

«Ah!» fece il Cannibale. «L'istinto!» concluse.

Il Maccadò si fece serio.

«So bene che l'istinto in un tribunale non conta nulla. Ma è proprio seguendolo che mi sento di avvisarla amichevolmente che non sono disposto a tollerare eventuali altre bravate di questo tipo, se mi capisce.»

«È tutto?» chiese il muratore.

«No», rispose il Maccadò, «un'ultima cosa. Si ricordi di ringraziare un santo, se ce l'ha, per il proscioglimento del Crispini. E pure sua figlia.»

«Cosa c'entra mia figlia?»

«Ha dimostrato di avere criterio. Tanto che adesso lei può uscire da questa caserma e ricominciare a battere un'osteria dopo l'altra nella speranza che le capiti qualche lavoretto», concluse il Maccadò.

L'appuntato Misfatti s'era tenuto sino a quel momento. Non ce la fece oltre.

«Uomo avvisato...» sentenziò.

«Ben detto», si complimentò il Maccadò.

88.

L'ora per il secondo caffè era ormai scoccata per il maresciallo. Non aveva avuto modo di contare quanti s'erano sorbiti la ciofeca dei primi quattro o cinque in modo da poterne bere uno normale. Ma ne aveva un gran bisogno dopo il colloquio con il Cannibale, e avrebbe corso il rischio.

Tre, calcolò cinque minuti dopo, non di più. Tre avevano bevuto il veleno del Termoli e lui era il quarto considerato il retrogusto di petrolio che adesso aveva sulla lingua.

Il Gnazio ne colse la smorfia più che eloquente. Chissà, pensò, magari offrendo un marsalino avrebbe rimediato. Ma marsalino andava in coppia col Crispini.

Il Maccadò rifiutò l'offerta ma fu ben lieto di esaudire la curiosità del Gnazio.

Se ne sapeva qualcosa del maestro?

«È a casa», rispose, mica era un segreto d'ufficio.

Dentro la quale aleggiava un delizioso profumo di caffè ben fatto. Il maresciallo lo percepì fin dalle scale, pregustando un'eccezione alla regola di non eccedere oltre i due caffè mattutini. Ma, si obiettò, era caffè quello che aveva appena bevuto?

Quindi accettò quando Fiorentino Crispini dapprima lo invitò a entrare e poi gliene offrì una tazza.

«Ditemi, maresciallo», fece il Crispini dopo aver versato il caffè. Cauto, la mano che tremava un po'.

Il maresciallo non aveva messo in conto che, dopo

giorni in cui aveva visto solo divise, trovarsene sotto gli occhi un'altra avrebbe potuto generare solo sospetti nell'ometto. Prima ancora di sorbire un sorso di caffè volle sgombrare il campo da ogni dubbio.

«Ho voluto disturbarla perché volevo felicitarmi per la positiva conclusione della vicenda», disse.

Il Crispini lo guardò un istante come se avesse sotto gli occhi i giorni appena passati.

«Sapeste, maresciallo...»

Non si rendeva conto di come potesse essere finito in un guaio simile. Lui, proprio lui, che sempre aveva rispettato le autorità, ne aveva scritto pezzi elogiativi, aveva sempre risposto alle chiamate. Come si poteva spiegare ciò che era successo?

Il Maccadò sorvolò anche se avrebbe potuto farlo.

«La cosa importante è che sia ritornato alla sua vita», svicolò.

«Qualche santo deve aver guardato su questa terra per tirarmene fuori», commentò il Crispini.

«Ne convengo», si affrettò a concordare il maresciallo, meglio allontanarsi da quel terreno e tornare in caserma per occuparsi del solito tran tran in attesa che il paesello tirasse fuori qualche altra sorpresa delle sue.

«Complimenti per il caffè», disse il Maccadò, «davvero ottimo. Adesso però devo lasciarla, il dovere mi chiama. E lei credo che abbia bisogno di un po' di tranquillità per riprendersi.»

Erano circa le nove del mattino.

Un quarto d'ora più tardi alla porta di casa Crispini si presentò Gnazio Termoli, bottiglia del marsala, Florio, in una mano, due bicchierini nell'altra.

Bisognava festeggiare o no il ritorno a casa? Dieci minuti, non di più, disse il Gnazio, perché aveva chiuso, la Damina era ancora a casa.

«Ma da domani, caro maestro, si riprende con le buone, vecchie abitudini!» disse emozionato, dopo aver bevuto insieme col Crispini non uno ma due marsalini. «Per recuperare il tempo perduto», affermò e, andandosene, lasciando sul tavolo di cucina bottiglia e bicchieri.

Così il podestà Mongatti si trovò faccia a faccia, non più tardi delle dieci, un Crispini roseo in viso e un po' imbambolato. I marsalini avevano fatto effetto dopo i digiuni patiti in quel di Como. Il Mongatti disse che era lì sia in veste ufficiale sia personale. Nel senso che, quale podestà, voleva esprimere a nome della popolazione tutta la soddisfazione di saperlo tornato in seno alla comunità. A titolo personale quella di poter continuare a contare sulla sua preziosa collaborazione in occasione di eventi e commemorazioni.

Un po' scosso da quelle belle parole: «Grazie», rispose il maestro. «Gradite un marsalino?» chiese poi.

«Perché no?» fece il Mongatti. «Corrobora.»

Certo però che chi non beve in compagnia...

Bevuto che ebbero il podestà volle anche stringere la mano al maestro.

«Bentornato a casa», salutò, consigliando al Crispini di prendersi qualche giorno di riposo per recuperare dopo la brutta avventura.

«Che nessuno ha dimenticato e nessuno dimenticherà», affermò Fulvio Semola verso le undici.

Quale segretario, a nome della sezione tutta, teneva a far presente che nessuno mai aveva messo in dubbio l'innocenza del maestro. Ignobili soggetti, topi di fogna!, avevano cercato di colpire in lui la voce che si levava alta quando il regime celebrava le sue storiche date.

«Ma non si illudano coloro», concluse il Semola, «di poterla passare liscia.»

Mai il Partito si sarebbe arreso fino a che non fosse riuscito a far uscire i suddetti topi di fogna dalle loro tane e punirli come meritavano. Dopodiché, occhieggiata la bottiglia, propose lui stesso un brindisi al ritorno del Crispini.

E quattro!

Alle undici e trenta del mattino Fiorentino Crispini era brillo come mai gli era capitato nella vita. Confuso, ma anche euforico per tutte quelle attestazioni di solidarietà. Si chiese se mancasse qualche altro visitatore eccellente.

No. O almeno così gli parve. Il paese, sotto la specie di maresciallo, podestà e segretario di sezione, l'aveva riabbracciato. Il messaggio non poteva essere più chiaro: quella a cui era tornato, e non altra, era la sua vera vita. Poteva adesso mettersi a letto e dormirci sopra così da farsi passare la mezza sbornia.

Stava appunto per dirigersi verso la camera quando, di nuovo, il campanello suonò. Erano quasi le dodici. Sulla porta il signor prevosto gli apparve leggermente sfocato.

«Caro maestro», salutò il sacerdote.

Poteva tenerlo sulla porta?, rifletté il Crispini.

Certo che no.

«Accomodatevi, prego», lo invitò.

«Solo un minuto», assicurò il prete che si era sottratto ai doveri della parrocchia approfittando di una pausa tra una funzione e l'altra. Giusto per dirgli che aveva tanto pregato affinché tornasse quanto prima nel suo gregge, innocente, proprio come una pecorella. E si augurava che la brutta avventura appena passata ne avesse rinforzato la fede in una giustizia che con quella terrena ben poco aveva a che fare.

Il Crispini balbettò che, sì, giù a Como non aveva fatto altro che pregare, tanto che era convinto che un santo del cielo avesse intercesso per lui. Mentre rispondeva, quasi senza avvedersene, aveva riempito i due bicchierini, allungandone uno al prevosto che sorrise.

«Non è certo mia abitudine», commentò. Ma vista la speciale occasione...

D'un fiato, perché la domenica di un sacerdote era fitta di impegni.

D'un fiato anche il Crispini che, chiudendo la porta alle spalle del prevosto, era ormai cotto.

Così che dormiva della grossa e non sentì squillare di nuovo il campanello quando da poco era passato mezzogiorno.

Che il suo cliente del giovedì fosse tornato a casa glielo avevano detto le dieci bocche dei venti occhi che ne avevano atteso il ritorno dopo la mattina passata a casa dell'avvocato di belle speranze Cestinati. Allora la Quirica aveva fatto dietro front, non potendo aspettare oltre di vederlo con i suoi occhi. Sentiva di averne tutto il diritto visto che una mano ai carabinieri l'aveva pur data.

Ma suona suona, nessuno compariva.

Che fosse uscito?

Possibile visto che la porta di casa era chiu…

Ma no!

La mano a tentare la maniglia, la Quirica vide che era aperta. Cauta allora fece un passo all'interno, fermandosi subito ad ascoltare e infine percependolo. Un rumore profondo e regolare, un ron ron quasi di gatto con la pancia piena, soddisfatto. Visto che ormai era lì, a passi felpati si avviò fino a raggiungere la camera da letto.

Vestito tale e quale, Fiorentino Crispini dormiva beato, sdraiato sulla schiena, le mani incrociate sull'addome. La posizione era in effetti quella di un cadavere. Ma il viso no, rosso congesto, e un ineffabile sorriso sul volto: l'immagine, giudicò la Quirica, di chi si gode il sonno del giusto.

Fu tentata di avvicinarsi al dormiente e dargli una carezza. Rinunciò, temendo di svegliarlo. Ritornò allora sui suoi passi, gettò uno sguardo nella cucina. C'era un po' di disordine, la caffettiera, tazzine, bicchieri, una bottiglia, vuota, di marsala. Ebbe la tentazione di riordinare ma rinunciò. Mica voleva che il maestro andasse a pensare che qualcuno si fosse introdotto in casa sua mentre lui dormiva.

Qualcuno chi, poi, si disse.

Poco da scegliere, lei o qualche fantasma.

89.

Parevano proprio tali invece al Semola, fantasmi.

Facile, come aveva fatto il primo seniore Mircelli, chiamarli complici dell'altrettanto fantomatico essere che si era nascosto dietro la firma del maestro. A lui toccava dar loro nome e cognome. E dove andava a cercarli? Senza nemmeno un indizio, una traccia, niente di niente!

Chiusa bottega lunedì a mezzogiorno, salì in casa aspettandosi di trovare musi visto che quand'era sceso la Selina, benché fosse sveglia, non aveva risposto al suo buongiorno conciliante.

Ma la Selina durante il giro della spesa aveva visto nella vetrina del negozio MODE di Vicaria Trivella un delizioso cappellino a cloche, di color ruggine, tanto bello quanto costoso.

Il broncio?

Via subito se voleva che, apriti sesamo!, la borsa di suo marito le finanziasse l'acquisto.

Così il profumo della pasta al sugo quel giorno veniva proprio da casa Semola e la Semolina attese il ritorno del marito con il sorriso sulle labbra.

«Allora, che si dice del maestro Crispini?» buttò lì tanto per rompere il ghiaccio.

«Mmmh», si limitò a bofonchiare il Semola temendo qualche tranello.

«Quindi è proprio innocente.»

«Certo», confermò lui, sempre cauto e impedendosi di dire che lui ne era sempre stato convinto.

«Non è che domani mi ritorna colpevole eh?» trillò la Selina ridendo della sua stessa battuta.

Il Semola guardò la moglie per un istante: a meno che la pasta non fosse avvelenata, cominciò a pensare che forse poteva fidarsi.

«Ma no», fece, «però...»

La Selina gli servì un'abbondante porzione.

«Però?» chiese. E, aggiunse, come mai il suo maritino era così cupo, pensieroso?

«Come potrei non esserlo», rispose lui.

Con quello che giù a Como si aspettavano lui facesse, scoprisse il colpevole o i colpevoli, senza una traccia, un indizio...

«Non ho in mano niente di niente, capisci?»

«Nemmeno quella lettera?» chiese la moglie.

«Che lettera?»

«Come che lettera? Quella incriminata!»

Poteva essere un buon, anche se piccolo, inizio. Studiando la grafia, mostrandola a qualcuno che se ne intendesse, chissà che non saltasse fuori qualcosa di interessante.

Il Semola la guardò.

«Ho detto una sciocchezza forse?» domandò la Selina, pronta a chiedere scusa nel caso, perché già si vedeva allo specchio col delizioso cappellino sul capo.

Il Semola si riscosse.

«Tutt'altro», disse. «Anzi, è una grande idea per cominciare. Perché mai non ci ho pensato subito, chissà dove avevo la testa.»

«O be'», lo consolò la moglie, «con tutto quello che hai da fare.»

E, a proposito di testa.

90.

Contro il muro l'avrebbe sbattuta la perpetua Scudiscia se avesse saputo che sarebbe servito a qualcosa. Soprattutto capire perché certe pecorelle avevano l'abitudine di andare in canonica all'ora di pranzo.

D'altronde Beatrice Cannibale non aveva molta scelta. Visto che l'orario serale, una volta uscita dall'ufficio, era ormai dedicato alla passeggiatina e alle chiacchiere col bel carabiniere, non aveva potuto fare altro che approfittare della pausa di mezzogiorno. E lo fece poiché aveva quella cosa sullo stomaco che si doveva assolutamente togliere se voleva che le ritornasse l'appetito.

«La solita pecorella», comunicò la Scudiscia dopo aver guardato dalla finestra di cucina. E senza attendere risposta: «Sì, lo so, faccio entrare», aggiunse.

Il prevosto la guardò sorridendo.

«La frittata è buona anche se è fredda.»

La perpetua evitò di commentare, tanto c'aveva sempre ragione lui. Chissà, magari era anche scritto nella Bibbia che la frittata, anche se fredda, era buona lo stesso.

Sulla porta Beatrice Cannibale attendeva che il sacerdote la invitasse a entrare.

«Preferite ancora nel mio studio?» le chiese poi.

«Sì», rispose l'impiegata. Perché gli doveva confessare una cosa anche se non voleva una confessione in senso proprio. Ma non ce la faceva a tenersi sul gozzo il pensiero di aver dubitato di lui.

«Oibò!» si stupì il prevosto. «E perché mai?»

Perché, spiegò Beatrice, aveva temuto che, dopo avergli riferito del Crispini e di avere la mezza certezza che nel guaio che gli era capitato ci fosse di mezzo suo padre e i suoi compari, lui avesse raccontato la cosa al Semola. Il dubbio le era venuto quando il segretario era capitato in municipio insieme con due dei suoi con la pretesa che lei lo seguisse.

«Vi chiedo perdono per aver avuto un pensiero così... così cattivo», concluse l'impiegata.

«Chi vi dice che non l'abbia fatto?» chiese, un po' sornione, il sacerdote.

«In verità nessuno», rispose Beatrice. «Ma non sono stupida e ripensandoci... Conoscete una donna che chiamano Carovana?»

«Ossignore!» reagì il prevosto portandosi le mani al viso.

«Ecco, non ha fatto altro che spiarmi in questi giorni», fece Beatrice. «Mi perdonate quindi?»

«Come non potrei?» rispose il sacerdote. «Viviamo tempi oscuri, anche le certezze più salde possono traballare e apprezzo ciò che avete appena fatto. Siete una giovane ben matura per la vostra età. Molto più di vostro padre, se posso permettermi, che non dovrebbe giocare così come ha fatto con la vita degli altri. Se l'ha fatto, beninteso.»

Beatrice fu per dire che ne era certa ma, come a tanti in quella storia, mancavano le prove. Tacque però.

«Bene», disse il prevosto alzandosi. «Ora che siamo in pace tra noi possiamo pensare di dare pace anche allo stomaco. Immagino che anche voi dobbiate...»

Diede uno sguardo all'orologio.

«Il tempo vola», affermò.

Gliene restava per andare a casa a pranzare?, chiese alla giovane, oppure...

«Volete favorire?» chiese.

Per quanto arcigna la sua perpetua era una buona cuoca. E se la conosceva aveva preparato una frittata che avrebbe soddisfatto almeno quattro commensali, come al solito.

«Non vorrei disturbare», si schermì Beatrice.

«Disturbo? Quando mai», la tranquillizzò il prevosto. Se mai, nel caso accettasse l'invito, la pregava di una cortesia, che elogiasse la cuoca, cosa che le avrebbe guadagnato l'eterna simpatia della Scudiscia.

Ma non ci fu bisogno di ricorrere a finzioni. La frittata, oltre che ancora tiepida, era davvero eccellente.

«Ma cosa ci mettete per darle quel saporino?» chiese Beatrice dopo aver vuotato il piatto.

«Un pizzichino di un misto di certe erbette aromatiche», rispose un po' misteriosa la Scudiscia.

«Sarebbe troppo chiedervi la ricetta?» osò l'impiegata.

Le rughe della Scudiscia si stirarono in un sorriso fino a scomparire.

«Mi pare una buona giovane», commentò dopo aver accompagnato alla porta la Cannibale.

«Direi anch'io», concordò il sacerdote.

«Niente a che vedere con il padre.»

«Magari c'è del buono anche in lui», ribatté il prevosto.

Forse la storia della frittata no, pensò la Scudiscia. Ma quell'ultima frase che era uscita dalla bocca del prevosto, quella sì che doveva esserci da qualche parte nella Bibbia.

91.

Da qualche parte, in un altro ufficio, in riunione, in missione, magari, perché no?, anche al casino. Per tre giorni Fulvio Semola aveva cercato di parlare col primo seniore Mircelli per sottoporgli la necessità di avere tra le mani la lettera incriminata, onde esaminarla con attenzione per trarne indizi. Non una volta l'aveva beccato in sede.

Se voleva lasciare detto...

No, aveva sempre risposto. Troppo complicato spiegare e soprattutto pericoloso parlarne senza sapere con chi avesse a che fare all'altro capo del telefono, a rischio di infrangere qualche regola. Il quarto giorno però quello infine rispose.

Solo che...

«Semola, chi?»

«Semola Fulvio, da Bellano», chiarì il segretario.

«E cosa volete?»

Il Semola si schiarì la voce con un secco colpo di tosse.

«Onde permetterci di chiarire il mistero servirebbe avere la lettera incriminata», spiegò attento a essere conciso.

Dopo un istante di silenzio: «Quale mistero?» chiese il Mircelli. «E di che lettera state parlando?»

Al Semola venne il sospetto che gli avessero fatto uno scherzo oppure passata un'altra persona in vece del Mircelli.

«Parlo col primo seniore della Milizia Augusto Mircelli?» chiese a sua volta.

Era proprio lui, in persona.

Nonché incaricato dell'istruttoria da spedire a Roma. Dove però si aspettavano un colpevole accertato, meglio ancora confesso, e prove. In mano cosa aveva invece? Un povero fesso che non c'entrava niente e la convinzione che quell'indagine sarebbe stata solo tempo perso mentre per lui il tempo era prezioso, vista la quantità di impegni che la sua carica imponeva. Quindi, chiusa la pratica Crispini aveva lasciato in sospeso quella contro ignoti.

La lettera incriminata? Era al sicuro.

La giuria del Dopolavoro? Pensasse a fare il suo lavoro, valutasse gli elaborati, compreso quello di quell'apollinaresacazzocosa. Il resto era affare della Milizia, e morta lì.

Ragione per la quale: «Sì», confermò il Mircelli, «sono proprio io».

«Allora», riprese il Semola.

«No», lo interruppe il primo seniore, «allora lo dico io.»

Che il Semola non si preoccupasse di misteri e lettere, lasciasse a lui quel compito. Il suo dovere, proseguì, era quello di fare bene il suo lavoro di segretario di sezione e caporale della Milizia.

«Appunto», interloquì il Semola.

«Sono contento che mi abbiate compreso», fece il Mircelli.

«Quindi, la lettera...» tentò il Semola.

«Vedo che non ci intendiamo», affermò il primo seniore. «Sarò più chiaro.»

Stante la situazione di stallo, lui era passato a occuparsi d'altro. Avrebbe ripreso in considerazione il caso che riguardava una piccola sezione di paese solo se fossero giunte novità.

«Il che significa che vi farete sentire solo se le avrete, prove concrete, nomi, mi spiego?»

«E se non ne dovessi avere?» osò il Semola.

«Vuol dire che non ci sentiremo più», chiuse il Mircelli.

Deposta la cornetta Fulvio Semola volle ripassare la

conversazione appena conclusa. Meglio, forse, tenerla per sé, non farne cenno a nessuno. Perché se davvero da Como non gli avessero più rotto i coglioni e lui, per quanto indagasse, non fosse riuscito ad avere novità…

92.

Il delizioso cappellino della Semolina non sfuggì al controllo delle tre Rovente.

«Bello», commentò l'Italia, ma con fare deluso. Perché non poteva significare altro che i due avevano fatto pace e per un po', chissà quanto, ci sarebbe stata calma piatta e noiosa. D'altronde dopo ogni guerra si apriva sempre un variabile tempo di pace!

La stessa temperatura dell'aria, i colori di cielo e lago, della verzura che rinasceva sembravano invitare alla concordia.

La primavera premeva e con il bel tempo di ritorno aumentavano anche le possibilità che Amedeo Cannibale trovasse un impiego un po' più stabile, cosa che capitò quando l'impresa Orfanelli, incaricata di avviare i lavori della camionabile che avrebbe collegato Bellano a Vendrogno e alla val Muggiasca, lo assunse a tempo indeterminato.

Notizia che rallegrò Beatrice, poiché avrebbe tenuto lontano il genitore da osterie, non proprio sempre e tutte, idee balzane e soprattutto dalla Visitazione, alla quale vennero a mancare nuove armi per ricattarlo.

Che ormai tutte le sere il Beola l'attendesse per accompagnarla a casa fermandosi poi per fare quattro chiacchiere era cosa che il Cannibale s'era costretto a digerire. L'aveva fatto a maggior ragione quando la figlia l'aveva messo a parte di come solo l'intervento dei carabinieri, e nella fattispecie, esagerandone un poco il ruolo, del Beola, aveva risolto la questione Crispini, fermandosi poi senza scavare oltre.

«Ma che intenzioni avete?» aveva cercato di indagare l'uomo.

«Chi vivrà vedrà», era stata la risposta di Beatrice.

Porte aperte insomma a ogni possibile sviluppo.

93.

I

Aperta?

Mercoledì 20 marzo Quirica Chiavarini si meravigliò di trovare così quella di casa Consiglio. A meno che lo stesso Consiglio non fosse in casa, magari malato. Ma per quanto chiamò, nessuno rispose. Per scrupolo guardò in ogni locale. Omario Consiglio non c'era.

Be', si disse, va bene avere fiducia nella gente. Tuttavia le sembrava buona regola quella di chiudere casa ogni volta che si usciva. Ne era convinta, lei come tante altre brave massaie cui non sfuggiva niente, abituate a controllare che nella propria casa tutto filasse liscio.

Gli uomini... gli uomini invece non avevano tutte quelle attenzioni, su tutti coloro che come il Consiglio erano abituati a delegare, trovare la pappa pronta e che a un certo punto, soli, si sentivano spiazzati, disorientati.

Una volta terminato il lavoro, la Quirica pensò bene di andare all'ufficio delle Regie Poste e avvisare l'impiegato della dimenticanza. Due volte necessario farlo, mica voleva che, rientrando, il Consiglio pensasse che fosse stata lei a scordarsi di chiudere.

Al suo ingresso Fiamma Simile e Angioletta Trinca non la degnarono di uno sguardo. La misero nel mirino, con tanto d'occhi e orecchie, solo quando, rivolgendosi all'impiegato, la Quirica chiese: «Posso dirvi una parola?».

«Certo», rispose il Consiglio.

«A quattr'occhi, se possibile», puntualizzò la Quirica. Non voleva che il Consiglio passasse per smemorato davanti alle sue colleghe e nemmeno figurare lei per una che si permetteva di riprendere in pubblico chi le dava da lavorare.

«Cos'è successo, Quirica?» si informò l'impiegato dopo aver chiesto al direttore il permesso di allontanarsi un minuto.

«Niente di grave», rispose lei.

Si era solo dimenticato di chiudere la porta di casa e le era sembrato opportuno farglielo presente. Comunque adesso l'aveva chiusa lei e quindi...

«Ma no, ma no!» la interruppe l'Omario. «Perché l'avete chiusa?»

La Quirica restò un istante senza parole.

«Perché di solito quando non c'è nessuno in casa si chiude, tutto lì», osservò poi.

«Voi non capite», sussurrò Omario Consiglio.

«Cosa ci sarebbe da capire?» s'incuriosì la Quirica.

«Se vi dico una cosa mi promettete di tenerla per voi?» chiese l'impiegato.

«So mantenere i segreti», affermò la Quirica.

E allora eccone uno, disse il Consiglio abbassando la voce.

Perché un paio di settimane prima, in casa sua, anzi, nel salottino dove con la povera Amarena passava un'oretta o due tutte le sere, aveva visto, senza possibilità di dubbi, che qualcuno s'era seduto sulla poltroncina che aveva sempre occupato la sua povera moglie.

«Segni inequivocabili, il telo spiegazzato, il cuscino infossato», spiegò il Consiglio sgranando gli occhi.

E visto che mai più nessuno dopo di lei s'era seduto lì, chi, chi poteva averlo fatto?

«Chi?» insisté il Consiglio.

La Quirica fu lì per dire che era stata lei, ma il Consiglio non gliene diede il tempo.

«Chi, se non lei!»

«Lei... lei?» borbottò la Quirica.

«Lei», confermò l'impiegato.

Tornata per rivedere la sua casa, rivedere lui.

Così, al fine di cogliere i segni di nuove visite, lui aveva rimesso a posto il telo, sprimacciato il cuscino. E lasciata aperta la porta di casa poiché, con quella chiusa, il fenomeno non si era ripetuto.

«Vi ringrazio per la premura quindi», concluse il Consiglio, «ma vi prego fin d'ora di lasciarla aperta. La mia povera Amarena deve avere tutto il comodo di tornare alla sua poltrona ogniqualvolta lo desiderasse. Siamo d'accordo?»

«Come volete», rispose la Quirica.

«Sapete», sussurrò ancora il Consiglio, «da quando è successo quel fatto mi sembra di averla ancora accanto.»

«E io ne sono contenta», disse la Quirica.

«Adesso devo proprio tornare in ufficio», fece il Consiglio, «ma voi usatemi la cortesia di andare ad aprire quella porta. Magari oggi è il giorno buono, chi lo sa.»

Proprio quel giorno, no, rifletté Quirica Chiavarini mentre tornava verso casa. Ma il prossimo mercoledì avrebbe potuto concedersi un quarto d'ora di riposo sulla famosa poltroncina. Lei ai fantasmi continuava a non credere, ma mica poteva impedire che altri invece sì. Soprattutto se la cosa li rendeva così felici.

II

Serrata invece, ben tre mandate, quella di casa Crispini il giovedì seguente. Dentro pure un fastidioso odore di chiuso. Tanto che anche l'aroma di caffè stentava a imporsi. Al rituale solito mancava il calore delle due stufe, ma la temperatura ne aveva ormai archiviata la necessità per il momento.

«Maestro», propose la Quirica, «se posso permettermi, mi sembra il caso di dare un po' di aria a tutta la casa. E che un poco di aria la prendiate anche voi.»

Le sembrava un po' pallido, pure un tantino smagrito.

«Avete mangiato in questi giorni?»

«Ma certo Quirica, mi sono arrangiato con quello che c'era», assicurò il Crispini.

«Ah be'», fece la donna mica tanto convinta sull'entità delle riserve. «E perché non siete uscito a fare una passeggiata?» insisté.

«Uscirò, uscirò, non temete. È che ho avuto un po' da fare», rispose il maestro.

Da fare?, si domandò la Quirica.

E cosa?

Quanto le sarebbe piaciuto chiedere, ma non osò. Già le sembrava di avere esagerato facendogli notare che in casa dominava un certo odore… insomma un musci musci come lo definiva lei.

«Magari fatevela questa mattina una bella passeggiata, mentre io spolvero, riordino, arieggio…» propose.

«Vi ringrazio per la premura», sorrise il Crispini. «Ma come vi ho detto sono un po' occupato. Voi fate come se non ci fossi e per qualunque cosa mi troverete nello studio.»

«Come volete», non restò che concludere alla Quirica.

Ma cosa diavolo avesse di così grosso, di così urgente da averlo tenuto segregato in casa dopo ben altri, e più penosi, giorni di clausura giù a Como, le sarebbe proprio piaciuto saperlo.

Sarebbe bastato domandare.

Ma, le avrebbe risposto?

94.

A domanda il Misfatti rispose subito.

«Eh, il Beola!»

Era ormai sera, il Maccadò gli aveva chiesto dove fosse il carabiniere. E quella era stata la risposta dell'appuntato.

«Eh, il Beola!»

«Cosa significa, Misfatti?» chiese ancora il maresciallo, attento poi a ciò che l'appuntato gli rivelò.

«Ho capito», fece, una volta informato. Si dava il caso allora di dirgli due paroline.

«Quando rientra lo mandi nel mio ufficio.»

«Sarà non prima delle sei e trenta», lo informò il Misfatti.

«Fossero anche le sette meno un quarto», puntualizzò il Maccadò.

Fu invece una via di mezzo. Alle sette meno venti il Beola rientrò in caserma acceso in viso.

«Abbiamo corso?» indagò il Misfatti.

«Eh, sì…» rispose il carabiniere.

Bugia.

Non più di dieci minuti prima, senza fumatrici alla finestra del terzo piano, Beatrice Cannibale gli aveva scoccato un bacetto sulla guancia.

«Riprendi a correre, va'», consigliò il Misfatti, «il maresciallo ha bisogno di te.»

«Il maresciallo?»

«Cos'è», scherzò l'appuntato, «ti sembra strano che in una caserma di carabinieri ce ne sia uno?»

«No, ma...»
«Va', sbrigati! Non si fanno attendere i superiori!»
A due per volta il Beola salì i gradini fino all'ufficio del Maccadò, bussò ed entrò.
«Comandi, maresciallo.»
Il Maccadò lo fissò un istante.
«Beola», partì poi, «mi dicono che continui ad accompagnare a casa la signorina Cannibale. Perfino la domenica. È così?»
Il carabiniere fece un cenno di assenso col capo.
«Io, maresciallo...»
«Rispondimi. È così?»
«Maresciallo, è stato un vostro ordine...»
«Me ne ricordo bene.»
«E...»
«E?»
«Insomma», si risolse il Beola, «non avendo ricevuto ordini contrari, ecco, ho pensato...»
Il Maccadò levò una mano.
«Così sarebbe colpa mia?» chiese.
«Non volevo dire questo, tuttavia...»
«Hai ragione», lo interruppe il maresciallo.
Ogni ordine restava tale fino a che non veniva sospeso o ne veniva dato un altro.
«Da domani ritieniti esentato da quel servizio», comunicò il Maccadò.
«Comandi», rispose il Beola facendo la mossa di andarsene.
«Ma dove vai?» lo fermò il maresciallo.
«Se non c'è altro...» disse il Beola.
«C'è invece», garantì il Maccadò.
C'era, perché, spiegò, lui capiva, non era poi così vecchio d'aver dimenticato gli effetti che una bella giovane faceva su un bel giovane con tanto di divisa.
«Ma, appunto, hai una divisa addosso», osservò il Maccadò.

«Se mi permette, maresciallo, ne sono ben conscio. Conosco il regolamento.»

«E quindi sai», disse il Maccadò.

«So», confermò il Beola.

Il maresciallo approvò.

«Bene», disse. «Perché francamente a me dispiacerebbe perderti, vederti trasferito. Sei un ottimo elemento, prezioso direi. Ma nel caso le cose precipitassero...»

«In quel caso maresciallo sarebbe il primo a saperlo», assicurò il Beola.

«Bravo, così mi piace. E adesso puoi andare», concluse il Maccadò, sorridendo tra sé poco dopo, una volta solo e pensando che quello era un siparietto da raccontare a sua moglie Maristella.

Lo fece quando già erano a letto, scherzando sul fatto che la primavera giocava certi scherzi.

«Non solo al tuo carabiniere», osservò Maristella.

O si era dimenticato che era proprio primavera quando anche lui aveva cominciato a farle gli occhi dolci?

95.

La mattina del 23 marzo il procaccia Erminio Fracacci si trovò in grave difficoltà davanti alla buca delle lettere sita in stazione. Erano da poco passate le sei e le parolacce che gli uscirono di bocca richiamarono l'attenzione di Valerio Primula, gestore del bar della stazione, locale che, tranne la domenica, apriva alle cinque del mattino per fornire caffè, grappa e quant'altro agli operai che si recavano al lavoro a Mandello o Lecco con il primo treno.

«Cosa c'è?» chiese al Fracacci.

C'era che la chiave per aprire lo sportello non entrava. E non entrava, spiegò il procaccia, perché qualche testa di cazzo aveva tappato la serratura con del mastice.

«E adesso?» chiese il Primula.

«Cosa ne so», rispose il Fracacci.

L'unica cosa che poteva fare era avvisare il direttore di quel guaio, non prima delle otto però, facendogli presente che forse era il caso di cambiare quella cassetta, sostituendola con un modello come quello che stava all'angolo di via Cavour, quello che si apriva solo da sotto.

«E che differenza fa?» s'incuriosì il Primula.

«La fa», rispose il Fracacci, brusco. Il perché non era affare del barista.

Vista l'ora, per il momento non gli restava altro da fare che attendere il postale da Milano con la corrispondenza da smistare e poi distribuire. Ritirata quella e giunto in ufficio si diede a ordinarla secondo un criterio topografico che aveva elaborato e raffinato nel tempo, cosa che gli consentiva di ottimizzare il lavoro.

Ma, quando si trovò sotto gli occhi quella lettera…

Intestazione: Dopolavoro Provinciale, via Indipendenza 22, Como.

Destinatario: Apollinare D'Astici, via Manzoni 1, Bellano.

Benché quel nome non gli fosse mai entrato in testa, benché avesse la certezza che l'avrebbe dimenticato nell'arco di un paio di minuti pur avendolo adesso sotto gli occhi, il Fracacci si sentì protagonista di qualcosa di importante, a lungo atteso. E gli tremò la mano al pensiero del momento in cui avrebbe consegnato al maestro Crispini quella busta di cui tanto caldamente gli aveva raccomandato la cura nel caso fosse arrivata.

Adesso era lì, sotto i suoi occhi. E nonostante avesse programmato di avviare il giro partendo da via Carlo Alberto numero 1, la prima, o ultima secondo come la si volesse vedere, casa del comune, posta sul confine tra Bellano e Perledo, decise che per prima cosa avrebbe fatto visita al Crispini.

Caricato il borsone in spalla, salutate la Trinca e la Simile, il direttore non era ancora arrivato, l'Erminio giudicò opportuno attendere ancora un po' prima di recarsi a casa del maestro. Non voleva rischiare di trovarlo mezzo addormentato, col pericolo di non venire ringraziato come sentiva di meritare e soprattutto di non ricevere la bella mancia promessa.

Il caffè dell'Imbarcadero gli parve l'area di sosta migliore per far passare il tempo. Certo l'osteria del Ponte gli sarebbe venuta più naturale. Era già aperta. Ma lì, vedendolo entrare, l'oste Molina gli avrebbe messo sotto il naso, senza bisogno di chiedere, una grappa, e lui non avrebbe resistito. Il Gnazio Termoli invece, poiché non era cliente abituale, gli domandò cosa gradisse e lui, benché sforzandosi, rispose: «Caffè».

Il maresciallo Maccadò, che stava alla finestra, non lo considerò nel conto che compilava al solito prima di scendere a sua volta. Ritenne un addendo invece il Fulvio Semola che, con tanto di divisa, entrò poco dopo il Fracacci.

Divisa?, si chiese il Maccadò. E perché mai?

Era la stessa domanda che aveva posto la Selina.

«Vedo che abbiamo la memoria corta», aveva risposto il Semola.

«Invece di fare lo scemo spiegami il perché», aveva ribattuto lei, la voce già alterata.

L'Italia Rovente aveva subito allertato le sorelle. Poteva essere che la pace immaginata fosse lì per essere violata.

Infatti!

«Oggi è il 23 marzo», aveva risposto il segretario.

«Ah, ecco!» aveva scherzato la Selina. «Ecco perché ieri era il 22 e domani sarà il 24!»

«Bestia che sei», aveva gridato il Semola.

«Senti chi parla», aveva replicato lei.

«Ven-ti-tré mar-zo!» aveva sillabato lui strozzandosi.

Sedicesimo annuale della fondazione dei Fasci di combattimento!

E lui quale segretario doveva avvisare tutti i locali pubblici dotati di apparecchio radiofonico di sintonizzarsi alle ore venti e trenta per ascoltare e far ascoltare il discorso di Sua Eccellenza Costanzo Ciano, presidente della camera dei deputati, che l'EIAR avrebbe trasmesso quella stessa sera.

«Quindi, adesso che lo sai, taci e passami la divisa», aveva concluso il Semola.

«Ma certo», non s'era piegata la Semolina, «adesso che lo so mi sento molto meglio.»

E la divisa, se la voleva, era sempre allo stesso posto, nell'armadio di camera.

Un'anta, pam!, si aprì e, pam!, poi si richiuse sotto le manate del segretario.

Che: «Mi raccomando», disse al Termoli dopo aver bevuto il caffè e uscendo.

«Come no», fece il Gnazio.

Dopodiché, una volta solo, schiacciò l'occhio al procaccia.

«Cos'è che c'è stasera alla radio?» chiese questi.

«L'operetta», rispose il Gnazio.

«Ah!» fece il Fracacci. Gliene fregava niente.

L'ora, piuttosto: guardò, le otto e trenta.

«Mi sa che devo andare», disse.

«Buon lavoro», augurò il Termoli mettendosi alla macchina del caffè e preparando il quarto della mattina che versò dritto nel lavandino.

Mentre il Fracacci imboccava via privata dell'Achille per raggiungere casa Crispini, l'oste uscì sulla porta del locale e aprì la mano verso la finestra dietro la quale stava il maresciallo.

Cinque!

Era pronto per il quinto caffè della giornata, quello che avrebbe soddisfatto il palato del Maccadò.

Fiorentino Crispini, nonostante i dubbi del procaccia, era seduto alla sua scrivania già da oltre un'ora. Scriveva, prendeva appunti, si fermava a riflettere passeggiando nel suo studio e poi tornando a sedere per riprendere la penna in mano.

Da che era tornato a casa non aveva fatto altro, quello l'impegno di cui aveva accennato alla Quirica e che l'aveva costretto a segregarsi in casa. Perché aveva capito di avere finalmente in mano il romanzo tanto atteso, la materia che per anni aveva inseguito invano. Cosa c'era di meglio se non raccontare la sua disavventura? Romanzandola come si conveniva, con belle invenzioni laddove c'erano punti oscuri. Un poetastro invidioso della sua penna, per esempio, il vero colpevole, che aveva cercato di colpirlo alle spalle. E la Milizia? Be', la Milizia mica s'era lasciata ingannare. Conosceva alla perfezione l'eccellenza del suo curriculum. E se l'aveva tenuto in carcere per qualche giorno, era stato solo per tendere un tranello all'infame che, sentendosi al sicuro, aveva commesso il passo falso che ne aveva svelata l'identità. Già immaginava il gran finale, l'ignobile apologeta arrestato e lui che gli cedeva il posto in cella. Per quella storia, quella sì una vera apologia e non certo di attentati, aveva concepito anche un bel titolo: *Nom de plume*. E sulla scrivania, tra appunti e mezzi capitoli, aveva accumulato un sacco di materiale da sviluppare. Per quello doveva stare concentrato, nessuna distrazione e...

Drin, drin!

Ecco, appunto...

Chi mai a quell'ora andava a suonare alla sua porta?

«Fracacci?» si sorprese.

«Maestro!» salutò il procaccia.

Faccia a faccia, come duellanti, l'uno fermo sulla soglia in attesa dell'invito a entrare, l'altro pure lui fermo ansioso di sapere cosa ci facesse lì l'Erminio per poi tornare al lavoro interrotto.

Toccò al Crispini rompere gli indugi.

«Dimmi, Erminio.»

Il Fracacci pensò che forse il maestro non si aspettava una simile sorpresa. Ma dopo, una volta che gli avesse mostrato la lettera, allora sì che l'avrebbe fatto entrare, gli avrebbe offerto da bere, un cognacchino che non avrebbe rifiutato, e poi anche sganciato la mancia promessa.

Con gesto lento Erminio Fracacci infilò la mano nella tasca della giacca dove aveva nascosto la lettera.

«È solo per consegnarvi questa», disse, sminuendo apposta quello che invece doveva essere uno storico momento.

Fiorentino Crispini prese la busta.

Il procaccia ne scrutò la mimica.

Certo, pensò, poteva essere la sorpresa, ma non gli parve che l'espressione del maestro fosse di felicità.

Letto l'indirizzo, vista l'intestazione, il maestro guardò il Fracacci.

«Perché?» chiese poi volgendo lo sguardo oltre la testa del procaccia.

Tutto ciò che gli era capitato gli tornò all'improvviso alla mente, e senza fare romanzi. Tornò, viva più che mai, la sensazione di essere caduto in una trappola infernale, senza via d'uscita, senza possibilità di difendersi, nessuno che gli voleva credere o ascoltare. Si poteva fare romanzo di tutto ciò?

Sì, certo, ma…

«Perché cosa, maestro?» interloquì il Fracacci un po' in imbarazzo davanti al silenzio del Crispini.

«Perché la consegni a me», disse allora il maestro.

Il procaccia si strinse nelle spalle.

«Be', maestro, quello lì…»

Quello lì scritto sulla busta, quel nome, se l'era già dimenticato, però conservava ancora il biglietto, sempre più voncio…

«Eccolo, l'avete scritto voi, così non mi dimenticavo», concluse tendendolo al Crispini.

«Fatemi un po' vedere», disse il maestro, e senza nemmeno guardare lo fece a pezzettini.

«Ma, maestro…» balbettò il procaccia.

«Erminio, ti sei dimenticato come mi chiamo?» chiese il Crispini. «Sono forse io questo Apollinare D'Astici?»

«Se me l'avete detto voi…» quasi piagnucolò il procaccia che non capiva.

«Non puoi capire», confermò il Crispini. «Ti chiederei però di fare il tuo lavoro.»

«È quello che sto facendo», affermò con sicurezza il Fracacci.

«No, invece. Cosa si fa quando non si conosce il destinatario di una lettera?»

«La si rimanda al mittente, scrivendoci sopra destinatario inesistente», rispose il procaccia.

Ma dove voleva andare a parare il maestro?
«Appunto», giunse la risposta.
Nessun Apollinare D'Astici abitava in via Manzoni numero 1.
«Di conseguenza...»
«Davvero volete che la rimandi al mittente?» chiese il procaccia.
«Erminio, io sono il maestro Fiorentino Crispini, punto e basta.»
«Chi vi capisce è bravo», mormorò il Fracacci.
Il Crispini sorrise.
«E adesso, se mi permetti...»
Chiusa la porta il procaccia restò impalato un buon minuto.
Nessuna festa, niente mancia.
Nemmeno il cognac, l'unica cosa cui rimediò di persona andando subito all'osteria del Ponte con quella lettera, che conteneva i complimenti per il *Carme Italico* aggiudicatosi la seconda piazza, ancora in tasca.
Fiorentino Crispini invece era tornato nel suo studio. Forse, stava pensando, avrebbe fatto bene a ritirarla quella lettera e stracciarla, così come stava facendo con tutti gli appunti e i mezzi capitoli che aveva accumulato in quei giorni.
Sciocco che sono, mormorò.
Come poteva aver pensato, dopo ciò che aveva passato, di scrivere un'apologia di un regime che l'aveva così maltrattato?
La verità nuda e cruda piuttosto!
Certo, così facendo non poteva sperare di averne gloria, avrebbe dovuto attendere che i tempi cambiassero. E se non fossero cambiati in fretta gli sarebbe toccato di sperare in quella postuma. Un'idea tutto sommato affascinante, la gloria dei migliori, quella che spettava a coloro che in vita non erano stati compresi.
Aveva ormai finito di stracciare tutti gli appunti e ri-

fletté che l'unica cosa buona di tutto quell'inutile lavoro era il titolo immaginato.

«Nom de plume.»

Mica male.

Però, ripensando alla visita del Fracacci, a quella lettera che sarebbe ritornata al mittente…

«Destinatario inesistente», disse ascoltando il suono delle sue parole.

Non male nemmeno questo.

Va be', ci avrebbe pensato, ne aveva tutto il tempo.

EPILOGO

A un mese dalla felice conclusione della vicenda solo pochi se ne ricordavano. Tra costoro, primo fra tutti, il maestro Fiorentino Crispini, totalmente immerso nella nuova stesura del suo romanzo, a cui si dedicava subito dopo il quotidiano appuntamento col marsalino, interrompendosi solo per brevi passeggiate allo scopo di dare ossigeno alle idee. Pure la Quirica non aveva scordato la disavventura del maestro e, seppur tacendo, quando il giovedì andava a casa sua lo sguardo le si illanguidiva fin quasi a velarsi di lacrime al pensiero che, fosse andata in altro modo, non avrebbe potuto vederlo come adesso, alla scrivania, chino sulle sue carte.

Anche il maresciallo Maccadò e l'appuntato Misfatti di tanto in tanto si ritrovavano a ricordare la storiaccia quando all'uno o all'altro capitava di incrociare il Crispini.

Al Semola talvolta tornava alla memoria, ma la scacciava d'un subito con un'alzata di spalle.

Che invece fosse ancora ben presente alla signora Misfatti fu una vera sorpresa per suo marito l'appuntato.

«State forse perdendo colpi in caserma?» se ne uscì a chiedere una sera dopo cena.

Il Misfatti piegò la testa di lato, corrugò la fronte, socchiuse gli occhi prima di parlare.

«Cosa ti salta in testa?» chiese poi.

«Il Crispini», rispose lei.

«Il maestro? E che c'entra?»

«L'avete tirato fuori dai guai», rispose la moglie.

«E allora?»

«Ma avete lasciato il lavoro a metà», concluse la Misfatti.

«A metà?» si meravigliò l'appuntato.

«Chi ce l'ha messo in quei guai?» domandò a sua volta lei.

L'appuntato rimase in silenzio.

«Vedi che non lo sapete!»

«Ti ho già spiegato...» attaccò l'uomo.

«Lo so.»

Glielo aveva già spiegato che i carabinieri non erano un servizio di spionaggio al soldo della Milizia.

«E fino a qui sono d'accordo», aggiunse la donna. «Ma un bravo carabiniere vuole vederci chiaro fino in fondo. O no?»

Il Misfatti ebbe un contenuto gesto di nervoso.

«Arriveresti al dunque?» chiese.

«Se vi sta bene ignorare chi è stato...» rispose lei.

E su quei tre puntini si chiuse la serata, perché la signora Misfatti cominciò a sparecchiare e rassettare la cucina mentre l'appuntato si sedette in poltrona a rimuginare sullo scambio di battute appena concluso.

Avevano davvero lasciato le cose a metà, come sua moglie aveva detto a chiare lettere? Forse sì, ma per l'ottima ragione di non collaborare con la Milizia. Era anche vero che con un piccolo passo in più certi sospetti avrebbero potuto diventare certezze. Magari, rifletté, un piccolo passo, non del tutto, non proprio ufficiale. Un'iniziativa, come definirla?, privata.

Così, dopo averci dormito sopra, il giorno dopo, domenica, uscì da casa al solito orario benché non fosse di servizio. Alla moglie che gli chiese dove stesse andando rispose che doveva fare quattro chiacchiere con una certa persona. Non le disse che stava andando da Amedeo Cannibale che, quando se lo trovò davanti, restò di stucco, soprattutto perché il Misfatti non indossava la divisa. Fu l'appuntato il primo a parlare.

«Vostra figlia è in casa?» chiese.

«Cosa volete da mia figlia?» ribatté il Cannibale.

«Rispondete.»

«No.»

«Bene, allora posso entrare?» chiese ancora il Misfatti.

«Entrare per fare che, se è lecito?» obiettò l'Amedeo.

«Parlare a quattr'occhi», chiarì l'appuntato.

«E di cosa?» indagò il Cannibale sempre fermo sulla soglia.

«Del Crispini! di cos'altro se no?» fu la risposta.

«Ancora? Ma...»

«Fatemi entrare, siate ragionevole. Sarà meglio per voi», consigliò il Misfatti.

Al Cannibale sfuggì un sospiro. Ma si girò e senza parlare si avviò verso la cucina seguito dal carabiniere fuori servizio.

«Posso sedermi?» chiese poi questi.

«È cosa lunga?» volle sapere Amedeo Cannibale.

«Dipende», rispose il Misfatti accomodandosi e poi invitando con un gesto il padrone di casa a fare altrettanto.

«Allora, cosa c'è?» volle stringere il Cannibale.

«E, caro mio, novità», divagò il Misfatti.

«Di che genere?»

L'appuntato sventolò una mano per aria, così così.

Perché il maestro Fiorentino Crispini, cominciò a spiegare mentre nella sua mente prendeva forma la signora Misfatti seduta a tavola di fronte a lui, il maestro Fiorentino Crispini giusto la sera prima gli aveva sottoposto una questione per averne un parere onde decidere sul da fare.

«Non capisco», disse il Cannibale inserendosi in una pausa a effetto del Misfatti.

«Ci arrivo», riprese l'appuntato.

Ciò che il Crispini voleva sapere, riprese a spiegare, era se a suo giudizio valesse la pena di sporgere una denuncia contro ignoti per ciò che gli era capitato.

Il Cannibale cominciò a oscurarsi in viso.

«E?»

«E...» fece il Misfatti sospirando.

Amedeo Cannibale doveva comprendere, spiegò, che se fosse partita una denuncia siffatta, loro carabinieri a quel punto sarebbero stati obbligati a procedere. E secondo lui, chiese l'appuntato, da dove sarebbero partiti?

Il Cannibale era in attesa, silenzioso.

«Ma dall'unico sospettato, no?» sparò il Misfatti.

«E chi sarebbe?» chiese, deglutendo, il padrone di casa.

«Me lo chiedete anche?» sorrise l'appuntato.

«Io?» fece l'Amedeo.

«Chi altri!»

«E che ne so, vedetevela voi», ribatté strafottente il muratore.

«Sto cercando di farla breve, ma se preferite posso recuperare il documento originale», mentì il Misfatti, consapevole che dalla Milizia sarebbe stato molto difficile ricevere la lettera con la poesia blasfema, «e da quello, analizzando la grafia, arrivare all'autore», concluse puntando il dito verso il Cannibale.

«Toccherebbe a me, nel caso, pagare per tutti?» fece quello con voce malferma.

«Tutti?» sussurrò il Misfatti assumendo a bella posta un'espressione di sorpresa.

Amedeo Cannibale aveva la bocca semiaperta.

«A me...» bofonchiò poi.

A lui era solo venuta l'idea di combinare quello scherzo al Crispini...

«Scherzo?» domandò il Misfatti.

...sì, insomma, l'intenzione era quella...

«Proprio un bello scherzo!» commentò l'appuntato.

...forse aveva fatto l'errore di parlarne con gli altri tre...

«Tre?»

...sì, tre, una sera all'osteria, e poi si sapeva come andavano quelle cose...

«Veramente non saprei», chiosò il Misfatti.

...e alla fine avevano messo giù quella specie di poesia, scritta un po' per uno, così, perché ognuno aveva fatto la sua parte...

«Ho capito», sbottò ridendo l'appuntato, «uno per tutti, tutti per uno, come i quattro moschettieri!»

Il Cannibale invece non rise.

«Ammettendo che voi siate D'Artagnan», proseguì poi il Misfatti ritornato serio, «gli altri tre chi sono?»

«Se parlo cosa succede?» volle sapere il Cannibale.

«Dipende da cosa consiglierò di fare al Crispini.»

Il Cannibale si grattò la testa. Poi sparò i nomi.

«Così mi piaci», apprezzò il Misfatti passando al tu apposta.

Sì, però...

«E adesso?» si affrettò a chiedere Amedeo Cannibale.

L'appuntato si prese una pausa prima di rispondere.

«Be'...» fece.

Pausa.

«Insomma...»

Altra pausa.

«Ecco», si decise infine, «considerato che la maggior parte delle denunce contro ignoti va a finire in niente. Ma...»

Ancora una pausa.

«Ma?» s'innervosì il Cannibale.

«Ma soprattutto», riprese il Misfatti, «considerato che non ho visto il Crispini ieri sera e men che meno ho ricevuto da lui una richiesta del genere, credo che non succederà niente.»

Il Cannibale si irrigidì.

«Quindi siete venuto in casa mia a fare una sceneggiata, a raccontarmi una balla, mi avete ingannato...»

«Esatto!» sillabò il Misfatti. «E voi siete caduto nella trappola come una pera.»

Amedeo Cannibale emise una specie di singulto.

«E perché?» chiese.

«Così. Ma è abitudine di noi carabinieri non lasciare le cose a metà e da qualche giorno una vocina mi stava dicendo che nella faccenda del Crispini c'era ancora qualcosa in sospeso. Adesso invece sono tranquillo», spiegò il Misfatti.

«E io?» fece il Cannibale.

Poteva stare tranquillo anche lui?

«Direi sì. Voi e anche gli altri tre moschettieri. A patto che non combiniate altre minchiate del genere però. Mi sono spiegato?»

«Sì», mormorò il Cannibale.

«Bene», fece il Misfatti. «Allora vi auguro una buona giornata e vi lascio in pace», salutò.

Più tardi avrebbe riferito al maresciallo Maccadò, ma così, giusto per mettere il coperchio sulla pentolaccia maleolente di quella vicenda.

Doveva fare un'altra cosa adesso. Tornare a casa e mettersi di fronte a sua moglie.

«I carabinieri non lasciano le cose a metà», le disse non appena entrato.

La signora Misfatti lo guardò un solo istante.

«Nemmeno le donne di casa», rispose poi.

Doveva sbattere il tappeto del salotto, infatti, arieggiare la camera da letto e poi uscire per fare la spesa. Insomma, non aveva tempo per lui. Lo avrebbe ascoltato dopo.

«Adesso», concluse, «sciò!»

I personaggi di *Un bello scherzo*

Anfuso, anziano notaio di Bellano
Avanotti Sensorio, responsabile delle pagine Cultura e Spettacolo del quotidiano «La Provincia-Il Gagliardetto» e membro della giuria del concorso indetto dal Dopolavoro Provinciale
Avventati Soporina, moglie maleolente dell'orafo Avventati
Avventati, orafo di Bellano
Benedetto, figlio quinquenne della vicina di casa dei Misfatti
Beola, carabiniere scelto in servizio presso la caserma di Bellano
Bereghetti Fievole, madre di Selina Semola e suocera particolarmente ostile
Berté, scritturale di pretura bellanese
Bertinati Michele, miliziano bellanese
Cadenazzi Chiarino, bellanese uso a sottoporre al maresciallo Maccadò questioni con i suoi vicini di casa
Cannibale Amedeo, muratore bellanese, vedovo e padre della scritturale Beatrice nonché accanito oppositore di miliziani, preti e carabinieri
Cannibale Beatrice, giovane e graziosa scritturale impiegata presso il municipio di Bellano, ammirata dal maestro Crispini per la sua bella grafia e dal carabiniere Beola per le altre sue doti
Canovaccio, sgarbato camerata della caserma De Salustis di Como
Capuano, comandante interinale di tenenza in servizio presso la compagnia dei carabinieri di Como
Carambola Gino, miliziano bellanese
Carpignati Fusagna, ex fiduciaria del Fascio femminile di Bellano, ora sposatasi e ritiratasi a vita privata
Cestinati, avvocato bellanese di belle speranze
Chiavarini Levantina, madre di Quirica

Chiavarini Quirica, donna di servizio a domicilio, dopo uno scontro con Soporina Avventati svolge il suo lavoro solo in case abitate da vedovi e celibi

Consiglio Omario, impiegato anziano presso le Regie Poste bellanesi, da poco vedovo della moglie Amarena Particola della quale è incline a vedere il fantasma

Crispini Fiorentino, ex maestro elementare di Bellano, corrispondente del quotidiano «La Provincia-Il Gagliardetto» e autore della poesia *Carme Italico* sotto il nom de plume Apollinare D'Astici

D'Alessandro Carmine, maresciallo dei carabinieri in servizio presso la caserma di Como, vecchia conoscenza dell'appuntato Misfatti

Debouché Aiace, ex farmacista a Bellano ora trapiantato a Mendrisio

Del Negro Esterina, delegata provinciale dei Fasci femminili e membro della giuria del concorso indetto dal Dopolavoro Provinciale

Diaframma Callisto, tenore di chiara fama scelto per interpretare la canzone vincitrice del concorso indetto dal Dopolavoro Provinciale

Febbrili, disegnatore meccanico bellanese

Fiaccoletta, proprietario dell'osteria situata nel piazzale dietro il santuario di Lezzeno

Fiorenzo, giovane fante caduto sul monte Rombon nel 1917, perduto amore di Italia Rovente

Fracacci Erminio, portalettere di Bellano uso a concedersi svariate soste in osteria

Gigiò Quinto, gestore dell'osteria del Cantinone, noto ai più per certe caratteristiche, tra le quali una forma diagnosticata di priapismo, che gli sono valse i favori della moglie Serena Visitazione

Lastrico Chiniglio, direttore dell'ufficio delle Regie Poste di Bellano

Lesti, medico condotto di Bellano

Maccadò Carmine, secondogenito treenne dei Maccadò

Maccadò Ernesto, maresciallo dei carabinieri in servizio presso la caserma di Bellano

Maccadò Maristella, moglie del maresciallo Maccadò e madre di Rocco, Carmine e Salvatore

Maccadò Rocco, figlio primogenito dei Maccadò
Maccadò Salvatore, ultimogenito dei Maccadò
Mallevati Oreste, amico di Amedeo Cannibale particolarmente abile nel parodiare le canzoni del regime
Mannu, brigadiere in servizio presso la caserma di Bellano
Menabrino Cirico, segretario comunale di Bellano
Meridio, vinaio bellanese
Minuziosi Ippolito, autore del manuale *Il bello scrivere* che tante volte ha soccorso il maestro Crispini durante le sue lezioni di calligrafia
Mirabola Cinghia, segretaria del Fascio femminile bellanese
Mircelli Augusto, primo seniore della Milizia incaricato di istruire la pratica Crispini
Misfatti, appuntato dei carabinieri in servizio presso la caserma di Bellano
Misfatti, signora, moglie dell'appuntato Misfatti
Molina, proprietario dell'osteria del Ponte
Mongatti, podestà di Bellano
Oggidì, elettricista, ideatore del «lampione futurista» che illumina il molo di Bellano
Particola Amarena, defunta moglie di Omario Consiglio con apparenti propensioni fantasmatiche
Piccionati Candida, addetta all'anagrafe presso il municipio di Bellano
Primula Valerio, mattiniero gestore del bar della stazione di Bellano
Quinqui Fabricio, delegato provinciale dei Fasci di combattimento e presidente della giuria del concorso indetto dal Dopolavoro Provinciale
Rovenio Cirillo, miliziano bellanese
Rovente Fiamma, inappellabilmente zitella per via della sua non comune bruttezza, vende porta a porta gli articoli confezionati dalla sorella Italia
Rovente Italia, zitella di lungo corso dopo la prematura dipartita in guerra del grande amore Fiorenzo, gestisce una proficua attività domestica di confezionamento di tovaglie e simili
Rovente Maddalena, zitella al pari delle sorelle Italia e Fiamma dopo un tentativo fallimentare di abbracciare la vita monastica
Schifagni Idilio, di Lezzeno, defunto padre del Fiaccoletta
Scialino Maurilio, grecista, membro della giuria del con-

corso indetto dal Dopolavoro Provinciale

Scudiscia, perpetua di Bellano

Semola Fulvio, segretario della sezione bellanese del Partito nazionale fascista, caporale della Milizia e pro prietario dell'omonimo laboratorio fotografico

Semola Selina, moglie di Fulvio Semola

Simile Fiamma, impiegata presso l'ufficio postale bellanese

Stabilini, bellanese finito nel mirino di Amedeo Cannibale per aver fatto allusioni sulla figlia Beatrice

Strozzi, battellotto di Bellano

Sussi Armenio, miliziano bellanese

Tabarelli Querulo, compositore e membro della giuria del concorso indetto dal Dopolavoro Provinciale

Termoli Damina, indomita moglie di Gnazio

Termoli Gnazio, proprietario del caffè dell'Imbarcadero di Bellano

Trinca Angioletta, impiegata presso l'ufficio postale bellanese

Tringali Casanova, presidente del Tribunale speciale per la difesa dello Stato con sede in Roma

Trivella Vicaria, proprietaria del negozio MODE di Bellano

Ussubìu, capostazione bellanese

Varvarini, pescatore di Bellano

Visitazione Serena, detta Carovana, moglie di Quinto Gigiò e come lui disinibita e libertina; con inestinguibile passione adesca compagnie facendo anche leva, talvolta, su scambi di informazioni

Zoppicò Serafino, delegato degli Arditi e membro della giuria del concorso indetto dal Dopolavoro Provinciale

Andrea Vitali

LA SIGNORINA TECLA MANZI

Siamo negli anni Trenta, all'epoca del fascismo più placido e trionfante. Nella stazione dei Carabinieri di Bellano, sotto gli occhi del carabiniere Locatelli (bergamasco), rivaleggiano il brigadiere Mannu (sardo) e l'appuntato Misfatti (siciliano). Un'anziana signora, «piccola, vestita con un cappotto grigio color topo, una borsetta tenuta con due mani all'altezza dello stomaco», vuole a tutti i costi parlare con il maresciallo Maccadò. La donna – anzi, la signorina Tecla Manzi – è venuta a denunciare un furto improbabile: il quadretto con il Sacro Cuore di Gesù che teneva appeso sopra la testata del letto. Inizia così una strana indagine alla ricerca di un oggetto senza valore, che porta alla luce una trama di fratelli scomparsi e ricomparsi, bancari e usurai, gerarchi fascisti e belle donne, preti e contrabbandieri.

Andrea Vitali

OLIVE COMPRESE

Quattro ragazzi di paese, una banda di «imbecilli», stanno mettendo a soqquadro l'intera Bellano. Naturalmente finiscono subito nel mirino del maresciallo Ernesto Maccadò, che avverte le famiglie gettandole nel panico. A far da controcanto, la sorella di uno di loro: la piccola, pallida, tenera Filzina, segretaria perfetta che nel tempo libero si dedica alle opere di carità: ma anche lei, come altre eroine di Vitali, finirà per stupirci. Tutto intorno si muove come un coro l'intera cittadina: il prevosto e i carabinieri, il podestà e la sua stranita consorte, la filanda con i suoi dirigenti e gli operai. E la Luigina Piovati, meglio nota come l'Uselànda (ovvero l'ornitologa...); Eufrasia Sofistrà, in grado di leggere il destino suo e quello degli altri; e una vecchina svanita come una nuvoletta, che suona al pianoforte l'*Internazionale* mentre il Duce conquista il suo Impero africano...

Andrea Vitali

LA MODISTA

Nella notte hanno tentato un furto in comune, ma la guardia Firmato Bicicli non ha visto nulla. Invece, quando al gruppetto dei curiosi accorsi davanti al municipio s'avvicina Anna Montani, il maresciallo Accadi la vede, eccome: un vestito di cotonina leggera e lì sotto pienezze e avvallamenti da far venire l'acquolina in bocca. Da quel giorno Bicicli avrà un solo pensiero: acciuffare i ladri che l'hanno messo in ridicolo e che continuano a colpire indisturbati. Anche il maresciallo Accadi, da poco comandante della locale stazione dei carabinieri, da quel momento ha un'idea fissa. Ma intorno alla bella modista e al suo segreto ronzano altri mosconi: per primo Romeo Gargassa, che ha fatto i soldi con il mercato nero durante la guerra e ora continua i suoi loschi traffici; e anche il giovane Eugenio Pochezza, erede della benestante signora Eutrice nonché corrispondente locale della «Provincia».

Dal catalogo
Garzanti

Andrea Vitali

ALMENO IL CAPPELLO

Ad accogliere i viaggiatori che d'estate sbarcano sul molo di Bellano dal traghetto *Savoia*, c'è solo la scalcagnata fanfara guidata dal maestro Zaccaria Vergottini, prima cornetta e direttore. Un organico di otto elementi che fa sfigurare l'intero paese, anche se nel gruppetto svetta il virtuoso del bombardino, Lindo Nasazzi, fresco vedovo alle prese con la giovane e robusta seconda moglie Noemi.
Per dare alla città una banda come si deve ci vuole un uomo di polso, un visionario che sappia però districarsi nelle trame e nelle inerzie della politica e della burocrazia.
Un insieme di imprevedibili circostanze può forse portare verso Bellano il ragionier Onorato Geminazzi, che vive sull'altra sponda del lago, a Menaggio, e con lui la speranza di fondare finalmente il Corpo Musicale Bellanese.

Andrea Vitali

LA MAMMA DEL SOLE

A Bellano sbarca un'anziana donna: sta cercando il vecchio parroco, don Carlo Gheratti. Attraversa a fatica il paese arso dalla canicola estiva, prima di scomparire nel nulla. Quando arriva la notizia che manca una delle ospiti del Pio Ospizio San Generoso di Gravedona, sulle due rive del lago i carabinieri iniziano a indagare.
Un secondo enigma segna l'estate del 1933. Dietro pressante richiesta del Partito e della Prefettura, i carabinieri devono raccogliere informazioni su una «celebre» concittadina, Velia Berilli, madre di quattordici figli, tra legittimi e illegittimi. Perché mai Velia Berilli è diventata così importante?
Due misteri, insomma, cui si aggiunge un altro problema: in caserma si è rotto il vetro del bagno, e aggiustarlo non sarà semplice...
Ancora una volta, le pagine di Vitali si animano di una piccola folla di comprimari e protagonisti, tra i quali non possono mancare i carabinieri della locale stazione: il maresciallo maggiore Ernesto Maccadò, l'appuntato Misfatti, il brigadiere Mannu e il carabiniere Milagra.

Andrea Vitali

GALEOTTO FU IL COLLIER

Lidio Cerevelli è figlio unico di madre vedova.
Un bravo ragazzo, finché alla festa organizzata
al Circolo della Vela non arriva Helga: bella, disinibita
e abbastanza ubriaca. Prima che finisca la cena,
sono in riva al lago: una notte indimenticabile.
Lirica, la severa madre di Lidio, abile e ricca
imprenditrice dell'edilizia, ha vedute molto diverse.
Suo figlio deve trovare una moglie «made in Italy»,
una ragazza come si deve. Ma forse Lidio ha trovato
il modo per uscire dalla trappola e realizzare tutti
i suoi sogni: durante un sopralluogo per un lavoro
di ristrutturazione, in un muro maestro scova
un gruzzolo di monete d'oro,
nascosto chissà da chi e chissà quando.
Sono l'assicurazione per un futuro radioso
o l'inizio di un mare di guai?

Dal catalogo

Garzanti

Andrea Vitali

UN BEL SOGNO D'AMORE

Bellano, febbraio 1973: gira voce che presso il cinema della Casa del Popolo verrà proiettato *Ultimo tango a Parigi.* In paese si scatena una guerra senza frontiere tra gli impazienti che fantasticano sulle vertiginose scene di nudo che ci si aspetta di vedere sullo schermo e coloro che pretendono di evitare una simile depravazione, e snocciolano rosari a raffica. I tempi però sono cambiati e nulla può fermare il «progresso», né intralciare gli affari di Idolo Geppi, gestore del cinema, che ha già provveduto a maggiorare i prezzi dei biglietti. Anche Adelaide, giovane e volitiva operaia del cotonificio, vuole approfittare dell'occasione. Mette con le spalle al muro Alfredo, il fidanzato eternamente indeciso: o la porterà al cinema o lei ci andrà lo stesso, magari con Ernesto, che le ha già messo gli occhi addosso e che a lei non dispiace neanche un po', per quanto sia una testa matta e finirà presto per mettersi nei guai.

Andrea Vitali

QUATTRO SBERLE BENEDETTE

In quel fine ottobre del 1929, a Bellano non succede nulla di che. Ma se potessero, tra le contrade volerebbero sberle, eccome. Se le sventolerebbero a vicenda il brigadiere Efisio Mannu, sardo, e l'appuntato Misfatti, siciliano, che non si possono sopportare e studiano notte e giorno il modo di rovinarsi la vita l'un l'altro. E forse c'è chi, pur col dovuto rispetto, ne mollerebbe almeno una al giovane don Sisto Secchia, il malmostoso coadiutore del parroco arrivato in paese l'anno prima e che sembra un pesce di mare aperto costretto a boccheggiare nell'acqua chiusa e insipida del lago. E poi ci sono sberle più metaforiche, ma non meno sonore, che arrivano in caserma nero su bianco. Sono quelle che qualcuno ha deciso di mettere in rima e spedire in forma anonima ai carabinieri, forse per spingerli a indagare sul fatto che a frequentare ragazze di facili costumi, in quel di Lecco, è persona che a rigore non dovrebbe. D'accordo, ma quale sarebbe il reato? E chi è l'anonimo autore delle missive? Ma, soprattutto, con chi ce l'ha?

Andrea Vitali

BIGLIETTO, SIGNORINA

Alla stazione ferroviaria di Varenna c'è trambusto. È stata beccata una passeggera senza biglietto. E senza un quattrino per pagare la multa. Ma non parla bene l'italiano, e capire cosa vuole è un bel busillis. Ora il capostazione si trova lì, nel suo ufficetto, con davanti Marta Bisovich. Bella, scura di carnagione, capelli corvini, dentatura perfetta, origini forse triestine, esotica e selvatica da togliere il fiato. Siamo nel giugno del 1949, e sul lago di Como, in quel di Bellano, tira un'aria effervescente di novità. Ci sono in ballo le elezioni del nuovo sindaco, e le varie fazioni si stanno organizzando per la sfida nelle urne. Su tutte, la Dc, fresca dei clamorosi successi alle politiche del '48, attraversata ora da lotte intestine orchestrate dall'attuale vicesindaco Amedeo Torelli, che aspira alla massima carica. La bella e conturbante Marta, invece, ha altre aspirazioni. Le basterebbe trovare un posto dove vivere, e questo è il motivo per cui ha deciso di puntare le sue ultime chance sulla ruota di Bellano, dove certe conoscenze non sono nelle condizioni di negarle un aiuto.

Andrea Vitali

LE BELLE CECE

Maggio 1936. Con la fine della guerra d'Etiopia nasce l'impero fascista. E Fulvio Semola, segretario bellanese del Partito, non ha intenzione di lasciarsi scappare l'occasione per celebrare degnamente l'evento: un concerto di campane che coinvolge tutti i campanili di chiese e chiesette del comune. Ma l'euforia bellica e l'orgoglio imperiale si stemperano presto in questioni ben più urgenti per le sorti del suo mandato politico. In casa del potente e temutissimo ispettore di produzione del cotonificio locale, Eudilio Malversati, si sta consumando una tragedia. Dopo un'aggressione notturna ai danni dell'ispettore medesimo, spariscono in modo del tutto incomprensibile alcune paia di mutande della signora. Uno è già stato rinvenuto nella tasca della giacca del Malversati. Domanda: chi ce l'ha messo? E perché? Il problema vero, però, è dove potrebbero saltar fuori le altre mettendo in ridicolo i Malversati? Non essendo il caso di coinvolgere i carabinieri, il Semola viene incaricato di risolvere l'enigma. Ma alla svelta, o le campane, questa volta, le suonerà il Malversati, con le sue mani, e saranno rintocchi poco allegri per la carriera del segretario.

Andrea Vitali

LE MELE DI KAFKA

Abramo Ferrascini, quello della ferramenta di Bellano, è un giocatore di bocce imbattibile. È stato tirato su a puntino dal gestore del Circolo dei Lavoratori, Mario Stimolo, e ora ha tutte le carte in regola per vincere le semifinali del Campionato provinciale in programma a Cermenate domenica prossima.
Ma c'è un intoppo. Suo cognato, l'Eraldo, quello che vive a Lucerna, sta male. Quarantotto ore gli hanno dato i medici di là, svizzeri, precisi. E adesso la moglie di Abramo, Rosalba, vuole a tutti i costi raggiungere la sorella, ma soprattutto dare all'Eraldo un ultimo saluto, magari un ultimo bacio. Ma ce la faranno ad andare e a tornare in tempo per le semifinali?
Dipende. Se l'Eraldo muore entro martedì, mercoledì al massimo, si può fare. Bon, via allora. Un'occhiata al 1100, olio freni gomme; carta d'identità rinnovata all'ultimo minuto; prima tappa il passo del San Bernardino, poi giù dritti fino a Lucerna: basta seguire i cartelli, anche se sono in tedesco, perché il nome di quella città lì si capisce lo stesso.

Andrea Vitali

A CANTARE FU IL CANE

La quiete della notte tra il 16 e il 17 luglio 1937 viene turbata a Bellano da un grido di donna. Trattasi di Emerita Diachini in Panicarli, che urla «Al ladro! Al ladro!» perché ha visto un'ombra sospetta muoversi tra i muri di via Manzoni. E in effetti un balordo viene poi rocambolescamente acciuffato dalla guardia notturna Romeo Giudici. È Serafino Caiazzi, noto alle cronache del paese per altri piccoli reati finiti in niente soprattutto per le sue incapacità criminali. Chiaro che il ladro è lui, chi altri? Ma al maresciallo Maccadò servono prove, mica bastano le voci di contrada e la fama scalcinata del presunto reo. Ergo, scattano le indagini. Prima cosa, interrogare l'Emerita. Già, una parola, perché la donna spesso non risponde al suono del campanello di casa, mentre invece è molto attivo il suo cane, un bastardino ringhioso e aggressivo che si attacca ai polpacci di qualunque estraneo. E il Maccadò, dei cani, ha una fifa barbina.

Andrea Vitali

GLI ULTIMI PASSI DEL SINDACONE

Attilio Fumagalli è un uomo pingue. Cinquant'anni, sposato con Ubalda Lamerti, senza figli, esercita in proprio la professione di ragioniere. Per vincere quel senso di vuoto che a volte lo aggredisce, si è dato alla politica nelle file della DC e sfruttando il giro della propria clientela è riuscito a farsi eleggere sindaco di Bellano. Per tutti, lui è il Sindacone. Oltre al disbrigo delle formalità correnti, riunisce la giunta ogni due mesi, due mesi e mezzo. Ultimamente, però, sotto questo aspetto, il Sindacone sembra aver impresso una svolta. Convoca la giunta ogni dieci giorni, a volte anche ogni settimana. Una voce o due all'ordine del giorno, una mezz'oretta di riunione e ciao. Ma oggi, 22 dicembre 1949, ha superato ogni limite: ha indetto una riunione per la sera della Vigilia di Natale. Per discutere di cosa? Di niente. Per scambiare gli auguri. E a più di uno degli assessori che si sono visti recapitare a mano la convocazione è saltata la mosca al naso. Per dirla tutta, al geometra Enea Levore è venuto il preciso sospetto che sotto a quella frenesia si nasconda qualcosa. Ma cosa? Basterebbe chiederlo al vicesindaco Veniero Gattei, se quello non tenesse la bocca rigorosamente cucita.

Andrea Vitali

NOME D'ARTE DORIS BRILLI

I casi del maresciallo Ernesto Maccadò

La notte del 6 maggio 1928, i carabinieri di Porta Ticinese a Milano fermano due persone per schiamazzi notturni e rissa. Uno è un trentacinquenne, studente universitario provvisto di tesserino da giornalista. Interrogato, snocciola una lista di conoscenze che arriva fino al direttore del «Popolo d'Italia», quel Mussolini fratello di… per accreditare la sua versione, ovvero che è stato fatto oggetto di adescamento indesiderato. L'altra è una bella ragazza che, naturalmente, sostiene il contrario. Ma amicizie per farsi rispettare non ne ha, e soprattutto non ha con sé i documenti, per cui devono crederle sulla parola circa l'identità e la provenienza: Desolina Berilli, in arte, essendo cantante e ballerina, Doris Brilli, di Bellano.
E dunque, la mattina dopo, la ragazza viene scortata al paese natio. Che se ne occupi il nuovo comandante, tale Ernesto Maccadò, giovane maresciallo di origini calabresi giunto sulle sponde del lago di Como da pochi mesi.
E lui, il Maccadò, turbato per il clima infausto che ha spento l'allegria sul volto della fresca sposa Maristella, coglie al volo l'occasione per fare il suo mestiere, ignaro delle complicazioni e delle implicazioni che il caso Doris Brilli è potenzialmente in grado di scatenare.

Andrea Vitali

CERTE FORTUNE

I casi del maresciallo Ernesto Maccadò

Alle prime ore del 5 luglio 1928, come concordato, Gustavo Morcamazza, sensale di bestiame, si presenta a casa Piattola. Il Mario e la Marinata, marito e moglie, non avrebbero scommesso un centesimo sulla sua puntualità. Invece il Morcamazza è arrivato in quel di Ombriaco, frazione di Bellano, preciso come una disgrazia, portando sull'autocarro il toro promesso. Il toro serve alla Marinata, che da qualche anno ha messo in piedi un bel giro intorno alla monta taurina: lei noleggia il toro e poi lucra sulla monta delle vacche dei vicini e sulle precedenze, perché, si sa, le prime della lista sfruttano il meglio del seme. Ma con un toro così non ci sarebbero problemi di sorta. Se non lo si ferma a bastonate è capace di ingravidare anche i muri della stalla. Almeno così lo spaccia il Morcamazza, che ha gioco facile, perché la bestia è imponente. Ma attenzione: se un animale del genere dovesse scappare, ce ne sarebbe per terrorizzare l'intero paese, chiamare i carabinieri, o solleticare il protagonismo del capo locale del Partito, tale Tartina, che certe occasioni per dimostrare di saper governare l'ordine pubblico meglio della benemerita le fiuta come un cane da tartufo.
E infatti…

Andrea Vitali

UN UOMO IN MUTANDE

I casi del maresciallo Ernesto Maccadò

12 aprile 1929. È la volta buona. Capita di rado, ma quando è il momento l'appuntato Misfatti si fa trovare sempre pronto. Dipende dall'uzzolo della moglie, che stasera va per il verso giusto. E così, nel piatto del carabiniere cala una porzione abbondante di frittata di cipolle. Poi un'altra, e una fetta ancora, e della frittata resta solo l'odore. Che non è buona cosa, soprattutto perché ha impregnato la divisa, e chi ci va adesso a fare rapporto al maresciallo Ernesto Maccadò? Per dirgli cosa poi?, che durante la notte appena trascorsa è stato trovato il povero Salvatore Chitantolo mentre vagava per le contrade mezzo sanguinante e intontito, dicendo di aver visto un uomo in mutande correre via per di là? Sì, va be', un'altra delle sue fantasie. In ogni caso la divisa ha bisogno di una ripulita. Come quella di cui avrebbero bisogno certe malelingue, che non perderebbero l'occasione di infierire sullo sfortunato Salvatore ventilando l'idea di rinchiuderlo in un manicomio. Ma, un momento, che ci faceva esattamente un uomo in mutande, in piena notte, per le vie del paese? E perché correva?

Finito di stampare nel mese di giugno 2021
da Grafica Veneta s.p.a., Trebaseleghe (PD)

Questo libro è stampato col sole

Azienda carbon-free